BRÛLE POUR MOI

Au Cœur Des Flammes

J.H. CROIX

Pour une seconde chance dans la vie et l'amour!

———

Inscrivez-vous à ma newsletter pour recevoir toutes les informations sur les nouvelles sorties & recevoir une copie GRATUITE de l'un de mes livres !
http://jhcroixauthor.com/subscribe/

Chapitre Un

AMELIA

J'entrai dans le bar en me jetant presque contre la porte, m'arrêtant rapidement pour que mes yeux s'adaptent à la lumière. J'écartai une mèche de cheveux mouillés de ma joue et me faufilai à travers les tables jusqu'au bar. Une fois installée sur un tabouret, le barman se retourna pour me faire face. C'était un homme à l'air chaleureux avec des yeux bleus et ronds.

« Je m'appelle Tank. On dirait qu'un verre vous ferait du bien, annonça-t-il, avec un large sourire comme pour adoucir son observation.

— Une bière fera l'affaire, répondis-je.

— Une pression, ça va ? » demanda-t-il.

À mon signe de tête, il se retourna. Quelques secondes plus tard, il me tendait ma bière et m'offrait silencieusement une serviette propre. Bien qu'elle soit minuscule, vu qu'il s'agissait d'une serviette de bar, je la frottai rapidement sur mes cheveux et mon visage mouillés avant de la lui rendre. Je m'installai pour essayer d'oublier ma journée de merde.

Un peu plus tard, une fois ma bière vidée, j'observais la salle du bar, savourant l'anonymat d'un bar bondé d'Anchorage, en Alaska, où personne ne me connaissait. J'étais calée dans un coin près du mur, heureuse d'avoir une belle vue sur la foule tout en pouvant passer inaperçue. Tank attira à nouveau mon attention, le regard interrogateur. J'acquiesçai et levai ma pinte vide. Il hocha la tête en retour pendant qu'il préparait un verre pour quelqu'un et me tirait une autre pinte de sa main libre. L'ampleur de ma conversation avec qui que ce soit ce soir s'était limitée à ma brève rencontre avec Tank.

S'il s'était dit quoi que ce soit de négatif sur le fait que je portais une robe de mariée éclaboussée de boue, il ne l'avait pas montré. Tout comme le reste de ce bar. Anchorage était une ville juste assez grande pour que les gens vous laissent tranquille si vous semblez le vouloir. Mais les gens étaient également sympathiques. L'Alaska, malgré une géographie tentaculaire, présentait une population très soudée, liée par le courage et la force qu'une vie à la lisière de la nature impose.

Je pris une gorgée de ma troisième bière et je me demandai s'il fallait peut-être ralentir. J'étais vraiment éméchée et sur le point d'être saoule. Je touchai la soie crème de ma robe de mariée. Ou devrais-je peut-être dire ma robe de *non-mariée*. J'étais habillée et prête à partir lorsque j'ai perdu ma bataille contre le stress qui formait un étau autour de mon cœur. Je déglutis pour avaler la vague d'émotion qui montait, alors que mes yeux parcouraient le corsage ajusté de ma robe et rebondissaient sur les taches boueuses sur ma jupe ondoyante. Ouais. Je n'avais pas simplement abandonné mon futur marié à l'autel, je m'étais enfuie sous la pluie. Une autre gorgée de bière, suivie d'un lent soupir. Le pire dans tout ça, c'était d'être soulagée. Pas de regret, pas de doutes. Un pur soulagement.

J'avais traversé le couloir à l'arrière de l'église et

étais entrée dans la loge d'Earl. Il était là, grand et beau avec ses cheveux blond foncé et ses yeux bruns. C'est ce que je n'ai jamais trouvé dans ses yeux qui m'a poussé à lui dire que je ne pouvais pas l'épouser. Quand Earl me regardait, je voyais une gentillesse, une vraie envie de m'aimer pour qui j'étais. Mais rien du feu brûlant que j'avais connu une fois avec quelqu'un d'autre. Je me suis excusée, mais j'étais également en colère contre lui d'avoir essayé de se convaincre lui-même qu'il m'aimait vraiment.

Cette course sous la pluie en fin d'après-midi par une fraîche journée d'été en Alaska s'était révélée purifiante. Jusqu'à ce que j'aie froid et que je me réfugiasse dans ce bar. Je n'en connaissais même pas le nom. Je me suis soudain rendu compte que je n'avais pas un sou sur moi. Ce n'était pas comme si j'avais eu un sac à main quand j'ai décidé de m'enfuir de l'église. Oh bon, bah. J'aperçus mon reflet dans le miroir derrière le bar et retins un soupir. Mes cheveux ambrés étaient emmêlés et humides.

Je n'avais jamais beaucoup pensé à mon apparence. Pour être parfaitement honnête, c'était surtout que j'essayais de ne pas y penser. J'étais aussi grande que la plupart des hommes. Je dirigeais en plus ma propre entreprise de construction. J'essayais de ne jamais le laisser transparaître, mais quand il s'agissait de ma féminité, des graines de doute étaient fermement plantées dans ma tête. Ça ne m'a pas aidée que tous les hommes, sauf un, me traitent toujours comme l'un des leurs, Earl y compris.

Je secouai fortement la tête et jetai à nouveau un coup d'œil dans le bar, observant l'ensemble des clients. Ici, les hommes d'affaires se mélangeaient aux pêcheurs. Le sport régnait en maître sur les écrans de télévision montés sur différents murs, et quelques tables de billard étaient regroupées dans le coin. C'est ce que j'allais faire. J'adorais le billard et j'étais vraiment douée.

Quelques minutes plus tard, je jouais avec trois autres gars. Ils m'avaient jeté quelques regards de travers à la vue de ma robe de mariée et semblaient amusés à l'idée de jouer avec moi. Un peu saoule et en plein dans mon *je n'en ai rien à foutre*, j'ai décidé de les battre.

Environ une heure plus tard, je souriais alors que ma dernière boule roulait parfaitement dans une poche d'angle.

« Eh bien, les garçons », dis-je en leur jetant un coup d'œil.

Les garçons en question avaient bu et perdu leur bonne humeur au fur et à mesure de la partie. L'un d'eux, l'air imposant avec des yeux et des cheveux sombres, me lança un regard furieux. Ils avaient parié sur cette partie après les deux premières, et ils me devaient cinq dollars chacun.

Monsieur Hulk, comme je l'appelais dans ma tête, s'approcha de moi, un peu trop près à mon goût.

« Personne va te donner cinq balles. T'as compris? »

J'étais juste assez ivre pour n'en avoir rien à faire. Je m'étirai fièrement du haut de mon mètre quatre-vingt. Il était peut-être plus large que moi, mais j'étais un peu plus grande.

« Ah, je vois. Tu n'aimes parier que si tu gagnes? Quel connard », dis-je, mes lèvres se retroussant en un rictus.

J'étais trop fatiguée émotionnellement, encore dans une colère blanche, une colère frémissante que j'avais gardée enfouie pendant les deux ans que j'avais gaspillés avec Earl, et un peu trop ivre pour être raisonnable à ce stade. Quand ce crétin s'approcha et posa son doigt sur ma poitrine, je ne réfléchis même pas. Je lui donnai un coup de poing dans le nez.

« Espèce de putain de salope! » cria-t-il en passant sa manche sur son visage, étalant le sang de son nez sur sa joue.

Il avança et me frappa en retour, son poing atterrissant sous mon œil. Il était assez lourd pour m'envoyer au sol, et un amas peu glorieux de soie boueuse se répandit autour de moi. J'étais juste assez éméchée pour ne pas me soucier du fait que mon visage me faisait mal. Sans la boue, en oubliant le plancher de bois terne sous moi et la foule maintenant rassemblée, je considérai la façon dont la soie de ma robe étalée en un cercle presque parfait aurait fait une superbe photo de mariage – une de ces photos candides que les gens auraient aimé.

En un éclair, Tank était là, poussant le gars qui m'avait frappé. Les voix au-dessus de moi se heurtèrent.

« Mec, elle m'a frappé en premier!

— C'était de l'auto défense...

— Ouais, mais c'est une fille...

— C'est une putain de géante, et elle sait frapper. C'est pas une fille! »

Je fermai les yeux et souhaitai pouvoir me cacher dans un trou. L'effervescence qui m'avait tenu à flot cet après-midi et ce soir, se transforma en humiliation. Ce crétin avait raison. J'étais une géante et personne ne me regarderait jamais comme une femme.

« Amelia? »

Mon cœur s'arrêta brusquement, puis redémarra violemment. J'aurais reconnu cette voix n'importe où. À travers le fouillis autour de moi et avec Tank qui me demandait si j'allais bien, cette voix sonna comme une cloche bruyante en moi. Un homme. Un seul homme m'avait jamais regardée avec de la chaleur dans les yeux, une chaleur si chaude qu'elle me brûlait. Cet homme venait de prononcer mon nom. Je n'eus pas besoin d'ouvrir les yeux pour le savoir. Mais je le fis quand même. Parce que je ne pouvais pas supporter de ne pas le voir.

Cade Masters se tenait au bord du cercle rassemblé autour de moi, un autre homme dans un bar bondé d'hommes. Des cheveux châtain foncé ébouriffés, des yeux verts et un corps de muscle brut se tenaient devant moi. C'était comme si mon cœur avait été ouvert en deux. J'avais aimé Cade de cette manière sauvage que seule la jeunesse permet. Pas plus de sept ans s'étaient écoulés depuis la dernière fois où je l'avais vu, mais ça m'avait semblé être une éternité. Cade m'avait brisé le cœur et avait quitté ma vie quand j'avais vingt-deux ans. Il ne m'avait pas seulement brisé le cœur, il m'avait trahie.

Ma colère était brûlante et intense, pourtant je ne pouvais pas détourner le regard. Mes yeux dévoraient Cade. Il portait un jean délavé, le tissu si usé qu'il étreignait ses jambes musclées comme une caresse, et une veste en jean sur un t-shirt noir. Il ressemblait à un motard de campagne. Autrefois, il m'avait emmenée faire de longues promenades à moto sur les autoroutes quasiment désertes d'Alaska, autour de notre ville natale. Il traversa la foule et s'agenouilla à mes côtés, son regard vert m'enveloppant.

« Ça va? » demanda-t-il.

J'hochai la tête sans vraiment y penser. Il leva une main et passa le dos de ses doigts le long de ma pommette. Ah oui, un type venait de me donner un coup de poing. La présence de Cade m'avait fait oublier tout le reste. Avec à peine un effleurement de lui, mon cœur s'accéléra et une chaleur se resserra en moi.

« Tu es sûre? »

Je déglutis, soudainement consciente de ma joue lancinante. Ma journée entière me traversa l'esprit. Une journée glorieusement merdique. Je me battis contre les larmes, mais elles jaillirent tout de même. Une larme roula sur ma joue, puis une autre et une autre. De tous les moments et de tous les lieux où rencontrer le seul et unique homme qui tenait encore un morceau de mon cœur, ici et maintenant était certainement le pire scénario.

Les yeux de Cade ne quittèrent jamais les miens. Quelque chose vacilla au plus profond de son regard, mais je ne savais pas comment l'interpréter. Sans un mot, il passa son bras autour de ma taille et me souleva, me prenant dans ses bras comme si c'était la chose la plus normale au monde.

« Sortons d'ici », dit-il avant de s'éloigner à grands pas.

Tank l'attrapa par le bras et Cade lui jeta un coup d'œil.

« Ouais?

— Je veux juste m'assurer qu'elle va bien », répondit Tank.

Tout ce que je pouvais faire, c'était hocher la tête. Je n'allais *pas* bien du tout, mais pour la question que Tank posait, ça allait.

Le regard chaleureux de Tank soutint le mien, ce barman qui me connaissait à peine, mais qui avait su que j'avais passé une mauvaise journée et qu'il fallait juste qu'on me laisse tranquille pendant que je buvais quelques bières. J'aurais dû rester assise dans mon coin. Mes émotions à vif et ma journée de folie, de mon fait s'il fallait être vraiment honnête, m'avaient mise dans ce merdier.

« Vous voulez que j'appelle la police? » demanda Tank.

Je secouai la tête et retrouvai enfin ma voix.

« Non. Restons-en là. Je l'ai frappé, il m'a frappée.

— Vous connaissez ce gars? demanda ensuite Tank, indiquant Cade d'un signe de tête.

— Euh ouais. C'est bon. C'est un vieil ami de ma famille. Pas besoin de s'inquiéter », ai-je réussi à dire.

En soi, mon explication était vraie. Cade et moi avions grandi ensemble à Willow Brook, en Alaska. Nos familles se connaissaient depuis des années. Pourtant, mon explication écartait complètement ce que Cade signifiait pour moi, c'était presque risible.

Tank relâcha sa prise sur le bras de Cade et nous laissa partir. Cade était calme alors qu'il traversait le bar, la foule s'écartant autour de lui. Je ne pouvais qu'imaginer de quoi nous avions l'air – moi dans ma *non-robe de mariée* sale et lui avec son air de « dégagez de mon chemin » habituel. C'était un choc de le voir pour la première fois depuis des années et encore plus un choc d'être dans ses bras. Je me sentais chez moi dans son étreinte puissante. Il me portait facilement. Comme toujours. J'adorais ça chez lui. Cade mesurait dix centimètres de plus que moi et ne s'était jamais soucié de ma taille. Il poussa la porte du bar, sortant dans une rue qui accueillait la fin de soirée. La pluie s'était arrêtée à un moment donné pendant les longues heures où je m'étais cachée dans ce bar.

Il s'arrêta une fois que nous étions sur le trottoir et baissa les yeux, son regard attrapant le mien.

« Pourquoi tu portes une robe de mariée? »

C'était Cade, jamais du genre à perdre du temps avec les préliminaires. J'avais aimé ça chez lui. Oh, j'avais aimé tant de choses chez Cade, avant qu'il n'assassine mon cœur. Mais à ce moment, je n'arrivais pas à me souvenir de la douleur. Tout ce que je savais, c'était que c'était si bon – tellement, tellement, tellement bon d'être avec lui.

Chapitre Deux

CADE

« J'étais censée me marier aujourd'hui. Au final, je ne me suis pas mariée », dit Amelia.

Je la regardai fixement et essayai de rassembler mes pensées pour dire quelque chose de sensé. Mais il n'y a jamais rien eu de sensé chez moi quand il s'agissait d'Amelia Haynes. À ce moment-là, je me demandais même si je devais peut-être l'emmener jusqu'au palais de justice pour l'épouser. J'en avais envie. Bon sang, que j'en avais envie.

La seule chose qui me retenait était le souvenir du regard sur son visage la dernière fois que je l'avais vue. Elle était tombée sur son ancienne meilleure amie alors qu'elle essayait de m'embrasser dans son lit. Et même si je la repoussais et que j'étais horrifié de m'être réveillé face à Shannon nue dans le lit, ça n'avait pas d'importance. Non, ce qui comptait, c'était qu'Amelia ait vu Shannon écraser sa bouche contre la mienne puis agir comme si c'était déjà arrivé auparavant. Le visage d'Amelia était devenu blanc puis noir de fureur. Je n'ai jamais eu une autre chance de lui parler. Il ne s'est jamais rien passé entre Shannon et moi, mais Amelia m'a jeté hors de sa vie. La situation a été aggravée par le fait que j'étais sur le point de quitter Willow Brook, en Alaska, une semaine plus tard et pour un an complet. Cela ne me laissait pas suffisamment de temps pourarranger les choses.

Le bouleversement émotionnel ne m'avait pas aidé à réfléchir clairement. J'avais quitté Willow Brook pour l'année en Californie avec une équipe de pompiers hotshot, une unité spéciale des services forestiers, et n'étais jamais vraiment revenu. Je suis retourné à Willow Brook à quelques reprises pour rendre visite à ma famille, mais je n'avais jamais revu Amelia. Au début, c'était parce que j'étais énervé. Elle m'avait totalement exclu de sa vie. Au moment où j'ai commencé à penser que je devrais peut-être essayer de faire au moins la paix, elle sortait avec Earl Osborne. J'avais amèrement accepté qu'il valait probablement mieux laisser tomber. Ça n'avait aucun sens de remuer le passé.

J'étais à Anchorage parce que je m'occupais de quelques trucs avant d'aller à Willow Brook demain. J'avais accepté un poste de contremaître dans une équipe de pompiers forestiers basée à Willow Brook. J'étais enfin en train de revenir parce que nulle part ailleurs ne me donnait le même sentiment. J'espérais m'être remis d'Amelia, mais un regard sur elle avait suffi à me vider.

Je regardai dans ses yeux et essayai de réfléchir. Ses yeux étaient comme du cognac au miel. Ses cheveux, ambrés mouchetés d'or, tombaient en vagues ébourif-fées sur ses épaules. Ils partaient dans tous les sens. Tout chez elle semblait être dans le même état. Sa robe de mariée était sale, une ecchymose se formait juste sous son œil, et j'étais à peu près sûr qu'elle était ivre.

Elle me regarda et je réalisai que je n'avais rien dit depuis qu'elle avait fait son annonce.

« Tu étais censée te marier aujourd'hui?

— Ouais. »

Elle hocha la tête avec force.

« Tout à fait. Je suis partie. Je ne pouvais pas le faire. Tu sais pourquoi? demanda-t-elle, sur un ton étrange.

— Pourquoi? »

Elle me poussa du doigt.

« Tout est de ta faute. »

J'étais perdu, vraiment. Comment était-ce de ma faute?

« Amelia, je ne sais pas de quoi tu parles », dis-je finalement.

Elle leva les yeux au ciel et soupira de façon dramatique.

« Personne ne me regarde comme toi. C'est tout le problème. Pourquoi a-t-il fallu que tu sois un tel connard? »

Pendant que je réfléchissais à ce qu'elle disait, elle continuait de parler, les mots se bousculant les uns derrière les autres, ici et là un mot se brouillait.

« Earl a essayé, oh il a essayé, d'agir comme si c'était important, mais il était comme tous les autres gars avec qui je suis sortie. Non pas qu'il y en ait eu tant que ça. Je suis trop grande. Je ne suis pas assez féminine. C'était comme s'il pensait pouvoir prouver qu'il était un homme en sortant avec moi. Stupide, stupide, stupide. »

Elle ponctua ces mots d'un coup de son front contre ma poitrine, pendant que je restais figé sur le trottoir. Les voitures passaient et les piétons nous contournaient.

Ses yeux se relevèrent à nouveau, me lançant un regard accusateur.

« Tu n'étais pas comme ça. Mais au final, tu l'étais. »

La colère monta en moi. Elle m'avait jeté hors de sa vie si efficacement que je n'avais même jamais eu la chance de lui dire ce qui ne *s'était pas passé* avec Shannon. Je baissai les yeux sur Amelia et commençai à marcher rapidement, poussé par la colère persistante face à ce qui nous avait déchirés et la nouvelle colère face à ce qu'elle disait d'elle-même. Elle frappa ses jambes contre les miennes.

« Qu'est-ce que tu fais? »

Je ne pouvais pas répondre parce que je ne savais pas. Mon pickup était garé non loin. Je continuai de marcher et je m'arrêtai devant ma voiture, la posant doucement par terre. Au moment où ses pieds touchèrent le trottoir, elle essaya de reculer, mais trébucha. Je la retins par réflexe, la ramenant rapidement contre moi. Un éclair de désir me frappa. Amelia était grande et forte avec des courbes généreuses. Tout comme avant, mon corps savait ce qu'il voulait. J'ai toujours aimé la façon dont elle se tenait presque au même niveau que moi. Mes yeux se baissèrent d'eux-mêmes pour voir les courbes douces de ses seins mis en valeur par le haut ajusté de sa robe de mariée. Je dus forcer mon regard à remonter et je trouvai le sien braqué sur moi.

Une électricité familière prit vie. C'était Amelia. C'était nous. Rien n'avait disparu entre nous, pire que cela, le courant brûlait plus chaud que jamais. Dans un coin éloigné de mon esprit, j'essayai de me dire de ne pas le faire. Si je voulais arranger les choses, je devais aller lentement. Pourtant, avec elle contre moi et ses yeux ambrés étincelants, je fis la seule chose dont j'avais envie. Je l'appuyai contre mon pickup.

« Tu n'es pas trop grande. Ne dis plus jamais ça », grognai-je avant d'écraser mes lèvres contre les siennes.

C'était comme si aucun temps ne s'était écoulé, à part le fait que je versais sept ans de désir dans notre baiser. Elle se cambra contre moi et passa avec force une main dans mes cheveux, gémissant dans ma bouche à chaque coup de sa langue contre la mienne. Je ne pouvais pas arrêter de l'embrasser. C'était tellement bon, si bon. Mon esprit s'évanouit et tout ce que je sentais, c'était la sensation d'elle contre moi. Une voiture klaxonna à proximité et Amelia s'arracha à mes lèvres.

J'ouvris les yeux, mon cœur battant si fort que je n'aurais pas été surpris si je m'étais cassé une côte. Sa tête retomba contre ma voiture. Elle ferma les yeux, le souffle court. Ses doigts relâchèrent mes cheveux et sa paume glissa pour se poser sur ma poitrine. Au bout d'un moment, elle ouvrit les yeux.

« C'était quoi ça? demanda-t-elle enfin par-dessus le battement de nos cœurs.

— Tu n'as jamais cessé de me manquer. »

Chapitre Trois

AMELIA

Je me suis réveillée en sursaut , mes yeux s'ouvrant soudainement. L'obscurité m'accueillit. Je n'avais aucune idée de ce dont j'avais rêvé. Depuis des mois maintenant, je faisais des rêves anxieux. De temps en temps, je m'en souvenais, mais ils n'étaient pas basés sur la réalité. Dans le dernier dont je me souvenais je tombais d'un avion en plein vol. Ils avaient commencé peu de temps après qu'Earl et moi nous soyons décidés sur la date du mariage. J'aurais dû savoir tout de suite ce qu'ils voulaient dire. J'étais une boule d'angoisse et de nerfs à propos du mariage imminent et je savais au fond de moi que je n'en avais pas envie et Earl non plus. Enfin, je ne pouvais pas parler pour Earl. Ce que je savais, c'est que je ne ressentais pas de grande exci-tation chez lui. Ayant une fois fait l'expérience de l'amour – l'amour sauvage et palpitant – et la passion – le genre de désir incontrôlable et brûlant – je savais que nous allions rater un grand moment.

Je n'arrivais pas à me souvenir où j'étais et je pris soudainement conscience d'un corps à côté de moi. Mes yeux s'adaptèrent progressivement à la pièce sombre et je distinguai les contours flous du mobilier simple d'une chambre d'hôtel. Le corps près de moi? Certainement pas Earl. J'en étais certaine car l'homme était lové contre moi et je pouvais sentir une érection assez impressionnante contre mes fesses. Earl dormait le plus souvent à plat sur le dos. Je n'arrivais pas me rappeler d'une seule fois où il m'ait pris dans ses bras comme ça. Mon esprit se réveilla progressivement de son sommeil.

Cade Masters. Ici. Avec moi. Au lit. L'anxiété confuse de mes rêves se transforma en la série de sentiments la plus déroutante que j'aie jamais ressentie. C'était tellement, tellement, tellement bon de sentir Cade collé à mon corps. Quand j'y pensais, ce que je n'aimais pas faire, Cade était le dernier homme à avoir été vraiment affectueux avec moi. Il me touchait presque toujours, peu importe où nous étions. Si nous étions en public, il avait un bras sur mes épaules ou ma main fermement dans la sienne. En privé, eh bien... nous étions jeunes et follement amoureux. Avant d'avoir dix-huit ans, nous saisissions toutes les chances imaginables de nous échapper ensemble sans être vus. Après cela, nous ne prenions même plus la peine de nous faire discrets. Au lit, nous dormions comme maintenant – lui blotti derrière moi, une de ses mains fortes et rugueuses reposant sur la courbe de mon ventre.

C'était bon de l'avoir près de moi, si bon que c'en était dangereux. À la limite de ce sentiment de bonheur, se trouvait une tristesse. Une vieille tristesse qui renaissait. J'avais tout gâché hier. J'avais jeté mon téléphone dans un fossé quelque part pendant ma course sinueuse à travers Anchorage après m'être précipitée hors de l'église. Je n'avais pas voulu répondre aux appels de qui que ce soit. J'avais marché pendant une bonne heure avant d'entrer dans ce bar où Cade m'avait trouvée. Oh mon Dieu. Je retins un gémissement. Je m'étais battue. Si quelque chose pouvait symboliser à quel point j'étais en colère de l'état de ma vie, c'était ce combat. J'avais blessé Earl, mais il n'avait pas été honnête avec moi non plus. Je ne savais pas pourquoi il voulait m'épouser, ce qu'il pensait y gagner, mais il ne m'aimait pas. Pas comme Cade autrefois.

Correction – pas comme je pensais que Cade m'aimait autrefois. Cette vieille amertume refaisait surface dans mon cœur. J'avais perdu deux des personnes les plus importantes de ma vie en un jour : Cade et mon ancienne amie, Shannon. J'avais quitté la ville pour un week-end. Je ne pouvais même pas me rappeler pourquoi. En rentrant dans la petite maison que je partageais avec Cade, j'avais trouvé Shannon – complètement nue – au lit avec lui et elle l'embrassait. Mis à part toutes les raisons évidentes pour lesquelles ça m'avait blessée plus que tout, le tout était aggravé par le fait que Shannon était la fille magnifique et féminine que tous les gars draguaient quand nous étions au lycée. Je n'ai jamais pu me sortir cette image d'elle avec Cade de la tête, et je n'ai jamais oublié à quel point je me suis sentie petite à ce moment-là.

Dans les années qui ont suivi, j'ai eu de nombreuses raisons de me demander si j'avais peut-être mal interprété ce qui s'était passé, mais au final, tout ce que je ressentais était une douleur écrasante dans mon cœur et une colère brûlante.

Je restai immobile et essayai de savoir si Cade était réveillé. Peu importe que sept ans se soient écoulés. Je savais comment il respirait quand il dormait, et j'étais certaine qu'il dormait. Avec sa bite dure comme de la pierre pressée contre moi, je n'osai pas bouger, mais bon sang, j'étais excitée. Je pouvais sentir l'humidité entre mes cuisses. J'étais peut-être confuse, mais mon corps ne l'était pas. Si mon corps pouvait décider, je remuerais mes fesses et me retournerais pour le chevaucher. Je déglutis et essayai de ne pas laisser libre court à mon imagination, mais je ne pouvais pas m'en empêcher. La simple pensée d'avoir à nouveau Cade à l'intérieur de moi me rendit presque folle de besoin. Mon pouls battait la chamade, mon bas ventre se serrait et mon vagin palpitait.

Mes souvenirs de la nuit dernière après que Cade m'eut embrassée éperdument sur le trottoir étaient vagues. J'étais ivre, pour sûr. Au moment où j'ai asséné mon coup de poing à Monsieur Hulk, j'avais probablement bu trois bières de plus qu'avant le début de la partie. Je me souvins que Cade m'avait aidé à monter dans son pickup. Ce dont je me souvenais après ça, c'était qu'il m'avait serrée dans ses bras et m'avait portée jusqu'à l'ascenseur de cet hôtel. Ceci après que je fus presque tombée dans les escaliers de l'entrée.

Je n'avais aucun souvenir d'avoir enlevé ma robe de mariée, mais je ne la portais pas. Je touchai le bord du t-shirt que je portais. C'était celui de de Cade. Son parfum m'enveloppait et mon cœur se serra. Soudainement, je me retrouvai en larmes. J'aurais dû pleurer hier quand j'ai quitté Earl. Au lieu de cela, j'étais submergée par l'émotion maintenant et ça n'avait rien à voir avec mon ancien fiancé. Chaque sentiment qui me berçait en ce moment était lié à l'homme recroquevillé derrière moi. Je déglutis avec la gorge serrée, faisant de mon mieux pour me ressaisir.

Je devais me lever d'une manière ou d'une autre et foutre le camp d'ici. Je ne pouvais pas faire face à Cade. Pas comme ça. Pas quand tout ce que je voulais faire était de pleurer et que la seule personne qui pouvait peut-être apaiser cette douleur était Cade. Je me déplaçai prudemment, m'approchant progressivement du bord du lit. Je n'avais pas fait quelque chose d'aussi difficile depuis que j'étais sortie de sa vie il y a sept ans. Les seules choses qui avaient rendu les choses un peu plus faciles à l'époque étaient la colère et la douleur.

En ce moment, mon désir de m'envelopper dans la chaleur et la force de cet homme et de prétendre oublier sept longues années d'amertume était si puissant que seule ma volonté allait me permettre de bouger. Juste au moment où je réussis à avancer un peu plus loin, Cade bougea. Sa paume glissa sur mon ventre et sur la courbe de ma hanche. La peau calleuse de sa main envoya des étincelles sous la surface de la mienne. Il était entièrement homme – chaque centimètre carré de lui, y compris ses mains. Avant même qu'il ne parte en formation pour devenir pompier forestier – l'une des professions les plus exigeantes qui soit physiquement – il n'était que masculinité pure et brute. Je n'aurais jamais pensé cela possible, mais il était encore plus appétissant qu'avant. Mes souvenirs d'hier soir étaient peut-être un peu flous, mais je n'avais pas oublié son regard dans le bar. Mon cœur se serra à nouveau. Le Cade que j'avais connu jadis était réservé, mais j'avais remarqué le regard lointain et prudent dans ses yeux la première fois que je les ai croisés.

Sa paume continuait de bouger, glissant dans le creux de ma taille et venant se reposer sous la courbe de ma poitrine. Mes tétons se resserrèrent, une vague de besoin me traversa. Il était sans doute endormi. Non? En attendant une autre profonde inspiration, je recommençai à bouger et je sentis soudainement sa respiration changer. Oh merde. Mes mouvements progressifs pour m'éloigner avaient été effacés quand il bougea. Mes fesses étaient fermement pressées contre sa bite dure. Mon vagin palpitait, et tout ce que je voulais, c'était céder au besoin sauvage et brûlant que je n'avais jamais oublié. Le sexe avec qui que ce soit d'autre était bien pâle en comparaison − rien ne s'en rapprochait même un peu − c'est pourquoi il était difficile de ne pas vouloir céder. Presque impossible, à vrai dire.

Ma peau se hérissa alors que je le sentais se réveiller. Il était immobile, mais je pouvais sentir la tension dans son corps. Toute chaude, je me demandai comment sortir élégamment de ce bazar quand tout ce que je voulais faire était de le chevaucher et d'oublier tout le reste. Il m'avait peut-être embrassée la nuit dernière, mais il était redevenu distant tout de suite après. Ça je m'en souvenais clairement.

Oh merde. Je n'allais pas être lâche. Je me retournai, assez rapidement pour déloger sa main de ma poitrine. Au moment où je me retournai et que j'ouvris les yeux... Oh. Mince.

Dans l'obscurité brumeuse, je ne pouvais pas voir grand-chose, mais une lumière était restée allumée dans la salle de bain, les rayons de l'ampoule filtrant jusqu'au lit. Juste assez pour que je le voie et juste assez pour me faire presque fondre. Ses magnifiques yeux verts se sont plantés dans les miens, son regard, sombre et attentif, scruta mon visage. Pendant un instant, je me sentis perdue et seule. Le Cade que je connaissais était caché derrière ce regard impénétrable. Je pouvais à peine respirer, mon pouls s'emballant.

Dire que je ne savais pas quoi dire pourrait être l'euphémisme du siècle. Après un temps de silence, dans un air lourd de sept ans de douleur et de tentatives manifestement ratées d'avancer, il se redressa sur son coude. Sa main avait glissé sur mon ventre quand je m'étais retournée, et son pouce bougeait en petites caresses instinctives. Mes sens se focalisèrent sur la fine bande de chair sous son pouce, des éclats de feu émanant de ma peau. Juste une douce caresse d'avant en arrière, et j'étais sur le point de perdre la tête. Mon souffle était court et mes pensées se brouillaient.

Je m'accrochai à mon bon sens et je déglutis.

« Cade... »

Il me sauva.

« Amelia, nous n'avons pas besoin de parler maintenant. D'accord? dit-il, sa voix rauque et endormie.

— D'accord », réussis-je à dire, principalement parce que je ne savais pas quoi dire d'autre.

Il se rallongea et ajusta l'oreiller sous sa tête. Ses yeux étaient toujours sur moi et je ne pouvais pas détourner le regard. Des années de sentiments inexprimés envahirent l'espace entre nous. Je sentis que Cade savait que j'étais mal à l'aise. Il fut un temps où il m'aurait taquinée et m'aurait poussée à sortir de ma tête. Mais cela appartenait au passé, nous étions au présent. Il ne se recula pas, mais il était silencieux.

Après quelques instants, il parla.

« Dors, Amelia. »

Il leva une main et écarta les cheveux emmêlés de mon visage. Sur un soupir, je fermai les yeux. La tension nouée dans ma poitrine s'était légèrement atténuée alors que je me détendais dans cet espace avec lui – même s'il était sur ses gardes, je me sentais bien avec lui. J'étais moi-même. Je m'endormis.

Chapitre Quatre

CADE

Je pris une gorgée de café – un double expresso, exactement ce dont j'avais besoin. Un double suffit à me sortir de mon état second. Amelia était assise en face de moi, un coude sur la table pendant qu'elle feuilletait le menu. Elle portait un de mes t-shirts et une paire de jeans qu'elle avait trouvée au grand magasin près de l'hôtel. Avec un œil au beurre noir, l'air fatiguée et pas dans son assiette, elle était tellement belle qu'elle me coupait le souffle. Je pris une gorgée de café, en espérant que l'amertume pourrait m'ancrer.

Le soleil brillait dans ses cheveux ambrés, leur donnant des reflets d'or. La nuit dernière avait été, eh bien, peut-être la nuit la plus difficile de ma vie. J'avais envie d'Amelia – si férocement, c'était une douleur que je ne pouvais pas apaiser. Elle était juste assez ivre pour tester mes limites. Elle ne semblait pas se souvenir qu'elle était sortie de la salle de bain la nuit dernière, après avoir enlevé sa robe de mariée sans ménagement pour me chevaucher là où j'étais assis, sur le lit. Appuyé sur les oreillers, j'avais serré les dents et l'avais grossièrement mise de côté. Je la voulais comme je n'avais jamais voulu personne, mais je n'allais pas la prendre alors qu'elle était ivre quelques heures après avoir quitté son fiancé. J'avais rassemblé des bribes de ce qui s'était passé. En bref, elle était sortie avec Earl, ne l'avait jamais aimé et ne pensait pas qu'il l'aimait non plus. Apparemment, je lui avais manqué tout ce temps.

Même maintenant, j'essayais encore de digérer ça. Amelia était une femme passionnée. Elle ne faisait rien à demi-mesure, y compris être en colère. Elle m'avait si parfaitement coupé de sa vie que je ne pouvais pas vraiment croire lui avoir manqué tout ce temps. Elle m'avait manqué, c'était certain. Pourtant, j'étais aussi énervé. Sept ans d'exclusion et jamais une seule fois ne m'avait-elle donné la chance d'expliquer qu'il ne s'était absolument rien passé avec Shannon. Même si je voulais oublier les années qui séparaient ces deux moments, je ne pouvais pas. Je ne savais même pas si ce que je ressentais était vraiment quelque chose. Était-ce juste les échos de ce qui était autrefois? Peut-être que j'avais simplement besoin de l'évacuer, une fois pour toutes.

Amelia ferma son menu et me regarda, ses yeux cognac scrutant mon visage. Mon cœur se serra si fort que ça me fit mal. Amelia était... eh bien, ce n'était pas une femme facile. Elle était si forte de l'extérieur – grande, avec de longues jambes puissantes, elle dégageait une confiance et un pouvoir innés. Pourtant, derrière cette force, il y avait une douceur.

Oh putain. Je ne pouvais pas la regarder et ne pas devenir complètement fou. Pire encore, j'avais toujours une érection. C'était plus ou moins le cas depuis que je l'avais ramassée par terre hier soir. Un soulagement mécanique sous la douche ce matin n'avait pas fait l'affaire. Je ne pouvais pas être avec elle et ne pas la vouloir. Je n'étais peut-être pas plein comme je l'étais quand je me suis réveillé à côté d'elle, mais ma bite était en berne et l'était depuis que j'avais posé les yeux sur elle dans sa robe de mariée boueuse.

Une autre gorgée de café, et je me rendis compte que je l'avais presque terminé. J'attirai le regard de la serveuse et tendis ma tasse en l'air. Elle hocha la tête à quelques tables de nous. Je jetai un coup d'œil à Amelia et décidai que je ferais bien de trouver comment lui parler. Peu importe ce qui s'était passé entre nous, je revenais à Willow Brook pour y vivre et ce serait mieux pour nous deux si nous pouvions trouver la paix.

« Alors… »

Je la regardai. Je voulais commencer par quelque chose de brutal, peut-être même dur. Mais mon regard se posa sur la peau violette et rougeâtre autour de son œil et je vis la douleur scintiller dans les profondeurs, et je ne pus tout simplement pas. Je ne pouvais dériver qu'un temps sur les marées de l'amertume. C'était Amelia, la seule et unique femme qui ne m'ait jamais compris. Peu importe à quel point j'étais en colère qu'elle ne m'ait jamais donné la chance de m'expliquer, je l'aimais plus que tout fut un temps. Les échos de cet amour — dans toute sa gloire sauvage et enchevêtrée — résonnaient encore en moi. Je savais aussi parfaitement pourquoi elle avait été si énervée contre moi.

Bon sang, j'avais presque perdu l'esprit en apprenant qu'elle était fiancée. Je n'arrivais même pas à supporter qu'elle puisse être avec quelqu'un d'autre que moi. Malgré les milliers de kilomètres de distance entre nous, ma seule façon d'y faire face avait été de tout repousser.

Après qu'Amelia m'eut coupé de sa vie presque

instantanément, j'ai essayé en vain pendant une semaine de lui parler. Je pouvais être aussi têtu qu'elle, alors au moment où mon vol a décollé, j'ai laissé Willow Brook derrière moi, très énervé et amer. Le fait de pouvoir commencer une année d'entraînement extrêmement exigeante et de vivre quelque part où je travaillais souvent si dur que je pouvais à peine penser, m'a aidé à oublier Amelia. Ou à me faire croire que je l'avais oubliée.

Je ne pouvais pas m'empêcher de me demander si ma plus grosse erreur avait été de quitter Willow Brook. Le temps et la distance m'avaient permis de retarder le retour des fantômes des mensonges que Shannon tissait autour de nous. Bon sang, si j'avais été là, à un moment donné, Amelia aurait été obligée me parler. Mais j'avais passé les sept dernières années à voler d'une région sauvage à une autre, dans tout le pays. Partout où se trouvaient les pires incendies, c'est là que j'allais avec mon équipe.

Maintenant, j'étais de retour en Alaska et j'allais rester. Amelia était assise devant moi, et j'avais complètement sous-estimé l'emprise qu'elle avait sur moi. Au-delà du fait qu'elle pouvait facilement intimider n'importe quel homme, avec sa taille, sa force et son audace, elle tenait mon cœur entre ses mains et l'avait toujours eu.

« Alors, j'imagine que tu n'as pas de voiture dans le coin ? » demandai-je.

Les joues d'Amelia rougirent alors qu'elle secouait la tête.

« Non. Ma mère m'a emmenée parce que, bah, parce qu'on devait partir pour Hawaï aujourd'hui. »

Bien sûr. Elle avait prévu une lune de miel. L'idée même d'Amelia parte en lune de miel avec quelqu'un d'autre que moi me donna presque envie de frapper quelqu'un, mais je pris une inspiration profonde et je restai calme.

« Ok. Tu veux que je te dépose quelque part? Tu as besoin d'appeler quelqu'un? »

Ses joues rougirent plus profondément.

« J'ai jeté mon téléphone. Écoute, je sais que c'est bizarre, mais est-ce que tu peux simplement m'emmener à Willow Brook et me déposer chez mon frère en bordure de la ville? »

Elle voulait que je l'emmène jusqu'à Willow Brook? Doux Jésus. Je n'étais *pas certain* de pouvoir faire ça.

Chapitre Cinq

AMELIA

Je frottai l'ourlet du t-shirt de Cade entre mes doigts. Son odeur m'entourait et me replongeait avec force dans le tumulte de mes sentiments pour lui. Mes yeux se tournèrent dans sa direction. Son pickup était, eh bien, c'était exactement ce que je l'imaginais conduire. C'était un pickup léger, noir et paré de toutes les options *high-tech* imaginables, mais aussi abîmé et usé. Il n'avait pas un de ces tout-terrain à quatre roues motrices pour la frime. Cade était un homme qui usait ses véhicules jusqu'à l'os. Ce n'était pas un mâle alpha en carton – il était aussi robuste, appétissant et alpha qu'un homme pouvait l'être.

Au cours des sept dernières années, le garçon jeune, pur et fougueux s'était transformé en un homme – fort, vigoureux et tellement sexy que je manquais presque de m'embraser. Il dégageait un sentiment de danger et une certaine dureté. Je ne pouvais qu'imaginer la vie qu'il avait menée. J'avais passé sept longues années à essayer de me débarrasser de toute pensée à son sujet. La seule chose que j'avais réussi à faire avait été de refuser d'écouter tout ce que quiconque avait à dire à propos de lui. Dans une ville de la taille de Willow Brook, ce n'était pas une mince affaire.

Willow Brook était situé à environ quarante-cinq minutes d'Anchorage avec le Denali, le plus haut sommet d'Amérique du Nord, s'élevant dans le lointain. Grâce à sa proximité avec Anchorage et le parc national et la réserve du Denali, Willow Brook était attrayant pour les hordes de touristes qui se déversaient sur l'Alaska à la minute où le froid brutal laissait place aux vents du printemps. Pendant les belles saisons, Willow Brook accueillait les touristes avec un mélange de restaurants et de boutiques.

Je me demandai comment j'allais expliquer tout ce qui s'était passé la veille puis j'écartai rapidement ces inquiétudes. Malheureusement, je n'avais pas grand-chose à dire à part la vérité. La préoccupation la plus urgente était de savoir quoi faire à propos de Cade. Ça n'aidait pas vraiment aujourd'hui d'avoir bloqué tous les ragots à son sujet. Tout ce que je savais, c'était qu'il était parti pour la Californie comme prévu pour sa formation de pompier forestier et qu'il était resté dans la brigade. Il n'avait rien raconté d'autre depuis qu'il m'avait ramassée sur le plancher du bar la nuit dernière.

Une vague d'émotions monta dans ma poitrine. Bon sang. Je me sentais tellement bête. J'avais pleuré la nuit dernière sous la douche après que Cade m'eut repoussée sans ménagement de ses genoux. J'étais ivre, mais je n'arrivais pas à oublier mon attitude ridicule. Mis à part notre baiser – qu'il avait commencé, bon sang – il m'avait tenue à distance. Des questions me traversèrent l'esprit. J'avais hâte d'en savoir plus. Merde. Je n'avais qu'à demander. Je n'avais rien à perdre.

Je lui jetai un coup d'œil et une sensation de

chaleur se répandit dans mon ventre. Son profil se détachait sur le ciel bleu vif à travers la fenêtre du côté conducteur – des pommettes marquées et un nez droit avec une légère bosse. Je me souvins de l'après-midi où il s'était cassé le nez. Il était parti faire du vélo en montagne avec son ami John et était tombé quand son pneu avant avait rebondi sur un rocher. Le simple fait d'y penser me serrait le cœur. Je savais à peu près tout sur lui en grandissant. Même avant que nous ayons commencé à nous tourner autour au lycée puis que nous sommes sortis ensemble, il avait été mêlé à ma vie. Sa famille vivait tout près. Encore aujourd'hui, sa mère Georgia était proche de la mienne. Cela avait rendu la tâche d'éviter toute nouvelle de Cade terriblement difficile, mais j'avais réussi.

Mes yeux se posèrent sur la main de Cade, légèrement agrippée au volant. Une cicatrice s'enroulait en une courbe gracieuse sur la base de son pouce, je me rappelai la sensation de sa main sur moi quand je m'étais réveillée dans la nuit. J'arrachai mes yeux de son profil et déglutis. C'était incroyablement gênant. Doux Jésus. Je n'avais pas pensé que c'était possible, mais j'avais envie de Cade plus que jamais dans ma vie. Un jour à peine après avoir rompu avec Earl juste avant qu'il ne m'épouse, je convoitais mon ex. Le même ex qui m'avait trahie.

J'avais dû m'habituer à croiser Shannon dans Willow Brook pendant quelques années, mais elle avait depuis déménagé à Anchorage, ce qui avait été un énorme soulagement. Faire face à la trahison de Cade avait été déjà assez difficile, mais il était heureusement parti. Voir Shannon avait été comme du verre pilé dans une blessure. Pire encore, notre cercle d'amis avait été déchiré. Les cicatrices étaient profondes, et à ce jour, je ressentais toujours une souffrance en repensant aux amis qui avaient déclaré qu'ils ne pouvaient pas prendre parti.

Je chassai ces pensées de mon esprit et ramenai mon attention sur le présent. Cade était là et il m'avait embrassée éperdument la nuit dernière. Je n'ai jamais été lâche et je n'allais pas le devenir maintenant.

« Alors, combien de temps vas-tu rester à Willow Brook? » demandai-je.

Cade me jeta un coup d'œil, son regard vert accrochant le mien et provoquant un petit looping dans mon ventre.

« Je m'y réinstalle. »

J'eus l'impression de tomber, mon estomac se retourna et mon cœur se mit à battre si vite que je pouvais à peine respirer.

« Quoi? » ai-je finalement réussi à demander, ma voix devenant rauque.

Cade s'était reconcentré sur l'autoroute, mais ses yeux se tournèrent un instant vers moi avant de se fixer à nouveau vers l'avant.

Des larmes se pressèrent à l'arrière de mes yeux et ma poitrine se serra. Mon cœur était comme profondément marqué, la douleur vive et cinglante. J'avais si efficacement enfoui ma douleur derrière des murs de colère que j'étais surprise par sa férocité. Cade étant presque un fantôme dans ma vie, cela m'avait permis de garder ces murs intacts. La surprise de le voir les avait fait tomber en un instant et maintenant je me frayais un chemin dans ce labyrinthe, me demandant comment diable en sortir. Il revenait à Willow Brook? Je ne pouvais absolument pas gérer cette information.

Je regardai aveuglément par la fenêtre, oubliant complètement que j'avais tenté de démarrer une conversation avec lui. La matinée avait été suffisamment difficile, mais j'avais eu des choses à faire, comme m'habiller et fourrer ma robe de mariée boueuse dans un sac que la réceptionniste de l'hôtel m'avait poliment offert. Maintenant, je regardais le paysage défiler. C'était le milieu de l'été en Alaska, les champs de lupin violet ondulaient au vent. Le Denali s'élevait dans le rétroviseur, tandis que des lacs et des rebords rocheux flanquaient la route qui serpentait vers Willow Brook.

Cade s'approcha d'un stop au croisement de deux routes. Je pouvais sentir ses yeux sur moi, la sensation de son regard brûlant pratiquement à l'arrière de ma tête. Luttant contre mes larmes, je ne pouvais pas me résoudre à le regarder, alors je restai silencieuse et regardai la vue, qui était brouillée par mes larmes.

« Amelia? »

Je déglutis, la gorge serrée, mais je ne réussis pas à répondre. Il s'engagea sur la petite autoroute menant à Willow Brook et se gara immédiatement sur une petite aire sur le côté de la route face à la vue panoramique.

Confuse, je jetai un coup d'œil par-dessus mon épaule.

« Qu'est-ce que tu fais? »

Il coupa le moteur et me regarda.

« On pourrait peut-être en parler maintenant. Je veux dire, je suis de retour. Pour rester. Va falloir qu'on arrive à se supporter. Tu ne penses pas? »

Mon cœur battait si fort que j'avais l'impression qu'il allait me casser une côte. *Ressaisis-toi. Ça ne devrait pas être si difficile. Tu croyais que Cade resterait loin pour toujours juste parce que c'était plus facile pour toi?* En réalité, je ne m'étais même pas permis d'y penser. Ça faisait trop mal.

Je pris une bouffée d'air et le dévisageai, essayant de rassembler mes idées. J'avais le tournis, aux prises avec une vague d'émotions que j'avais évitée pendant des années.

Cade me regardait fixement, son regard direct et imperturbable. Trop désemparée, je me rabattis sur ce qui m'avait permis de traverser notre rupture : la colère.

« Il n'y a rien à dire », dis-je, grimaçant presque à mon ton cassant.

Il arqua un sourcil et s'appuya sur son siège, sans jamais détourner le regard. Je n'aurais pas pu me sentir plus déboussolée si je l'avais voulu. J'avais un œil au beurre noir, je ne portais même pas mes propres vêtements et j'avais rencontré Cade au pire moment possible. Sérieusement. J'aurais dû le vouloir pour choisir un pire moment.

« Puisque tu es toujours en colère contre moi, je suppose que tu n'as jamais pris la peine de demander ce qui s'était passé avec Shannon. Peut-être que tu ne veux pas en parler, mais tu m'as demandé de te déposer, alors je pense que tu me dois au moins une chance de mettre les choses à plat. »

J'avais l'impression de tomber à nouveau, de filer vers le sol à toute vitesse.

« Quoi?

— Tu as très bien entendu. Tu sais, on dirait que tu penses être la seule à avoir le droit d'être énervée. Il ne s'est rien passé avec Shannon. Je... »

J'essayai de lui couper la parole, mais son regard était si noir que je fermai la bouche.

« Est-ce que tu as déjà essayé de comprendre les saloperies que Shannon a faites? »

Il secoua la tête et continua.

« Je ne sais pas quel était son putain délire, mais elle a foutu la merde. Tu es entrée aussi choquée que moi quand elle est arrivée. Tu n'es pas restée pour me voir la repousser, ou pour entendre les conneries qu'elle a crachées. Je. N'ai. Jamais. Rien. Fait. Alors que tu étais occupée à penser que je t'avais trompée, je me suis demandé pourquoi tu ne voulais même pas entendre que ce n'était peut-être pas ce que tu pensais », dit-il, son ton sombre et empreint de douleur.

Il détacha finalement ses yeux des miens et regarda à travers le pare-brise. J'étais assise là, stupéfaite, mon esprit et mes tripes en ébullition.

« Tu veux dire...? »

Il se retourna vers moi, ses yeux me lançant des lasers.

« Je veux dire oui. Tu m'as coupé de ta vie si vite, je n'ai jamais eu l'occasion de t'expliquer. J'admets que j'ai été nul après que tu es partie et m'as évité pendant une semaine entière. J'ai arrêté d'essayer de t'en parler parce que, bah, parce que je ne savais pas si je rentrerais un jour à la maison. Au moment où j'ai commencé à y penser, ma mère m'a dit que tu étais avec Earl. Donc..? »

Il haussa les épaules et détourna à nouveau le regard.

Je pouvais à peine réfléchir. Je m'étais accrochée à son apparente trahison depuis si longtemps, je ne savais pas quoi penser. Je laissai échapper la première chose qui me vint à l'esprit.

« Tu veux dire qu'il ne s'est rien passé avec Shannon? »

Son regard vert me foudroya à nouveau, me retournant à nouveau l'estomac. Mon Dieu. J'étais perdue à tous les niveaux possibles. Mes émotions tourbillonnaient comme une tornade.

« Cade, je... »

Agitée, mes mots s'emmêlaient.

Ses yeux s'adoucirent, juste un peu.

« Je sais que ce que tu as vu était terrible, mais je ne savais même pas qu'elle était là. Elle m'a réveillé en grimpant dans le lit cul nu. Cette matinée entière était horrible. Tu étais partie, et je me réveille pour trouver cette foutue Shannon. Ensuite, tu arrives et ressors en trombe. Comprends-moi bien, j'ai compris pourquoi, mais tu ne m'as pas laissé le temps de t'expliquer quoi que ce soit. Quand tu as refusé de me parler de toute la semaine, j'ai vu rouge et j'ai dit tant pis. Il m'a fallu trois foutues années pour penser que peut-être je devrais te parler. À ce moment-là, tu sortais avec – bon sang, je ne sais pas – quelqu'un. Le temps passa et j'ai entendu que tu étais fiancée à Earl, alors je me suis dit qu'il valait mieux laisser le passé dans le passé. »

Les larmes brûlaient mes yeux et je pouvais à peine entendre au-dessus du bourdonnement dans mes oreilles.

« Pourquoi, pourquoi Shannon...? »

Cade haussa les épaules.

« Bon sang qui sait. C'était ton amie. »

Il commença à dire autre chose et s'arrêta, se détournant pour regarder à nouveau par la fenêtre.

Après sept ans à m'accrocher à ma colère, j'avais du mal à lâcher prise. Étrangement, je ne doutais pas de Cade. Ma colère, ma douleur et ma frustration étaient toutes groupées en un poing en moi et à la recherche d'une autre cible.

« Comment se fait-il que tu n'aies pas fait plus d'efforts pour me parler? » ai-je demandé, me sentant à nouveau irritée.

Après quelques instants de silence, alors que l'espace à l'intérieur de son pickup devenait lourd, il parla à nouveau.

« Amelia, écoute, on a tous les deux déconné. Tu

avais tout à fait le droit d'être énervée par ce que tu as vu. Je savais que je n'avais rien fait pour aller vers Shannon, mais je sais à quoi ça ressemblait. Peut-être que s'il n'avait pas été prévu que je déménage si rapidement après, on aurait pu recoller les morceaux. Au moment où je me suis calmé, ma vie était en Californie et tu étais ici. J'avais l'intention de revenir plus tôt, mais j'ai entendu que tu étais avec Earl et que tu prévoyais de te marier. Je, euh... »

Il s'arrêta pour regarder à nouveau par le pare-brise, sa gorge serrée.

« Lorsque le poste s'est ouvert, je me suis dit que j'allais rentrer à la maison. Ça me manquait, alors me voici.

— Quel poste? » demandai-je, en me concentrant absurdement sur le seul détail qui n'était pas douloureux.

Cade me regarda, son regard de nouveau impénétrable.

« J'ai pris le poste de contremaître avec la brigade d'intervention en milieu naturel à Willow Brook. »

J'acquiesçai, mais n'arrivais pas à penser à quoi dire ensuite. Tout était mélangé dans ma tête. Un tout petit coin de mon cœur faisait des roues. Il m'avait tellement manqué et depuis si longtemps. Entendre qu'il réemménageait chez lui était comme si le soleil apparaissait après des années d'obscurité. Pourtant, j'avais travaillé si dur pour repousser mes sentiments pour lui dans un placard verrouillé dans un coin de mon cœur. Je n'avais pas l'habitude de me permettre de penser à ces sentiments, encore moins de les laisser m'envahir.

« Alors, on dirait que ton mariage est annulé? » demanda-t-il, changeant de rythme dans notre conversation.

Nous traversions un territoire si chargé émotion-nellement, qu'une piste linéaire n'avait guère de sens.

J'acquiesçai, me demandant ce que je lui avais dit dans mon ivresse la nuit dernière.

« Ouais. J'ai, euh, tout gâché. De toute façon, je n'aurais jamais dû dire oui.

— Pourquoi l'as-tu fait? »

À une époque, j'adorais à quel point Cade était direct. À cet instant, c'était brutal. Je voulais m'enfuir, et je ne pouvais pas. *Tu n'es pas une poule mouillée, alors ne commence pas à faire comme si.* Le problème c'était que Cade me déstabilisait. C'était le seul homme qui l'ait jamais fait. Il me faisait me sentir vulnérable et fébrile. Pour l'amour du ciel, je dirigeais ma propre entreprise de construction : *Kick A** Construction*. Je repoussai l'incertitude en moi.

« Je, euh… Ma réponse est nulle, mais c'est la vérité. Je pensais qu'il ne fallait pas que je laisse passer ma chance avec lui, que je n'en aurais pas de meilleure. »

Sur ce, les larmes contre lesquelles je luttais coulèrent librement. Je devais foutre le camp d'ici. Je cherchai la poignée de porte et sortis de son pickup en chancelant.

Chapitre Six

CADE

« Tu as vu Amelia? »

Les yeux de ma mère s'écarquillèrent alors qu'elle me regardait de l'autre côté de la table de la cuisine. Georgia Masters, ma mère, était une femme dure à cuire qui se cachait derrière un extérieur poli et amical. Ses cheveux argentés étaient encore parsemés de quelques mèches brun foncé. Pendant de nombreuses années, elle les avait portés longs, mais maintenant ils étaient courts, les boucles encore un peu ébouriffées. J'avais hérité d'elle mes yeux verts, ainsi que mes cheveux bruns indisciplinés. Ma mère était la bibliothécaire de la ville – intelligente, sympathique et aussi proche du centre névralgique de la ville que n'importe qui d'autre.

Je pris une gorgée du café qu'elle m'avait préparé et hochai la tête.

« Ouais. »

Maman s'appuya sur le dossier de sa chaise.

« Sa mère est morte d'inquiétude. Amelia s'est enfuie, a littéralement couru hors de l'église et a abandonné Earl. Sarah a dit qu'elle n'avait pas répondu à ses appels depuis. »

Elle s'interrompit pour se pencher en arrière et attraper son téléphone sur le comptoir de la cuisine.

« J'appelle Sarah. Où est Amelia maintenant? »

Je me demandai quoi dire. Je savais exactement où j'avais laissé Amelia, mais je ne savais pas si elle voulait que quelqu'un sache où elle était. J'étais peut-être aux prises avec mes sentiments quand il s'agissait d'elle, mais j'avais aussi envie de la protéger. Elle ne m'avait pas demandé de cacher où elle était, alors je haussai finalement une épaule.

« Maman, je ne sais pas si elle veut que quelqu'un le sache. »

Maman plissa les yeux, pinçant ses lèvres.

« Qu'est-ce qu'il s'est passé? »

Sa question ne me surprit pas. Depuis que j'avais déménagé, ma mère n'avait jamais cessé de dire qu'elle aurait voulu que je fasse plus d'efforts pour parler à Amelia. Elle n'avait cessé qu'une fois qu'Amelia s'était fiancée à Earl. Mon esprit revint sur les vingt-quatre heures que j'avais passées avec Amelia. Après l'avoir embrassée sur le trottoir d'Anchorage, j'avais passé le reste de la nuit à mentalement me fustiger pour avoir été si facilement victime de mon désir. Pourtant, notre passé était ce qu'il était. Il fut un temps où elle représentait le monde pour moi. Aucune femme ne lui avait jamais fait d'ombre dans mon esprit. Non pas que j'aie donné à quiconque une chance d'essayer. Je n'y ai pas beaucoup réfléchi, mais je savais que je pouvais être perçu comme froid. J'évitais de m'attacher et j'étais clair avec toute femme qui croisait mon chemin. Une nuit au lit se terminait avant que je m'endorme. En fait, l'autre nuit avec Amelia avait été la première nuit où je m'étais permis de m'endormir avec une femme depuis qu'elle m'avait laissé tomber.

Mon cœur se serra. Merde. C'était beaucoup plus difficile que je ne l'avais prévu. Je pensais retourner à Willow Brook et apprendre à vivre avec le fait qu'Amelia était mariée à quelqu'un d'autre. Je n'avais pas compté sur ce que cela me ferait de la voir, et je n'avais certainement pas compté sur le fait qu'elle soit célibataire. Hier après-midi, elle s'était mise à pleurer et s'était enfuie de mon pickup, la voir si triste avait failli m'annihiler. Même si je savais qu'elle voulait probablement être seule, idiot que j'étais, je l'avais suivie hors de la voiture jusqu'aux bancs longeant la balustrade du point d'observation.

Avec une vue magnifique sur le Denali au loin et une rivière serpentant en un ruban scintillant à travers un champ près de l'autoroute, je m'étais assis à côté d'elle et j'avais attendu. Il m'avait fallu la plus grande discipline pour ne pas l'attirer dans mes bras, mais j'avais réussi. Finalement, elle avait essuyé son visage avec le bord de mon t-shirt – celui qu'elle portait – et m'avait regardé. Sans un mot, elle s'était levée, avait fermé les yeux et hoché la tête.

« On devrait y aller. »

J'avais tellement de choses à dire, mais aucune ne semblait juste. Je détestais, mais alors détestais, entendre qu'elle pensait qu'épouser Earl était la meilleure chance qu'elle avait. Elle n'avait aucune idée – aucune putain d'idée – que j'aurais donné n'importe quoi pour une chance d'arranger les choses entre nous. J'avais une idée de pourquoi elle pensait ça. Je savais que beaucoup de gars pensaient qu'elle était sexy. Bon sang, j'avais été au lycée avec la plupart d'entre eux. Mais elle était difficile et super intimidante. Comme elle pouvait regarder la plupart des gars dans les yeux du haut de son mètre quatre-vingt et se défendre à peu près n'importe où, eh bien, ce n'était pas facile. J'avais moi-même été intimidé, mais je la voulais tellement que je n'avais pas laissé cela me gêner.

Le revers de la médaille de son attitude passionnée et intransigeante – eh bien, quand elle était en colère, elle était vraiment en colère. Tout comme elle avait jeté son téléphone après avoir abandonné Earl, elle n'avait jamais répondu à mes appels répétés dans les jours et les semaines qui avaient suivi mon départ. À vrai dire, j'étais tellement en colère que je n'avais essayé que quelques fois après avoir déménagé, ne serait-ce que pour lui dire. Hier, je l'avais regardée et j'avais retenu mes mots. J'avais besoin de temps pour remettre mes idées en place avant d'en dire beaucoup plus que ce que j'avais déjà dit. J'ai donc conduit le reste du trajet jusqu'à Willow Brook et l'ai déposée à la maison de son frère en périphérie de la ville. Il n'y avait pas de téléphone là-bas, mais elle avait insisté sur le fait qu'elle voulait être laissée tranquille, alors je m'étais éloigné. Je n'avais fait aucune promesse de garder son secret.

Ma mère s'éclaircit la gorge et je levai les yeux.

« Tu as l'intention de répondre à ma question? » demanda-t-elle.

Je pris une autre gorgée de café et réfléchis à ma réponse. Au bout d'un moment, je passai une main dans mes cheveux en soupirant.

« Maman, il ne s'est rien passé. »

Georgia arqua un sourcil.

« Je ne suis pas stupide, Cade. Je peux dire à ton visage qu'il s'est passé quelque chose. Je t'en prie, dis-moi que vous êtes tous les deux revenus à la raison et que vous avez compris que vous êtes faits l'un pour l'autre.

— Maman, ça fait sept ans. Amelia vient de quitter son fiancé hier. Tu ne peux pas sérieusement penser que je reviendrais et que tout serait réglé aussi vite. Je ne sais même pas...

— Ne commence pas ça avec moi, dit-elle sèchement. Vous ne vous êtes jamais remis l'un de l'autre. Bon sang, Amelia était tellement déterminée à ne pas parler de toi qu'elle sortait de la pièce si je disais seulement ton nom chez sa mère. Et toi? Tu es resté en Californie six ans de plus que ce que tu avais prévu juste pour éviter de voir cette fille. »

Les paroles de ma mère étaient comme un coup de pied dans l'estomac – le genre qui te rend malade. Elle avait tout à fait raison, mais je n'aimais pas y penser du tout. Ça me blessait d'entendre à quel point Amelia avait fait des efforts pour ne pas entendre la vérité sur ce qui ne s'était pas passé avec Shannon. Elle était aussi têtue que moi. Sinon plus.

Ma mère souffla avant de se lever et d'attraper ma tasse de café vide. Elle marcha d'un pas lourd jusqu'au comptoir pour la remplir avant de revenir. Après un moment de silence, elle me regarda.

« Tu peux au moins me laisser dire à Sarah que tu as vu Amelia et qu'elle va bien? » demanda-t-elle, faisant référence à la mère d'Amelia.

— Ouais. Si elle est inquiète, dis-lui que j'ai déposé Amelia au chalet de Quinn. Je pense qu'Amelia veut un peu de paix et de tranquillité avant de devoir affronter les conséquences de s'être enfuie juste avant son mariage. Elle ne m'a pas demandé de garder ça secret, alors j'imagine que sa mère a le droit de savoir où elle est. »

Ma mère me regarda pendant un long moment. Ce n'était pas la première fois que j'aurais aimé qu'elle ne soit pas si perspicace. Je pouvais la sentir essayer de me lire. Mon cœur et mon esprit étaient complètement en bazar, et je ne voulais certainement pas essayer de trouver un sens à tout cela avec ma mère. Je l'aimais plus que tout, et je savais que j'étais chanceux de l'avoir comme mère, mais un peu d'intimité ne ferait pas de mal maintenant.

« Maman, ne me fixe pas comme ça, d'accord? »

Elle me lança un sourire entendu.

« Tu es juste mal à l'aise parce que je te connais si bien. Peut-être que tu ne veux pas parler, mais moi je vais le faire. Je l'ai déjà dit, alors je le redis : ne laisse pas la rancœur t'éloigner de quelqu'un que tu aimes. Shannon a créé des problèmes affreux pour toi et Amelia. Ne laisse pas ses actions dicter ton avenir. Tu as enfin une chance d'arranger les choses avec la seule femme que tu n'aies jamais aimée. Fais-le. »

Sur ce, elle prit lentement une gorgée de café et prit son téléphone, se levant pour me laisser à table tout seul.

« Sarah, c'est moi. Je viens de parler à Cade et crois-le ou non, il a emmené Amelia hier... »

Les mots de ma mère s'estompèrent alors qu'elle s'éloignait dans le couloir. Je savourai une autre gorgée de café et regardai par la fenêtre. La maison de mes parents était située à quelques kilomètres du centre-ville de Willow Brook. Ils avaient une vaste maison en rondins nichée dans un bosquet de peupliers. Cette région de l'Alaska était un mélange de champs et de zones rocheuses car elle était située sur les lointains contreforts du Denali, la célèbre pièce maîtresse de la chaîne de l'Alaska. Les peupliers laissaient place à un champ herbeux traversé par une rivière. Cette vue m'avait manqué chaque jour où j'avais été absent.

Pourtant, elle ne m'avait pas manqué autant qu'Amelia.

Chapitre Sept

AMELIA

Je regardai l'élan qui se tenait entre le pickup abîmé de mon frère et moi. L'élan en question, une maigre femelle d'un an, me regarda. Sa fourrure brune semblait douce, ses yeux sombres écarquillés et curieux. L'élan avait l'air si paisible que j'aurais pu être tentée de continuer et passer devant elle, mais je savais que c'était une mauvaise idée. Les élans sont myopes. J'imaginais que je devais ressembler à une forme floue à cette distance. Si j'avais de la chance, l'élan s'enfuirait dans la direction opposée quand je serais assez près, mais ce n'était pas une garantie. Plus de personnes étaient blessées par des élans chaque année en Alaska que par des ours. L'élan n'est pas un prédateur, mais il sursaute facilement. Vous ne savez jamais s'ils vont s'enfuir ou vous attaquer, il était donc préférable de rester à l'écart.

Je m'appuyai contre la balustrade de la terrasse et attendis. Un écureuil me regarda de son perchoir sur la balustrade à quelques mètres de là. J'avais dispersé des graines de tournesol sur le sol à proximité ce matin. L'écureuil détourna ses yeux vers le sol avant de se mettre à bavarder et de sauter au sol. Le bavardage galvanisa la jeune élan, et elle trotta vers les arbres.

J'attendis quelques minutes de plus avant de descendre et marcher vers le camion de Quinn. Mon frère aîné Quinn était l'une de mes personnes préférées. J'imaginais qu'il s'inquiétait peut-être pour moi, mais il m'avait donné l'espace dont j'avais besoin. Son chalet était à environ une demi-heure de Willow Brook. Il l'avait acheté un an plus tôt environ, lorsqu'il avait été mis en vente. Il n'avait pas l'intention de vivre ici, mais il voulait un pied-à-terre dans le coin lorsqu'il venait leur rendre visite avec sa femme Lacey. Il y a quelques mois à peine, Lacey avait donné naissance à leur première fille. Ils l'avaient nommée d'après notre mère, Sarah. J'adorais Quinn et j'avais été vraiment heureuse quand il avait enfin admis qu'il était amoureux de Lacey.

Je ne pouvais pas m'empêcher de me demander si la naissance de Sarah avait été le déclencheur qui m'a sortie de mon délire absurde avec Earl. J'étais allée à Diamond Creek où Quinn et Lacey vivaient pour rencontrer bébé Sarah. J'étais partie le lendemain en me demandant si j'aurais un jour la chance de trouver quelque chose comme ce qu'ils avaient. Quinn aimait Lacey comme un fou – Lacey, garçon manqué, obstinée et volontaire. Je voulais que quelqu'un m'aime comme ça.

Ce n'était pas une surprise de constater qu'il n'y avait pas beaucoup de passion entre Earl et moi. J'avais dit la vérité à Cade quand j'avais dit que je pensais qu'Earl était ma meilleure chance. Parce que ça y ressemblait vraiment. Moins de vingt-quatre heures avec Cade avaient été un rappel brutal et douloureux de ce que j'avais vécu par le passé.

Je montai dans le vieux camion que Quinn avait

laissé garé ici. Plusieurs tentatives pour faire démarrer le moteur échouèrent. J'appuyai ma tête contre le siège en soupirant. Je n'avais pas les idées claires lorsque j'avais demandé à Cade de me déposer ici hier. Tout ce que je savais, c'est que je devais me débarrasser de lui avant de faire ou de dire quelque chose de stupide. Je n'étais pas non plus prête à affronter qui que ce soit à Willow Brook. Pourtant, j'étais ici maintenant sans téléphone et sans moyen d'aller où que ce soit. Quinn et Lacey avaient beaucoup de nourriture ici, mais je m'étais rapidement rendu compte qu'être seule avec mes pensées et presque rien pour me distraire n'aidait pas. Du tout.

Je m'étais retournée toute la nuit, mes rêves étant un mélange désordonné de fureur et d'excitation. Je m'étais réveillée au milieu d'un rêve brûlant, si torride que ça m'avait fait rougir. Bien sûr, le seul homme dont j'avais jamais rêvé comme ça était Cade. Pire encore, le rêve était plus saisissant que tous ceux que j'avais eus depuis des années parce que je l'avais revu. De fantôme de mon passé, il s'était transformé ici et maintenant en une manifestation respirant de masculinité.

Murmurant un gros mot, je sautai du camion et constatai que l'élan curieux était revenu et grignotait les buissons près du porche. Je posai mes mains sur mes hanches et soupirai.

« Bon sang! L'élan, va chercher de la nourriture ailleurs! » appelai-je.

Le jeune animal s'arrêta dans son grignotage, son oreille bougeant dans ma direction pendant une seconde avant de recommencer à manger. Un autre écureuil bondit devant moi sur l'allée de pierre menant au chalet, se précipitant vers les graines de tournesol éparpillées, juste sous les pieds de l'élan. Je levai les yeux vers le chalet. C'était une mignonne petite maison en bois. Elle était carrée, sur deux étages avec un toit incliné pour laisser glisser la neige en hiver. Quinn m'avait embauchée pour remplacer le toit l'année dernière, et j'avais installé une jolie toiture en acier bleu.

Je jetai un coup d'œil à mon t-shirt. J'étais encore vêtue du t-shirt de Cade et du jean que j'avais acheté hier matin au grand magasin de l'hôtel. Avec un soupir, je me retournai pour m'appuyer contre le pickup. L'élan grignotait joyeusement les buissons, donc à moins que je ne sois prête à le chasser, j'allais devoir attendre.

J'aurais aimé ne pas avoir été assez stupide pour jeter mon téléphone et, pire encore, assez stupide pour insister pour que Cade me dépose ici. Je scannai la petite clairière devant la maisonnette, mes yeux se posèrent sur le tas de bois et la hache posée sur la souche de coupe. C'était à une bonne distance de l'élan. Bien. J'allais couper du bois. C'était le moins que je puisse faire pour Quinn et Lacey qui m'accueillaient dans leur chalet sans même le savoir.

Couper du bois était tellement satisfaisant. Chaque balancement du manche, chaque coup de hache quand elle entrait en collision avec le bois libérait mes émotions refoulées. Je devais y être depuis une bonne demi-heure quand j'entendis le grondement sourd d'un moteur qui descendait l'allée sinueuse. J'avais enfin réussi à chasser Cade de mes pensées, mais il y revint instantanément. Personne d'autre ne savait que j'étais ici.

Mon pouls s'emballa et c'est avec le ventre noué que je regardai par-dessus mon épaule pour voir son pickup s'arrêter lentement. Je détournai le regard et balançai à nouveau la hache.

Chapitre Huit

CADE

Je traversai l'allée de gravier, mes yeux posés sur Amelia. Elle avait noué mon t-shirt trop grand autour de sa taille, me donnant une belle vue sur ses fesses rebondies alors qu'elle se penchait pour ramasser le bois qu'elle venait de couper. Elle balança à nouveau la hache, fendant efficacement une autre bûche et passant rapidement à la suivante. Quand j'arrivai près d'elle, elle s'arrêta, laissant tomber la hache au sol. Elle passa sa manche sur son visage et me regarda. Ses cheveux étaient détachés et tombaient en vagues brun miel sur ses épaules. Sa peau était rouge et ses yeux incertains.

Juste avec ça, je bandais. Merde. Amelia me rendait fou. Je ne savais même pas pourquoi j'étais ici. Tout ce que je savais, c'est que je m'inquiétais du fait que sa mère vienne la voir quand elle aurait découvert où était Amelia. À la seconde où j'ai commencé à m'inquiéter de ça, j'avais dit à ma mère que je reviendrais plus tard et j'étais parti.

J'arrachai mes yeux des siens – le regard d'ambre dorée qui me happait – et scrutai la cour. Un élan se tenait près du porche, détruisant les buissons, et quelques écureuils faisaient des aller-retour. Je réussis à respirer et j'essayai de raisonner mon corps. Après une autre inspiration, je pensai que je pouvais la regarder à nouveau.

Elle se tenait là, une main sur sa hanche, et tout ce que je voulais, c'était la prendre dans mes bras et trouver un endroit pour me perdre en elle. Je me souvins des commentaires de ma mère sur nous et sur le fait que j'avais enfin la chance d'arranger les choses. Si seulement c'était aussi simple que ça.

J'écartai ces pensées et regardai Amelia.

« Je me suis dit que j'allais passer. Tu ne m'as pas demandé de garder le secret de où tu étais. Ma mère m'a harcelé pour pouvoir au moins dire à ta mère que tu allais bien, alors j'ai cédé. Si je devais garder le secret, je suis désolé. Je pensais que tu aurais peut-être envie de savoir. »

Amelia resta silencieuse puis hocha lentement la tête.

« Ok. Je ne m'attendais pas à ce que tu gardes tout ça secret. Je, euh, eh bien, je crois que j'ai réalisé que ce n'était pas une super idée d'être ici sans téléphone. La voiture de Quinn ne démarre pas », dit-elle en désignant un vieux 4x4 qui avait connu des jours meilleurs.

Je jetai un coup d'œil au véhicule et me retournai vers elle.

« Je ne pense pas qu'il va démarrer. On dirait qu'il n'a pas été bougé depuis plusieurs mois, dis-je, en montrant les pneus enfoncés dans le sol.

— Peut-être que tu peux le démarrer avec ta voiture », dit Amelia, une légère inflexion dans la voix formant une question.

Je fus immédiatement déçu. Pas à cause de ce qu'elle disait spécifiquement, mais pour ce que cela signifiait. Si le 4x4 démarrait, je devrais partir. Même si je ne savais pas précisément pourquoi j'étais ici, je ne voulais certainement pas partir. *Ouais, et ça va faire super impression de refuser d'aider à démarrer la voiture. Sors-toi les doigts et aide-la.*

J'acquiesçai avant de m'en rendre compte. Puisque parler n'avait aucun sens pour nous, je retournai simplement à mon pickup. En peu de temps, je l'avais garé devant le vieux tout-terrain et j'avais branché des câbles de démarrage. Quelques essais et rien ne changea. Amelia sortit du 4x4 de Quinn et vint regarder sous le capot.

« Tu es sûr que tu les as bien connectés? » me demanda-t-elle en jetant un coup d'œil à la batterie du véhicule.

Je n'essayai même pas de lever les yeux au ciel.

« Sérieusement, Lia? »

Je désignai les deux véhicules.

« Je t'en prie, vérifie. »

Les yeux d'Amelia s'écarquillèrent et ses narines se dilatèrent. Je réalisai soudainement que je venais de l'appeler par son ancien surnom. La plupart du temps, je l'appelais Amelia comme tout le monde. Mais quand nous étions seuls, je l'appelais parfois Lia. C'était comme recevoir un coup de pied dans la poitrine – ça faisait tellement mal de m'en souvenir.

Elle ne dit pas un mot et détourna finalement son regard du mien, ses yeux suivant les câbles de la batterie de ma voiture à l'autre.

« Bien sûr, tu as raison », dit-elle doucement.

Elle releva la tête, les yeux fermés.

« Essayons encore une fois. D'accord? »

Une autre vaine tentative. Amelia redescendit du vieux 4x4 de Quinn et décrocha les câbles de démarrage, les enroulant soigneusement avant de me les rendre. Mes doigts effleurèrent les siens en les prenant, envoyant une décharge électrique brûlante dans tout mon corps. Je les rapportai dans mon pickup et fermai le capot. Je jetai un coup d'œil au chalet et pouffai.

« J'espère que Quinn n'était pas trop attaché à ses buissons », dis-je en regardant l'élan en ronger un.

Amelia suivit mon regard et rit doucement.

« Lacey ne sera probablement pas ravie. Elle les a plantés l'été dernier. »

— Lacey? »

Elle me regarda, perplexe. Après une seconde, la confusion se dissipa.

« Oh c'est vrai. Tu as probablement manqué le fait que Quinn s'est marié. Après avoir terminé ses études de médecine et ses escapades à l'étranger, il est rentré à la maison. Il a accepté un poste dans un cabinet médical à Diamond Creek. Enfin, plus qu'un poste. Il a racheté le cabinet d'un médecin qui prenait sa retraite. Je ne sais pas si tu as déjà rencontré Lacey, mais ils étaient amis depuis des années. Ils allaient souvent faire des randonnées dans l'arrière-pays ensemble. Bref, ils se sont enfin réveillés et ont réalisé qu'ils étaient parfaits l'un pour l'autre. Quinn a acheté cette maison il y a environ un an pour qu'ils aient un endroit où dormir quand ils viendraient nous rendre visite à maman et moi. »

Je me suis rendu compte que j'avais manqué beaucoup de détails sur les amis et la famille de Willow Brook. Je n'avais pas fait beaucoup d'efforts. La vie de pompier forestier ne laisse pas une tonne de temps pour les visites. Ça me dérangeait de réaliser qu'il y avait un trou géant dans ma connaissance d'Amelia — j'avais raté tellement de choses. Je repoussai mes regrets et la regardai.

« Tant mieux pour Quinn. Je pense que je me souviens de Lacey. Elle était venue à plusieurs reprises – une randonneuse acharnée, non? »

Amelia rit.

« C'est une façon de la décrire. Elle dirige sa propre entreprise de guide. Quinn aide un peu, mais elle ne gère plus les voyages elle-même pour la majeure partie. Elle a une sclérose en plaques et maintenant ils ont le bébé. Si tu restes un certain temps, je suis sûre que tu les verras en ville. Ils viennent plusieurs fois par an. »

Je hochai la tête en me disant que nous pourrions peut-être avoir une conversation normale. C'est tout ce dont nous avions besoin – un peu d'entraînement à agir normalement et peut-être que ça m'aiderait à ne pas perdre complètement la tête en sa présence.

« Ça me ferait plaisir de voir Quinn. Je ne l'ai pas vu depuis des années », dis-je finalement, réalisant dès que les mots quittèrent ma bouche que tout revenait à Amelia et à notre horrible rupture.

Je n'avais pas vu Quinn depuis si longtemps parce que j'avais évité Willow Brook au cours des sept dernières années. La seule chose qui me ramenait à la maison était mes parents, et mes visites étaient brèves. Un silence s'installa à nouveau entre nous. Je scannai la cour, mes yeux faisant le tour jusqu'à ce que je remarque un autre élan qui marchait dans l'allée.

« Nous avons un nouveau compagnon. »

Amelia suivit mon regard et me regarda avec un soupir.

« Ça se voit que mon frère ne vient pas ici souvent. J'imagine qu'ils pensent que nous sommes sur leur territoire, ce qui est le cas j'imagine. »

Elle se mordit la lèvre, la taquinant avec ses dents, et mon sang se rua instantanément dans mon entre-jambe. Bon sang. Il fallait qu'elle arrête de faire ça.

Mec, il faudrait qu'elle arrête d'exister pour que tu puisses te ressaisir. C'était vrai et je le savais très bien.

Un autre coup d'œil dans l'allée, et je vis que notre nouveau visiteur était un élan mâle adulte. Ce n'était pas encore la saison des amours, la période où les mâles étaient le plus audacieux, mais il ne serait pas sage de rester là où nous étions.

« Viens, dis-je en glissant ma main autour de celle d'Amelia. Rentrons. On a plus de chance de pouvoir passer devant notre jeune copain là-bas que de jouer à chat avec ce mâle. »

Amelia se déplaça à mes côtés sans hésitation, ses foulées longues et confiantes.

« Hé l'élan, on passe! » cria-t-elle alors que nous approchions du jeune.

L'élan releva la tête. Cependant, il resta immobile alors que nous traversions. Amelia ne lâcha pas ma main en ouvrant la porte, et nous sommes entrés dans le chalet. Je ne pouvais pas lâcher prise. Pas encore. La simple sensation de sa main dans la mienne me faisait tellement de bien que mon pouls s'accélérait.

Je scannai la pièce dans laquelle nous étions entrés. La lumière pénétrait à travers les fenêtres du mur du fond, qui donnaient sur un lac isolé au milieu des sapins. La pièce était grande et aérée avec un canapé et deux fauteuils à bascule situés près d'un poêle à bois contre le mur du fond. Une cuisine avec d'un côté une batterie de casseroles en cuivre suspendues à un support décoratif et un îlot bas servant de siège. Un escalier en colimaçon menait à l'étage où je présumais que se trouvaient les chambres car la seule porte en bas était sur le côté de la cuisine.

Je jetai un coup d'œil à Amelia qui n'avait pas bougé depuis qu'elle avait fermé la porte derrière nous. Le soleil qui éclaboussait la pièce illuminait ses cheveux, leurs donnant des reflets dorés. Elle n'avait même pas besoin d'essayer, je la voulais si férocement que je pouvais à peine contenir le besoin qui me traversait. Sept putains d'années, et elle me menait toujours par le bout du nez. J'avais été tellement stupide de penser que je pouvais rentrer à la maison et garder mes distances.

Elle me fixa, son regard miel-ambre s'assombrissant pour prendre une teinte de cognac. Je savais ce que je lisais dans ses yeux. Je ne pouvais qu'espérer qu'elle me voulait aussi désespérément que je la voulais.

Ma raison fut balayée par une vague de désir irrésistible — de la luxure pure et dure. Sa main était chaude dans la mienne. Je me tournai pour lui faire face, caressant lentement son poignet de mon pouce juste où je pouvais sentir son pouls s'emballer. Je me rapprochai jusqu'à être presque contre elle. Ses seins montaient et descendaient contre ma poitrine avec sa respiration irrégulière. Je tirais une sombre satisfaction à savoir qu'elle était peut-être aussi excitée que moi.

J'étais animé — animé par des années d'absence, par des années de sexe pourri avec des femmes qui ne signifiaient presque rien pour moi, et par des années de colère et de rancœur face à ce que nous avions perdu à cause des mensonges de quelqu'un d'autre. Je m'accrochai au peu de contrôle qu'il me restait alors que je me tenais là, ma bite dure et mon corps esclave de mon désir. Après quelques instants, j'avançai d'un pas, me serrant contre elle. Je pouvais sentir un léger frisson parcourir son corps.

Sa peau était encore rouge, et ses cheveux étaient ébouriffés, d'avoir coupé du bois. Un éclair de pur besoin me foudroya. Je me dis que je ne pouvais pas laisser les choses aller trop loin. Pas tout de suite. Mais je ne renoncerais pas à un avant-goût de ce que je voulais si désespérément.

Elle recula et je la suivis. Quelques pas seulement, et ses hanches heurtèrent le comptoir. Je libérai sa main et glissai les miennes sur ses hanches pour la soulever et l'asseoir sur le comptoir.

« Cade. »

Elle prononça mon nom comme une supplique : d'une voix ferme et rauque.

« Lia. »

Ma voix était dure et rauque, reflétant mon besoin, mon désir, ma colère et mes regrets.

Je tirai ses hanches contre le bord du comptoir et me positionnai entre ses genoux. J'étais peut-être à moitié fou, mais je devais lui donner une chance de me dire de reculer.

« Dis-moi que tu ne veux pas de ça », murmurai-je.

Elle rougit encore plus. Elle secoua la tête.

« Je ne peux pas.

— Que veux-tu? »

Elle déglutit alors que mes mains glissaient sur les courbes de ses hanches et sur ses côtes. Je touchai l'un de ses seins, savourant sa richesse.

Elle ne m'avait pas encore répondu. Je fis glisser mon pouce d'avant en arrière sur son mamelon, tendu et érigé à travers mon t-shirt.

« Tu me réponds pas. »

Je ne savais pas qui j'étais en ce moment. Nous avions toujours été un peu aventureux quand il s'agissait de sexe – repoussant nos limites. Amelia était une force de la nature et le sexe ne faisait pas exception. Entre nous, c'était étincelle après étincelle jusqu'aux flammes. Pourtant, même avec le souvenir de comment c'était avec elle, j'étais sur le fil du rasoir. Le tumulte d'émotions qui m'envahissait me poussait au bout de ma retenue. Je devais savoir qu'elle était aussi dévastée que moi.

Jouant toujours avec son mamelon d'une main, je glissai l'autre autour de son cou, coulant mes doigts dans ses cheveux ébouriffés. Mon pouce effleura le rythme effréné de son pouls.

« Lia... allez. Ne mens pas.

— Je te veux », dit-elle finalement, ses yeux brûlant de désir et d'autre chose. Je te l'ai dit quand tu m'as trouvée. J'étais peut-être ivre et triste, mais c'était la vérité. Ça a toujours été toi. Personne d'autre. Pour tout le monde, je suis trop... »

Elle s'arrêta, la colère brillant dans ses yeux.

Je ne pus m'en empêcher et me cambrai contre elle, gémissant presque à la sensation de son centre chaud. Elle murmura quelque chose puis leva les yeux. Je pensais qu'elle voulait dire quelque chose. Au lieu de cela, elle me tira vers elle, nos bouches se heurtant dans un baiser féroce.

Chapitre Neuf

AMELIA

Je basculai dans la folie du baiser de Cade. Ses baisers avaient toujours été supers – un mélange de dur et de tendre – mais ils étaient exceptionnels aujourd'hui. Des caresses de sa langue contre la mienne, des morsures légères de ma lèvre inférieure, une pression langoureuse sur mes lèvres – des baisers chauds, humides et étourdissants. Mes sens s'étaient évaporés au point de ne même pas remarquer quand il enleva mon t-shirt. Merde, je n'avais pas réalisé que j'avais déjà retiré le sien jusqu'à ce qu'il se rapproche, et je gémis à la sensation de sa poitrine musclée contre moi. Sa peau était chaude et lisse. Je n'aurais pas pensé qu'il était possible qu'il fût encore plus en forme qu'avant, mais soit ma mémoire me faisait défaut, soit il avait encore gagné du muscle. Il était musclé de partout et je ne pouvais pas m'en lasser. Je me sentais si souvent trop grande, trop forte et disgracieuse avec les hommes. Je n'avais jamais ressenti ça avec Cade.

Cade était plus grand que moi, mais ce n'était pas juste ça. D'une manière ou d'une autre, il m'engloutissait dans son étreinte chaque fois que j'étais avec lui. Je n'avais certainement pas besoin de protection, mais je me sentais protégée quand j'étais avec lui – comme s'il pouvait repousser quoi que ce soit. Ça me donnait un étrange sentiment de liberté, comme si je pouvais lâcher prise comme jamais ailleurs. Le sentiment était si rare que je m'y abandonnai et me laissai emporter dans cette folie qui n'existait qu'avec lui.

Ses lèvres déposaient une ribambelle de baisers enflammés le long de mon cou, tandis que je caressais sa poitrine de mes mains, savourant chaque muscle dur et défini. Je criai quand il arracha mon soutien-gorge et prit un de mes mamelons dans sa bouche chaude. Je manquai de jouir rien qu'avec ça. Je n'avais pas eu d'orgasme avec quelqu'un d'autre que mon vibromasseur depuis sept ans, en plus de tout ce qui accompagnait l'amertume de notre rupture. Tout ce que je voulais, c'était lui. Là, tout de suite.

Je glissai ma main sur le renflement de sa queue, savourant son grognement rauque contre ma peau. Il leva la tête, son regard vert foncé emprisonnant le mien. Il avait ouvert les boutons de mon pantalon et m'avait tourmentée sans pitié en faisant glisser ses doigts d'avant en arrière sur mon jean, mais maintenant il passa un doigt sous le bord de mon sous-vêtement et se faufila à travers mes boucles, jusque dans mes plis trempés.

Je ne pris même pas la peine de cacher mon gémissement. J'étais partie si loin que je m'en fichais.

Le front de Cade tomba sur le mien, ses lèvres effleurant les miennes.

« Tu es tellement mouillée », murmura-t-il.

Ma seule réponse fut de gémir quand il passa son pouce sur mon clitoris – juste une fois et juste assez pour me faire perdre la tête. Il enfonça un doigt en moi, poussant profondément. Je criai, mes hanches ondulant sous son toucher. Un autre doigt rejoignit le premier et il joua avec moi, m'étirant et me taquinant, son pouce flottant sur mon clitoris.

Je courais après ma libération, mais il me retenait, m'amenant au bord du précipice puis reculant. Presque folle d'envie et désespérée, je jurai.

« Cade, si tu ne... »

Il eut un petit rire.

« Ça c'est ma nana. J'adore quand tu te mets en colère. »

Ces mots suffirent. Je glissai ma main dans son slip, soupirant à la peau veloutée et chaude de sa bite dure. Son souffle siffla et il arrêta de me tourmenter. Il s'enfonça profondément en moi, me baisant avec ses doigts et m'envoyant tournoyer dans une explosion de plaisir éclatant.

Chapitre Dix

CADE

Je regardai Amelia, mon cœur se serrant au milieu de ses battements assourdissants. Bon sang. Amelia était magnifique quand elle lâchait prise. Son cri rauque était une musique pour mon corps, résonnant dans chaque fibre de mon être. Elle était assise devant moi sur le comptoir, ses longues jambes enroulées autour de mes hanches, ses joues rouges et ses lèvres enflées. Son canal se resserra autour de mes doigts, ses spasmes ralentirent. Mon regard se posa sur ses seins – pleins et luxuriants, ses mamelons humides et d'un rose sombre. Je n'avais rien oublié d'elle, mais tout s'était estompé. La netteté de ce moment me transperça le cœur. Tout d'elle – son apparence, son odeur, le sentiment d'être ensemble – était aveuglant de clarté, et je pouvais à peine reprendre mon souffle.

Elle soupira, ses jambes se détendant autour de mes hanches. Je réussis à relever mes yeux pour trouver les siens qui attendaient. Avant que j'aie la chance de former une pensée, elle poussa mon jean sous mes fesses, et ma bite fut libérée. Amelia me repoussa rapidement en se dandinant pour descendre du comptoir. Sa main me caressa légèrement avant qu'elle fasse glisser sa langue d'un côté et de l'autre. Mes genoux manquèrent de céder quand elle leva les yeux. Ses cils avaient des reflets or à cause du soleil qui entrait par les fenêtres, encadrant ses yeux sombres de désir et d'un soupçon de malice. Elle adorait m'avoir à sa merci et savait très bien que c'était le cas maintenant, avec ma bite dans son poing et ses lèvres à quelques centimètres.

Elle attendit un moment — ses yeux fixés sur les miens — puis elle plongea sa tête vers mon membre, enroulant sa langue autour du bout de mon sexe et m'attirant dans sa bouche. J'aurais aimé penser que j'avais plus de contrôle. Bon sang, je n'étais plus jeune et précoce. Mais j'étais resté sept longues années sans la seule et unique femme qui pouvait me terrasser — corps, cœur et âme. Sa bouche chaude autour de moi — sa langue et ses lèvres jouant avec moi — et j'étais si près de me libérer, je serrai les dents. Une autre lente caresse de sa langue sur le dessous de ma bite avant qu'elle ne m'attire en elle à nouveau, et c'était la fin. La libération me traversa.

Amelia se recula lentement, sans sourciller sur le fait que je venais d'éjaculer dans sa bouche. Elle n'avait jamais été prude auparavant et ne l'était pas maintenant. Elle se redressa et appuya ses hanches sur le comptoir. Quelque part au milieu de ma délivrance rugissante, j'avais posé mes mains sur le comptoir derrière elle, la laissant debout dans la cage de mes bras. J'haletai encore quelques instants et essayais de reprendre un semblant de contrôle. Je me redressai enfin et rencontrai ses yeux. Le coin de sa bouche se recourba en un sourire, ses joues rougissant légèrement.

En la regardant, je luttais contre ce que je voulais —

la soulever dans mes bras et la transporter à l'étage là où j'imaginais qu'il devait y avoir un lit. Faire ce pas semblait presque dangereux – trop intime, trop de ce que je voulais, trop de tout ce que je n'étais pas sûr de pouvoir avoir. Pas avant d'avoir pris le temps de démêler tous les regrets et les malentendus entre nous. C'était une chose de relater les faits qui s'étaient passés – un mensonge bien calculé nous avait éloignés l'un de l'autre – mais c'en était une autre de passer à autre chose après des années de séparation.

On resta comme ça pendant plusieurs minutes. Le demi-sourire d'Amelia s'évanouit et elle commença à avoir l'air anxieuse. Elle le masquait bien, mais je la connaissais probablement mieux que je ne me connaissais moi-même. Je secouai la tête.

« Ne fais pas ça.

— Pas quoi? répliqua-t-elle.

— Ne pars pas dans ta tête. Je ne voulais pas, eh bien, je ne voulais pas aller aussi loin, mais ce n'est pas comme si on ne savait pas tous les deux ce qui se passe entre nous. »

Elle était silencieuse et hocha finalement la tête. Ça aurait dû être gênant – bon sang, nous nous étions presque perdus l'un dans l'autre – mais ce n'était pas le cas. J'essayai de me souvenir de la dernière fois qu'une femme m'avait mis dans cet état et je ne me souvins pas d'une seule… à part Amelia.

Je reculai, laissant glisser mes doigts le long de son bras, un subtil sentiment de satisfaction me parcourant quand je sentis sa peau frémir sous ma main. Je me forçai à faire un autre pas en arrière et me penchai pour attraper son t-shirt sur le sol. Enfin, mon t-shirt, mais elle le portait. J'eus un étrange sentiment de satisfaction à l'idée qu'elle portait mes vêtements.

Après qu'elle eut caché ses seins bien trop tentants

derrière son soutien-gorge et mon t-shirt, et après que j'eus boutonné mon jean, elle regarda le comptoir et jeta un coup d'œil par-dessus son épaule.

« Café? Ou autre chose? »

Je la fixai et me retrouvai à hocher la tête parce que je ne savais pas quoi faire d'autre. Quelle était la chose normale à faire quand j'avais rêvé d'elle sans cesse pendant sept ans, quand j'étais plein de rancœur sur la façon dont elle m'avait exclu sans me donner la chance de m'expliquer, et quand j'avais enfin retrouvé ce qui m'avait manqué autant que l'air me manquerait si je ne pouvais plus respirer?

Eh bien, il semblait que le banal était la meilleure option, donc du café. Je crochetai le pied d'un tabouret avec ma botte et l'éloignai du comptoir. M'asseyant dessus, je m'appuyai sur un coude et la regardai faire du café.

Chapitre Onze

AMELIA

Je posai le pied au sol et retirai prudemment l'échelle du toit. Je terminais un projet de remplacement de toiture aujourd'hui. Cade m'avait déposée en ville après être passé et m'avoir rappelé de façon approfondie pourquoi je ne m'étais jamais remise de lui. J'avais appelé ma mère pour lui faire savoir que j'étais de retour. Elle s'était retenue de poser trop de questions, mais je savais qu'elle devait être inquiète, vu que j'avais fui mon propre mariage. Je me disais que j'allais devoir affronter les ragots que j'avais créés en larguant Earl. Mon travail me donnait quelque chose à faire. Mais à part ça, je pouvais à peine arrêter de penser à Cade, donc il me fallait quelque chose pour m'occuper.

Je jetai un coup d'œil vers Lucy Caldwell, appuyée contre notre camion de chantier. Lucy avec ses cheveux blonds, ses yeux bleus et sa silhouette bien dessinée qu'elle cachait efficacement dans sa tenue de chantier. Lucy avait eu la gentillesse de ne pas m'embêter avec des questions quand je lui avais dit que je la retrouverais sur le chantier aujourd'hui. Lucy était ma seule employée à temps plein dans la petite entreprise de construction que j'avais créée cinq ans plus tôt. Kick A** Construction était son nom — celui que j'avais choisi en référence aux autocollants de pare-chocs que l'on trouve beaucoup en Alaska qui disent : *Alaskan Girls Kick Ass*.

J'avais toujours aimé travailler à l'extérieur et plus particulièrement les boulots de construction. Quand j'étais petite, mon tout premier projet avait été une niche pour la chienne de la famille, Dora. Elle n'était pas très droite, et ma mère et Quinn m'avaient aidé à la finir, mais je ne m'étais jamais autant amusée. Au fil de la vie, j'ai continué à entreprendre de petits projets ici et là. Je suis allée à l'université d'Anchorage, quand j'étais follement amoureuse de Cade, où j'ai étudié l'architecture. Quand tout a explosé avec Cade, je ne savais plus quoi faire. À l'époque, nous venions de nous réinstaller à Willow Brook. J'avais un boulot au Firehouse Café, un café-restaurant, et je cherchais quoi faire. Cade devait partir pour une année complète de formation pour devenir pompier forestier en Californie. Nous avions discuté de la possibilité que je déménage avec lui, mais je n'avais pas beaucoup d'argent à l'époque.

Il ne m'était jamais venu à l'esprit que notre relation pouvait s'effondrer. Quand il a pris cet avion pour la Californie, j'étais tellement en colère que j'avais du mal à voir clair. Entre mes heures au café, j'ai commencé à trouver des petits boulots en tant qu'entrepreneuse indépendante. En un clin d'œil, c'était mon boulot à plein temps et je dus faire des choix pour officialiser mon entreprise. Kick A** Construction naquit. Au début, c'était juste moi. Mes petits boulots m'ont valu des recommandations pour des chantiers plus importants, et j'avais besoin d'aide. Je connaissais Lucy de loin. Lucy avait déménagé en

Alaska quand nous étions au lycée, un moment où mon cercle d'amis était bien établi. Shannon, mon ancienne amie qui m'avait trahie si horriblement, avait réduit ce cercle en cendres.

Lucy m'avait entendu parler du fait que j'avais trop de chantiers un jour au café et m'avait proposé son aide. Nous formions une équipe de choc.

Je lui fis un signe de la main et mis l'échelle sous mon bras, traversant la cour pour la hisser au sommet du camion. Sans un mot, Lucy tendit la main pour m'aider à la placer sur son support et à ajuster les fixations pour la maintenir en place.

On s'appuya contre le hayon. J'inspectai le nouveau toit que nous avions installé sur la petite maison.

« C'est beau. »

Lucy gloussa.

« Un toit n'a pas besoin d'être beau, même si celui-ci l'est ne serait-ce que parce qu'il est rouge. Les toits c'est comme des chaussures. On en a besoin. C'est pratique, mais ça n'a pas besoin d'être joli. »

Je regardai Lucy et secouai la tête.

« Est-ce que je peux apprécier le fait qu'il soit joli? Je veux dire, le rouge rend bien avec les arbres », dis-je en désignant le toit en acier rouge.

Lucy leva les yeux au ciel.

« Bien sûr, tu peux l'apprécier. Je te rappelle juste que c'est un toit. C'est fait pour protéger des éléments. »

Elle jeta un coup d'œil à sa montre et essuya une trace de terre sur son bras.

« Il n'est que midi. Tu veux aller sur le chantier des Jacobson ou attendre à demain? »

Nous devions commencer des travaux dans une nouvelle maison cette semaine. Je regardai Lucy, considérant sa question.

« On commencera demain. Je voudrais revoir les plans et m'arrêter chez Denali Builders pour m'assurer que toutes nos commandes sont arrivées. »

Lucy hocha la tête.

« Ça marche. Tu veux déjeuner d'abord?

— Ouais pourquoi pas. Au Firehouse? »

Lucy hocha la tête, et monta dans le camion. Après un court trajet en voiture dans le centre-ville, je me garai sur une place de parking en face du Firehouse Café. Le centre-ville de Willow Brook était pittoresque, situé dans une vallée au pied de la chaîne de l'Alaska avec vue sur le lac Swan. Le lac était alimenté par plusieurs ruisseaux descendant des montagnes lointaines et offrait une vue magnifique en toutes saisons. Le lac était la raison pour laquelle Willow Brook avait été fondé. Il offrait de l'eau douce et des poissons tout l'été. À proximité d'Anchorage, la ville offrait à ses résidents les avantages de la vie dans une petite zone sauvage, tout en ayant la possibilité de se rendre à Anchorage pour faire des courses sur la journée. Les touristes passaient et faisaient vivre les entreprises locales du printemps à l'automne, mais la ville conservait son aspect village avec seul un petit groupe d'habitants permanents.

Je descendis du camion et regardai autour de moi. Le Firehouse Café était sur la rue principale. Il était en fait installé dans l'ancienne caserne de pompiers de la ville. C'était un grand bâtiment carré dont l'ancien garage avait été transformé en salle à manger avec une boulangerie et une cuisine ouverte. Les barres de descente des pompiers avaient été peintes de couleurs vives avec des fleurs d'épilobes, et la touche finale étaient les cadres des fenêtres colorés et les œuvres d'art accrochées aux murs. Des tables carrées en bois étaient éparpillées dans la salle et un comptoir offrait des sièges supplémentaires où les clients avaient une vue dégagée sur la cuisine et la boulangerie. Les couleurs réveillaient les longs hivers sombres.

Quelle que soit la saison, le Firehouse Café était plein. Lucy aperçut une table qui se libérait dans le coin et se précipita à travers le restaurant pour la réserver. Elle sourit largement quand je la rejoignis et me glissai sur la chaise en face d'elle.

« J'espère que tu n'as fait trébucher personne sur le chemin », commentai-je en secouant la tête.

Lucy gloussa et tendit la main pour ajuster sa queue de cheval. Si on oubliait ses vêtements – généralement des jeans et des t-shirts déchirés et rarement féminins – on pourrait penser qu'elle était fragile. Avec ses cheveux blonds, ses yeux bleus vifs et son teint crémeux, elle était magnifique. Elle avait un petit rire féminin et était plutôt petite. Pourtant, elle était le plus gros garçon manqué que j'ai jamais connu. Elle ignorait sa beauté et ne faisait rien pour se mettre en valeur. C'était une travailleuse acharnée et elle ne bronchait jamais quand il fallait se salir ou jouer du marteau toute la journée. J'adorais travailler avec elle et me sentais chanceuse que Lucy ait entendu ma conversation ce jour-là. Lucy était aussi devenue ma meilleure amie. Vu que nous passions une tonne de temps ensemble, c'était un sacré bonus.

« Hey les filles! Deux cafés? » demanda Janet James en passant devant notre table avec un plateau chargé de vaisselle sale. Janet était la propriétaire du café et y était presque tout le temps.

« Tout à fait! dis-je rapidement.

— Ça vient tout de suite », dit Janet alors qu'elle marchait rapidement vers le comptoir et se glissait derrière, disparaissant par une porte battante.

Un cuisinier tenait le grill, glissant rapidement la

nourriture sur des assiettes, qui étaient emportées par la serveuse. Je scannai le café, un peu soulagée de ne voir personne que je connaissais. Oh, je connaissais presque tout le monde de vue, mais je me faisais discrète depuis mon non-mariage désastreux. Lucy prit un appel sur son téléphone et mon esprit s'envola instantanément vers Cade. Ça devenait un problème. Si je n'avais pas quelque chose à faire ou quelqu'un à qui parler, Cade entrait dans mes pensées – plus audacieux que jamais.

Seulement deux jours s'étaient écoulés depuis que j'avais presque perdu la tête à cause de lui, et j'avais perdu d'innombrables heures à penser à lui. Tout ce que je voulais, c'était le revoir... encore et encore. D'une certaine façon, nous étions arrivés à nous comporter normalement avant qu'il ne me propose de me ramener à Willow Brook. J'aurais voulu – désespérément – me cacher dans le chalet de Quinn avec Cade et oublier tout le reste. Mais ce n'était pas si simple et je le savais très bien. Il m'a peut-être donné mon premier orgasme en sept ans, mais cela ne voulait pas dire que nous avions digéré toute la douleur du passé.

J'essayais encore d'absorber ce qu'il m'avait dit en revenant d'Anchorage. Je comprenais bien qu'il avait été blessé et en colère que je ne lui ai même pas donné une chance de s'expliquer. J'étais trop en colère pour le voir et lui parler. J'avais même évité d'y penser la plupart du temps. Ça faisait trop mal. En y repensant maintenant, j'étais tentée de demander à quiconque en savait plus à quel point j'avais pu être stupide. Shannon n'avait pas une fois essayé de me parler avant de déménager. Mais je savais que quelques personnes connaîtraient les tenants et les aboutissants de cette affaire.

« Eh oh, tu es de nouveau perdue dans tes

pensées », dit Lucy en agitant sa main devant mon visage.

Je levai les yeux de la table.

« Hein? »

Lucy leva les yeux au ciel.

« D'accord. Il est temps de discuter, dit-elle d'un ton sans réplique. Tu as quitté Earl. Je ne vais pas dire...

— Oh, tu peux me dire que tu m'avais prévenue. C'est le cas », dis-je avec un sourire triste.

Lucy m'avait plus d'une fois fait part de son inquiétude quant à ma relation avec Earl, qui était, eh bien, selon la description de Lucy « fade comme des flocons d'avoine ».

Lucy sourit faiblement.

« Je ne veux pas te dire que je t'avais prévenue parce que j'aurais aimé me tromper. Je t'ai laissé tranquille depuis que tu es revenue travailler hier, mais tu veux bien me dire comment tu vas? »

Je haussai les épaules et fit pivoter mon poignet légèrement.

« Pas génial. Je me sens comme une merde. J'avais décidé que je devrais aller voir Earl au moins, dès mon retour en ville avant-hier, mais il n'était pas à la maison. »

Lucy s'appuya sur le dossier de sa chaise quand Janet s'approcha de notre table. Elle posa nos deux cafés et nous regarda.

« Un truc à manger?

— Le plat du jour ce sera parfait, déclara Lucy.

— Deux hamburgers au saumon. Quelque chose avec? répondit Janet.

— Des frites, ajoutai-je.

— Ça marche », dit Janet en se détournant.

Lucy prit une gorgée de café et pencha la tête sur le côté.

« Earl n'est pas à la maison parce qu'il est parti pêcher avec son frère. »

Elle ne réussit pas à masquer son rictus.

Lucy avait été assez directe sur le fait qu'elle ne pensait pas qu'Earl m'appréciait pour qui j'étais. Elle ne me connaissait pas vraiment quand j'étais avec Cade, alors elle ne savait pas à quel point je savais ce que je ratais.

Je la fixai.

« Il est parti pêcher? »

Lucy soupira.

« Hé oui. Amelia, j'aimerais dire que le gars était effondré quand tu l'as quitté avant même qu'il n'atteigne l'autel, mais ce n'est pas le cas. Il a raconté à son père ce qui s'était passé et ils sont venus ensemble pour annoncer que le mariage était annulé. Alors qu'on se demandait tous où tu étais et que ta mère paniquait, il a dit à tout le monde de profiter de la réception. Et avant que je ne réalise ce qui c'était passé, il était parti pêcher avec Dan. »

Lucy termina par un haussement d'épaules, ses yeux scrutant mon visage.

Je sentis la morsure dans mon cœur. Il serait complètement ridicule que j'aie le cœur brisé en apprenant que mon ex-fiancé avait si facilement accepté l'annulation de notre mariage. Ça ne faisait mal que dans le sens où ça renforçait toutes les raisons pour lesquelles je m'étais enfuie. S'il y avait une question que j'aimerais poser à Earl – à son retour de sa fichue sortie pêche – ce serait pourquoi il avait voulu m'épouser tout court.

« Ça va? » demanda Lucy.

Je pris une gorgée de mon café.

« Je vais bien. Ça craint, c'est tout. C'est exactement pour ça que je ne pouvais pas l'épouser. J'aurais juste aimé m'en rendre compte beaucoup plus tôt, mais c'est la vie. »

Je me tus et jetai un coup d'œil à la porte quand je l'entendis s'ouvrir.

Un groupe de randonneurs entra. Je ne pus m'empêcher de me sentir un peu déçue. Je m'attendais à voir Cade et devais refouler cet espoir chaque fois que c'était quelqu'un d'autre.

« D'accord, mais il y a autre chose qui ne va pas? J'imaginais que toute cette histoire de mariage non-mariage serait tout ce qui te préoccuperait, mais ce n'est pas ça », dit Lucy, ses yeux se plissant quand je me retournai vers elle.

Je ne pus cacher la rougeur qui chauffait mes joues. Lucy ne dit rien d'autre et pencha la tête.

Je pris une autre gorgée de café, et reposai violemment ma tasse sur la table.

« Eh bien. J'ai vu Cade.

— Cade Masters? Le gars dont tu étais gaga avant? Je le connaissais à peine au lycée, mais c'était impossible de ne pas savoir qui il était. Toutes les filles bavaient sur lui. Je suis au courant de l'histoire horrible avec ton ancienne copine Shannon. Alors, qu'est-ce qu'il s'est passé? »

Je fermai les yeux et pris une inspiration.

« Il est arrivé par hasard dans le bar où je venais peut-être de commencer une bagarre... » dis-je en désignant mon œil au beurre noir qui s'estompait.

Heureusement, le gars qui m'avait frappée ne savait pas viser. Il avait touché mon visage, mais son poing avait glissé de ma joue très vite. L'ecchymose n'était pas trop marquée et s'estompait déjà.

Les yeux de Lucy s'écarquillèrent.

« Tu sais, je devrais gagner un sacré paquet de points pour ne rien dire là-dessus. Dès que je t'ai vue j'ai su qu'il y avait anguille sous roche, mais je me suis dit que tu me raconterais en temps voulu. Tu t'es battue, tu as un œil au beurre noir et ton ancien petit ami est venu te sauver?

— Ça résume à peu près la situation. »

Lucy fit tourner sa main en l'air.

« Oh, tu n'es même pas près d'avoir fini. Qu'est-ce qu'il s'est passé d'autre? »

Les souvenirs de nos moments enivrants, époustouflants et déchirants au chalet jaillirent dans mon esprit. Le simple fait d'y penser m'envahit d'une onde de chaleur. Je regardai Lucy et soupirai.

« Peut-être un petit peu plus. Je ne sais plus où j'en suis », dis-je, ma voix se brisant.

La lueur taquine disparut des yeux de Lucy.

« Hé, ça va aller. Ces quelques jours ont été mouvementés pour toi. Je ne voulais pas... »

Elle s'interrompit lorsque Janet arriva avec nos assiettes.

Je fus soulagée de l'interruption. J'étais aussi extrêmement reconnaissante que Lucy soit ce genre d'amie. Elle savait intuitivement quand quelqu'un avait besoin d'espace et lui donnait de bon gré. Elle s'installa pour manger, pendant que je grignotais mon plat, trop perdue dans mes pensées pour faire autrement. J'avais essayé si fort, et pendant si longtemps, de chasser Cade de mon esprit, qu'il était difficile de penser à lui, et encore plus de parler de lui. Il avait occupé une place énorme dans mon cœur fut un temps. Puis, il l'a brisé en mille morceaux. J'avais évité les éclats de verre en les balayant hors de ma vue. En quelques jours, j'avais évité une énorme erreur en quittant Earl, vu Cade pour la première fois depuis trop longtemps et appris que ma version de sa trahison était un peu erronée. Je savais qu'il nourrissait sa propre douleur et sa rancune. Je pouvais les sentir émaner de lui. Il y avait un fouillis d'émotions enchevêtrées à traverser, et je ne savais même pas comment parler de lui.

Après avoir mangé quelques minutes, je regardai Lucy.

« Cade et moi c'est le bazar. Je l'aimais comme une folle et puis tout a explosé. On a eu l'occasion de parler et, eh bien, il semblerait que j'ai loupé quelques détails sur la façon dont les choses se sont déroulées avec Shannon. »

Lucy s'arrêta de mâcher et prit une grosse gorgée d'eau du verre que Janet avait posé sur la table à côté d'elle.

« Attends une minute. Tu ne parles jamais de Cade. Genre jamais jamais. Je n'en parlais pas parce que je pensais que c'était du passé. Qu'est-ce que tu as loupé? S'il te plaît, dis-moi que tu savais qu'il ne s'était jamais rien passé entre lui et Shannon. Parce que même moi je le savais. »

Je restai bouche bée.

« Hein? Comment tu sais ça? »

Lucy se frappa le front.

« Tout le monde le sait. Tout comme tout le monde sait que parler de Cade pas loin de toi te fait quitter la pièce. D'accord, on n'était pas proches à l'époque, donc mieux vaut l'entendre de moi que de qui que ce soit d'autre. Shannon traversait une mauvaise rupture, tu te souviens? Je ne connais même pas le nom du gars, mais un gars de l'université. »

J'acquiesçai, mon estomac s'était retourné. Cela me rendait malade de réaliser que j'avais peut-être empiré les choses en étant si déterminée à ne pas parler de Cade.

Lucy poursuivit :

« Quoi qu'il en soit, elle est revenue en ville et a tout de suite sauté sur Cade. Il l'a rejetée et c'est tout. Fais-moi confiance, demande à n'importe qui. Shannon était verte. »

Lucy s'arrêta pour prendre une autre bouchée de son hamburger. Après avoir fini de mâcher, elle me regarda.

« Tu veux dire que tu es si têtue que tu n'as jamais réalisé ça? »

Je déglutis contre la sensation d'oppression dans ma poitrine et hochai la tête. C'était bien moi, têtue comme une mule.

Les yeux de Lucy devinrent tristes.

« Oh ma chérie. Bon sang. Ça craint. Je veux dire, tout ce que les gens disent de toi et Cade c'est que vous étiez parfaits ensemble. Alors qu'est-ce qui s'est passé quand tu l'as vu? Comment tu te sens? »

Le carillon au-dessus de la porte du café sonna de nouveau et je jetai un coup d'œil par-dessus mon épaule par réflexe. Cade entra, sa démarche féline, presque nonchalante, m'emplissant de chaleur. Ses cheveux bruns étaient ébouriffés. Il était vêtu d'un jean noir délavé qui mettait en valeur ses jambes musclées et d'un t-shirt noir qui ne faisait absolument rien pour dissimuler ses pectoraux bien dessinés, et j'étais incapable de détacher mes yeux de lui.

Son regard croisa le mien de l'autre côté de la pièce, et il inclina légèrement la tête en signe de salut. Mon pouls s'emballa, des papillons s'amassèrent dans mon ventre et ma bouche se dessécha.

« Oh mon Dieu », dit Lucy sur un ton ironique.

J'arrachai mes yeux à Cade et regardai Lucy.

« Quoi? »

Lucy afficha un sourire en coin en secouant lentement la tête.

« Eh bien, maintenant je sais pourquoi Earl ne t'a jamais comblée. Meuf, tu le kiffes grave et lui aussi. Fais gaffe et ne brûlez pas le resto juste en vous regardant. »

Chapitre Douze

CADE

Je forçai mes pieds à se diriger vers le comptoir, mais ça me demandait toute ma force. J'ai su qu'Amelia était là à la seconde où j'ai franchi la porte. Je pouvais la sentir avant de la voir. J'atteignis le comptoir et jetai un coup d'œil au tableau accroché au mur près de la caisse enregistreuse. Le Firehouse Café était un de mes coins préférés, d'à peu près toute la ville en fait. Janet servait de la bonne nourriture et rendait cet endroit très animé. C'était un plus qu'elle soit née et ait grandi à Willow Brook, donc elle connaissait à peu près tout le monde et aidait toute personne dans le besoin. Depuis sept ans, depuis mon départ, je n'avais pas mis les pieds ici une seule fois lors de mes visites à la maison. Ça me rappelait trop Amelia. D'abord, elle avait occasionnellement travaillé ici, mais nous y avons surtout passé beaucoup de temps à prendre des cafés ou à manger ensemble.

Deux cuisiniers s'occupaient du grill alors que des clients occupaient les tabourets du comptoir. Comme c'était l'été, il y avait beaucoup de visages inconnus ici, mélangés aux locaux. La porte battante au fond s'ouvrit et Janet entra, son visage s'éclairant d'un large sourire au moment où elle posa les yeux sur moi.

« Cade Masters! Je me demandais quand tu passerais. J'ai appris par ta maman que tu étais de retour pour de bon », dit Janet en contournant le comptoir et en me serrant dans ses bras.

Je ris quand elle recula et me pinça la joue. Même ma propre mère ne faisait plus ça, mais Janet avait le droit.

« Tu es plus beau que jamais. Comment vas-tu? » demanda-t-elle, les coins de ses yeux bruns s'étirant avec son sourire.

La dernière fois que je l'avais vue, ses cheveux étaient parsemés de quelques mèches argentées. Maintenant, ils étaient surtout gris avec des stries brun foncé. Elle dégageait un air chaleureux et maternel, accentué par sa silhouette et son visage ronds, mais cet extérieur cachait une poigne de fer. Elle gérait ce café seule depuis des années, après que son premier mari eut trouvé la mort dans un accident de voiture sur une autoroute glacée au nord de l'Alaska.

Je lui souris en retour.

« Je vais bien. Ça me fait plaisir de te voir. Très plaisir. »

Janet jeta un coup d'œil par-dessus son épaule pour répondre à la question d'un des cuisiniers, puis se retourna vers moi.

« Laisse-moi t'apporter quelque chose à manger et à boire. C'est moi qui offre aujourd'hui. Qu'est-ce que tu veux?

— Un café déjà. »

Je m'interrompis et balayai la salle des yeux. Pas une seule table libre et le comptoir était plein à craquer.

« Je crois que je vais attendre pour trouver un endroit où m'asseoir. »

Quand je regardai à nouveau Janet, elle arqua un sourcil et hocha imperceptiblement la tête en direction d'Amelia.

« Tu pourrais rejoindre Amelia et Lucy. Je suis sûre que ça ne les dérangera pas », dit-elle avec une lueur dans les yeux.

Je ris.

« Pas si sûr. »

Janet posa sa main sur sa hanche et me regarda avec un regard noir.

« Je sais que tu l'as ramenée à Willow Brook, donc ça n'a aucun sens de jouer l'idiot avec moi. Ne t'inquiète pas des potins. Elle et Earl n'auraient jamais dû être ensemble. Il pensait qu'elle était une sorte de défi à remporter. Cet homme ne l'a jamais appréciée pour ce qu'elle est et n'est pas le moins du monde navré qu'elle se soit enfuie le jour de leur mariage. Oh, peut-être que sa fierté en a pris un coup, mais rien de plus. Va parler à cette fille. Si tu veux régler vos problèmes, n'y va pas par quatre chemins. »

J'ouvris la bouche puis la refermai. Janet rit doucement et se détourna pour aller me chercher un café. Quand elle me le tendit, elle me fit un clin d'œil.

« En plus, il n'y a nulle part ailleurs où s'asseoir de toute façon. »

Je secouai la tête, mais je me retrouvai quand-même à faire exactement ce qu'elle m'avait dit. Janet avait cet effet sur les gens – on avait tendance à l'écouter. Je me faufilai à travers les tables vers le coin où Amelia était assise avec Lucy Caldwell. Je connaissais Lucy de vue, mais pas plus. Elle avait déménagé à Willow Brook quand nous étions tous au lycée. Elle avait certainement fait tourner les têtes avec ses cheveux blonds et ses yeux bleus, mais elle ne s'intéressait absolument à aucun des gars. J'avais fait quelques recherches sur Amelia depuis qu'elle s'était à nouveau emparée de mon cœur et de mon corps, après notre rencontre bien trop brève dans le chalet de son frère, quelques jours plus tôt. Eh bien, à vrai dire, tout ce que j'avais eu à faire avait été de bavarder un peu avec ma mère, et elle m'avait tout révélé concernant Amelia. Il était évident qu'elle s'était retenue au point qu'elle m'en voulait presque de ne pas en avoir parlé plus tôt.

Elle m'avait dit qu'Amelia était sortie avec quelques gars et qu'elle n'avait semblé devenir sérieuse avec Earl qu'un ou deux ans plus tôt seulement. Apparemment, Amelia possédait sa propre entreprise de construction maintenant et Lucy travaillait avec elle. Selon ma mère, elle embauchait quelques autres entrepreneurs ici et là, mais Lucy était sa seule employée à temps plein.

À l'époque où je me préparais à suivre ma formation de pompier forestier, elle semblait perdue. J'étais ravi de savoir qu'elle avait fini par faire quelque chose qu'elle aimait et pour lequel elle était sacrément douée. Je savais bien que ça n'aurait pas vraiment marché pour elle d'essayer de rejoindre une autre entreprise. Peu de femmes travaillaient dans ce domaine. Même en Alaska, où les femmes sont à la fois aussi féminines qu'ailleurs, et randonnent en montagne, chassent et pêchent avec les meilleurs des hommes. Amelia était aussi fortement indépendante. Elle aimait faire les choses selon ses propres règles. Le revers de la médaille était que lorsqu'elle se mettait en colère, elle s'emportait parfois. Je savais bien que cette facette de son caractère avait certainement contribué à la façon dont elle m'avait si entièrement sorti de sa vie.

Je contournai un sac à dos abandonné sur le sol et atteignis la table où Amelia et Lucy étaient assises. Lucy leva les yeux en premier, ses grands yeux bleus cernés par d'épais cils blonds. Je n'étais pas sensible à sa beauté, mais j'imaginais qu'elle rendait les gars d'ici fous. Son apparence contrastait nettement avec sa tenue vestimentaire, un jean déchiré, un t-shirt ample et des traces de saleté sur son bras.

« Salut Cade, dit-elle vivement. Je ne suis pas sûre que tu te souviennes de moi. »

J'inclinai la tête.

« Lucy Caldwell. On ne se connaissait pas bien, mais je me souviens de toi. »

Le sourire de Lucy s'élargit.

« Bon à savoir. Et si tu te joignais à nous? »

Je jetai un coup d'œil à Amelia qui avait levé son regard vers moi. Ses joues étaient rouges. Si elle était contre, elle ne dit pas un mot à l'invitation de Lucy. Je pouvais sentir son trouble émaner d'elle par vagues. Je m'en fichais. Je m'étais senti comme un homme à la dérive sur un rivage rocheux après qu'elle m'eut coupé de sa vie, et je savais parfaitement que nous partagions quelque chose que peu de gens ont la chance de trouver. Je n'allais pas laisser filer une autre chance, peu importe à quel point je luttais avec mes propres émotions enchevêtrées.

J'attrapai le dossier d'une chaise et m'assit.

« Merci », dis-je, esquissant un sourire à Lucy avant de tourner mon regard vers Amelia.

Avec Lucy et Amelia face à face, j'étais assis entre elles. Amelia leva légèrement le menton et je refrénai l'envie de me pencher pour l'embrasser. J'avais des années de baisers emmagasinés en moi. Le peu que nous ayons réussi à partager n'avait servi qu'à alimenter mon envie. Elle était à un mètre de moi, alors je maîtrisais mon corps. Ce n'était pas facile d'être aussi proche d'elle.

« Salut Amelia », dis-je finalement.

Elle déglutit et ses joues devinrent écarlates. Mince. J'adorais Amelia quand elle était embarrassée. C'était plutôt rare. Du moins avant. Elle était de nature forte et confiante. Faire craquer cette carapace me faisait me sentir spécial. Non pas parce que je voulais la troubler, mais parce que je me sentais tellement nu quand il s'agissait d'elle, je ne voulais pas être le seul dans ce cas. Savoir qu'elle se sentait peut-être également vulnérable apaisait mon désarroi.

Quand Amelia ne répondit pas, Lucy soupira bruyamment.

« Bon, que diriez-vous que je vous laisse tous les deux? »

Amelia écarquilla les yeux et détourna son regard légèrement paniqué du mien.

« Oh non, tu n'as pas besoin de faire ça. Je veux dire, on doit retourner au travail et... »

Lucy secoua la tête.

« Tu es mon amie, et je t'adore, mais tu as creusé si profondément pour éviter cet homme... »

Elle me désigna avec un sourire chaleureux.

« ... qu'il est temps d'arrêter cette folie. Je te verrai demain matin. Rendez-vous au bureau et on ira ensemble au chantier Jacobson. »

Je décidai immédiatement que Lucy était absolument géniale. Lucy ne laissa pas vraiment à Amelia le temps de répondre lorsqu'elle se leva rapidement et attrapa son assiette. Elle se pencha et embrassa Amelia sur la joue.

« Ça va aller. »

Ces grands yeux bleus se sont tournés vers moi.

« Et t'as intérêt d'être adorable. J'ai entendu de bonnes choses à ton sujet, alors tu ferais mieux de me donner raison. »

L'apparence inoffensive de Lucy ne correspondait pas à son caractère. Je sentais bien qu'elle me ferait vivre un enfer si je touchais à un seul des cheveux d'Amelia. Je me demandai ce qu'elle savait de ce qui s'était passé. Voyant qu'il était désormais impossible d'obtenir une réponse, je croisai son regard sévère et hochai la tête.

« Entendu. »

Elle sourit.

« Amusez-vous bien les enfants. »

Elle tourna les talons, en criant à Janet :

« J'ai besoin d'un doggy bag, Janet! »

Je pris une gorgée de mon café et jetai un coup d'œil à Amelia. Elle mordillait nerveusement sa lèvre inférieure, ce qu'elle devait arrêter de suite. Ou je pourrais bien avoir encore plus de difficultés à ne pas l'embrasser ici devant tout le monde. Peu importe à quel point je savais que c'était pour le mieux qu'Amelia ait annulé son mariage avec Earl, j'étais sensible au fait que cela ne serait pas vraiment une bonne chose qu'on s'affiche en ville moins d'une semaine plus tard.

Elle croisa mon regard.

« Hé, dit-elle finalement. Euh, comment vas-tu? »

Je me demandai comment répondre. Parce que la réponse était compliquée. D'un côté, j'allais super bien. La seule et unique femme que j'ai jamais aimée n'était pas mariée à quelqu'un d'autre. J'avais enfin pu la tenir dans mes bras. Bien que cela n'ait rien fait d'autre qu'amplifier le désir incandescent en moi, c'était tellement bon. D'un autre côté, j'étais assis ici à la regarder et mourais d'envie de pouvoir combler le gouffre entre nous. Sept ans d'amertume et de regret des deux côtés. Pour en arriver à ce que je voulais vraiment vivre avec Amelia, je savais que nous devions traverser ce gouffre ensemble, sinon ce que nous avions ne tiendrait jamais. Tout comme avant.

Je contemplai ses yeux ambrés, brillant d'émotion, et essayai de me reprendre.

« Je vais bien. Et toi? »

Elle haussa les épaules.

« Comme ci, comme ça. C'est, euh… Eh bien, c'est bizarre de savoir que tu es là. Tu es vraiment là. Pour de bon. »

Mon cœur se serra violemment. Il fallait que je garde mes émotions sous contrôle, je pris donc une autre gorgée de café avant de répondre.

« C'est bizarre pour moi aussi. Mais je ne pensais pas que ça se passerait comme ça, alors c'est bien.

— Comment ça? »

Je ris, avec une pointe d'amertume.

« Eh bien, je pensais rentrer à la maison et devoir m'habituer à ce que tu sois mariée à quelqu'un d'autre. »

Je dus faire une pause et me racler la gorge.

« Écoute, il faut que tu saches que je ne savais pas comment m'y prendre. Je me suis convaincu que je m'étais remis de toi. Cet endroit m'a manqué pour toutes sortes de raisons qui n'ont rien à voir avec toi et toutes sortes de raisons qui ont tout à voir avec toi. Maintenant, je suis là, et ce n'est pas ce que je pensais. Tu n'es pas mariée et je suis à mille lieues de pouvoir dire que je t'ai oubliée. Mais je mentirais si je disais que je ne regrettais pas la façon dont les choses se sont déroulées et ça m'énerve que tu ne m'aies jamais donné une chance de m'expliquer. »

Elle eut le souffle coupé et ses yeux se voilèrent de

larmes. Merde. Je fonçais droit dans le vif du sujet. Sans réfléchir, je glissai ma main sur la sienne.

« Hé, je ne voulais pas... »

Elle secoua brusquement la tête.

« Ça va. Tu décris simplement les choses telles qu'elles sont. Ce n'est pas comme si on ne le savait pas tous les deux. »

Sa main était froide sous la mienne, et elle tremblait légèrement. Je restai silencieux.

Après quelques instants, elle me jeta à nouveau un coup d'œil.

« Peut-être qu'on devrait juste déjeuner », dit-elle avec un demi-sourire.

Je ne pus m'empêcher de sourire. Mes émotions étaient peut-être sens dessus dessous, mais la vérité primordiale était que j'étais à la maison et qu'Amelia était ici avec moi.

Chapitre Treize

AMELIA

J'appuyai mes hanches contre le comptoir et croisai les bras, me mordant la langue pour ne pas jurer.

Ma mère, Sarah Haynes, se tenait devant l'évier de la cuisine à faire la vaisselle. Ma mère était une personne généralement calme, mais une chose l'énervait au plus haut point : les embrouilles. À l'heure actuelle, elle passait sa frustration de l'issue de mon mariage sur la vaisselle.

« Je n'arrive toujours pas à y croire », dit ma mère, ses cheveux noirs striés de gris se balançant.

Elle rinça une autre assiette et la posa violemment dans le panier à vaisselle avant de se retourner. Elle attrapa un torchon pour se sécher les mains, m'épinglant de son regard brun foncé.

« J'aurais aimé que tu t'épargnes des ennuis et que tu annules bien plus tôt.

— Maman, je sais que c'est un vrai gâchis. Je suis désolée. Vraiment. Mais la seule personne auprès de qui je dois m'excuser c'est Earl et il est déjà parti à la pêche », répondis-je, ravalant ma colère d'avoir laissé les choses aller si loin en premier lieu.

Le regard de ma mère se posa sur moi. Après un moment, ses yeux s'adoucirent et elle soupira.

« Je suis désolée ma chérie. Tu as absolument raison. La seule personne à qui tu dois des excuses c'est Earl, et encore je n'en suis pas si sûre. Honnêtement, la façon dont il a réagi à tout ça —c'est comme si ce n'était pas grave. J'avais des doutes sur vous deux avant, mais après ça... »

Ses yeux brillaient de colère.

« Je ne suis pas contrariée que tu aies annulé le mariage. Je suis contrariée que tu te sois imposé tout ça. »

Ma mère s'éloigna du comptoir, attrapant sa canne au passage. Elle avait eu un grave accident de voiture deux ans plus tôt, lui infligeant une hanche cassée, un fémur brisé et une cheville fracturée. Elle s'était bien remise, mais n'avait jamais complètement récupéré sa capacité à marcher. Ce qu'elle détestait parce qu'elle avait toujours vécu une vie active, mais elle s'était adaptée.

Je la suivis jusqu'à la table de la cuisine et m'assis en face d'elle, posant mon menton dans ma main.

« Je comprends, maman. J'aurais aimé m'en rendre compte beaucoup plus tôt. Lucy m'a dit qu'Earl ne semblait même pas affecté. »

Ma mère hocha lentement la tête en sirotant une tasse de café qu'elle avait laissée là quelques minutes auparavant.

« Pas tellement. Oh, je pense que ça l'a un peu vexé, mais c'est tout. Comment tu vas toi? »

J'étudiai la question et haussai les épaules. La réponse était trop compliquée. À certains moments, j'étais submergée par le soulagement à l'idée de ne plus être avec Earl. À d'autres, je me réjouissais de savoir que Cade était de retour et je réalisais que nous avions peut-être une chance d'arranger les choses entre nous. Je balançais entre deux extrêmes, l'exaltation et la terreur. Je n'étais pas sûre de pouvoir le supporter si nous nous remettions ensemble avec Cade et que tout s'effondrait à nouveau. Je ne m'étais jamais remise de notre rupture. J'avais tellement bien étouffé ma douleur que je ne supportais pas de parler de lui et j'avais même réussi à ne pas découvrir la vérité sur ce qui s'était passé avec Shannon. Soit rien. La trahison venait uniquement de Shannon.

Je n'arrivais pas à chasser les doutes qui me taraudaient suite à sa manipulation. Le truc, c'était que Shannon était le genre de fille après qui couraient la plupart des gars. Elle était jolie, pas style-amazone comme moi, et féminine. Honnêtement, si nous n'avions pas été amies depuis que nous étions enfants, on ne serait sans doute jamais devenues amies. Quand nous sommes entrées au lycée, elle était super féminine, alors que j'étais encore assez garçon manqué et que je n'avais tout simplement pas le courage de jouer à ces jeux.

Le regard perspicace de ma mère me détailla.

« Cade t'a ramenée à Willow Brook », dit-elle, une observation plutôt qu'une question.

À mon signe de tête, elle demanda :

« J'imagine que tu ne veux pas en parler? »

Je haussai les épaules et rassemblai mes pensées.

« C'est un peu difficile d'en parler alors que le revoir me donne l'impression d'être passée sous un train. »

Ma mère sourit doucement.

« J'imagine bien. Je considère que c'est une bonne chose que tu n'aies pas changé de sujet lorsque j'ai prononcé son nom. »

Je réussis à rire, mais ça faisait mal. J'avais été tellement déterminée à changer de sujet en ce qui concernait Cade que j'avais raté quelques détails importants.

Ma mère inclina la tête sur le côté.

« Eh bien, j'ai gardé mes distances parce que tu ne m'avais pas laissé le choix. Maintenant qu'il est de retour et là pour rester d'après ce que Georgia m'a dit, je vais dire ce que je pense. Tu as aimé cet homme comme une folle et tu ne l'as jamais oublié. Ne sois pas aussi stupide et têtue cette fois-ci. »

Je la dévisageai, luttant contre l'envie de la contredire. Au bout d'un moment, je hochai la tête.

« Disons simplement que j'essaie. D'accord? »

J'espérais seulement que j'allais pouvoir passer outre mes doutes.

Ma mère arqua un sourcil.

« C'est ta vie, mais je t'aime et c'était horrible de te voir si déchirée. Cade était parti, donc je ne pensais pas que ça valait la peine de remuer le couteau dans la plaie avant. »

Je fus soulagée lorsque le téléphone de ma mère se mit à sonner au milieu de la table. Elle sourit.

« Sauvée par ton frère », dit-elle en jetant un coup d'œil à l'écran et décrochant. Salut Quinn », dit-elle.

Elle hocha la tête à quelque chose que Quinn disait, ses yeux se tournant vers moi.

« Ta sœur est assise juste là. Comme je te l'ai dit, elle est revenue à la maison deux jours après avoir passé une nuit cachée chez toi.

— Dis-lui bonjour pour moi », indiquai-je.

Elle leva un doigt en écoutant Quinn.

« Elle dit de te dire bonjour. »

Sur ce, ma mère me tendit le téléphone. Je n'avais pas trop le choix, alors je pris le téléphone et le portai à mon oreille.

« Comment ça va, Quinn?

— Eh bien, je vais bien, mais toi? » répliqua-t-il.

Je pouvais imaginer son regard inquiet. Je me suis toujours sentie chanceuse quand il s'agissait de mon frère. C'était une belle personne sous tous les rapports.

« Je vais bien », répondis-je, ne sachant pas trop quoi offrir de plus après mon week-end plutôt mouvementé.

J'étais censée être en lune de miel en ce moment, mais j'en étais loin. En l'espace de quelques minutes, j'avais mis ma vie bien planifiée sens dessus dessous. J'étais tellement soulagée, rien que le fait d'y penser m'envahissait d'une nouvelle vague de soulagement.

Quinn rit doucement.

« C'est ce que maman a dit. Bon à savoir. La prochaine fois que tu décides de t'enfuir le jour de ton mariage, que dirais-tu de ne pas donner de crise cardiaque à maman et de nous rappeler? »

Je retins un soupir, un sentiment de culpabilité me traversant.

« Quinn, je suis désolée. Vraiment. Je n'avais pas les idées très claires et j'ai jeté mon téléphone. C'était Earl que je ne voulais pas voir, mais je n'ai pas pensé à grand-chose d'autre.

— C'est ce que je me suis dit. Quoi qu'il en soit, j'imagine que maintenant je peux dire que c'est pour le mieux? »

Je m'appuyai sur le dossier de ma chaise et traçai les veines du bois de la table.

« Oui. Quand il a fallu y aller, je ne pouvais tout simplement pas.

— D'accord alors. Je veux juste que tu ailles bien, donc tant que tu vas bien, je vais bien. Lacey m'a dit de te dire d'appeler si tu as besoin de parler. »

Je souris, la gorge nouée. Même si cela pouvait

m'énerver parfois, je savais que j'étais bénie d'avoir une famille qui se souciait de moi.

« Dis-lui que je le ferai sans doute. Pour l'instant, je me fais discrète et j'essaie de me réapproprier ma vie.

— C'est bien. Si tu veux rester au chalet plus d'une nuit, il est à toi.

— Merci Quinn. J'ai coupé beaucoup de bois pour vous. »

En riant, il dit au revoir. Je restai un peu plus longtemps pour aider ma mère à s'occuper de quelques trucs dans la cour, puis je me rendis au bureau. Cade avait élu domicile dans mes pensées, donc chaque fois que je n'étais pas occupée, il emplissait mon esprit. Il avait une présence imposante, et je me sentais piégée dans les courants de ma puissante attraction pour lui. Quand je n'étais pas occupée à me demander comment passer au-dessus de sept longues années marquées par un malentendu et notre entêtement, je fantasmais sur lui. À cet instant, une chaleur m'envahissait, quand je me rappelai la sensation de ses lèvres sur les miennes et de ses doigts enfouis en moi.

Chapitre Quatorze

CADE

J'entrai dans la caserne des pompiers de Willow Brook et marchai jusqu'à la réception où une jeune femme était au téléphone. Je ne l'avais jamais vue auparavant. Avant de partir pour ma formation en Californie, j'étais régulièrement volontaire ici. Carol Rogers était le centre névralgique de la caserne à l'époque et ce depuis aussi longtemps que je me souvenais. Elle était décédée il y a environ un an et j'avais été triste de l'apprendre trop tard pour me rendre à ses funérailles. J'étais sur le terrain pour faire face à un incendie dangereux dans les montagnes de la Sierra à ce moment-là. Carol avait été comme une grand-mère pour moi, comme pour de nombreux pompiers passés par ici.

La jeune femme qui semblait être sa remplaçante avait des cheveux bruns bouclés à peine domptés en queue de cheval et de grands yeux bruns. Elle termina son appel et me regarda par-dessus le comptoir.

« Bonjour, je peux vous aider? » demanda-t-elle, sur un ton froid.

Elle n'avait certainement pas les manières chaleureuses et maternelles de Carol.

« Cade Masters. Je suis ici pour déposer mon équipement avant de commencer la semaine prochaine. »

Son expression ne changea pas, mais elle hocha la tête.

« D'accord. Laissez-moi voir si quelqu'un vous attend. »

Légèrement agacé, je haussai les épaules. Quel accueil chaleureux.

Elle décrocha le téléphone et composa un numéro. Je l'entendis mentionner mon nom puis hocher la tête. Après avoir raccroché, elle se leva et fit le tour du bureau pour ouvrir la porte menant à l'arrière.

« Suis-moi », dit-elle en me faisant un signe de la main.

Lorsque j'entrai, un sentiment de familiarité m'envahit. J'étais revenu à la maison depuis quelques jours, mais me rendre ici était une deuxième étape pour moi. J'avais passé la majeure partie de mon adolescence ici. Avec un père chef de la police et le poste de police juste en face, j'étais quasiment tout le temps dans le coin. Une fois ma formation de pompier en milieu sauvage terminée, j'ai toujours gardé un œil sur les postes ici.

Je voulais peut-être éviter la douleur de voir Amelia s'installer avec quelqu'un d'autre, mais Willow Brook m'avait manqué et mon rêve avait été de faire partie de l'équipe de pompiers d'ici. Willow Brook avait une équipe de pompiers locale, qui n'était pas très grosse puisque la ville n'était pas grande. Cependant, la caserne ici servait de base à deux équipes de pompiers forestiers, donc ça faisait pas mal de monde. Il y avait des équipes fédérales et des équipes d'État qui entraient et sortaient de Willow Brook pendant la saison des incendies. Ces dernières années, les incendies dans l'ouest, y compris en Alaska, avaient considérablement augmenté, de sorte que les équipes *hotshot* étaient très demandées. Nous étions les seules brigades spécialement formées pour fonctionner de manière autonome dans des régions sauvages isolées et en terrains accidentés. J'avais pris un poste de contremaître dans l'un des équipages et j'étais prêt à commencer. J'étais officiellement en service la semaine prochaine, mais j'avais du matériel à déposer et je voulais voir qui était là.

La jeune femme eut à peine un sourire en attendant que je passe avant de se retourner pour fermer la porte derrière nous. Je ne pus m'empêcher de remarquer qu'elle avait de belles courbes. Je ne ressentais peut-être rien, avec Amelia logée en permanence dans mon cerveau ces jours-ci, mais je pouvais imaginer que cette femme était probablement une distraction pour le reste de la station. Enfin, sauf qu'elle était particulièrement grincheuse. Je décidai de la pousser un peu.

« Donc, je m'appelle Cade. Je ne pense pas que je t'ai déjà vue dans les parages. »

Je tendis la main.

« Je suis Maisie Rogers, dit-elle d'une voix monocorde en me serrant la main.

— Un lien avec Carol Rogers? demandai-je en lâchant sa main et en commençant à la suivre dans le couloir.

— C'était ma grand-mère, répondit Maisie, sur un ton légèrement plus doux.

— Vraiment? Tu ne dois pas avoir grandi ici, sinon je te connaîtrais. »

Une boucle rebondit alors qu'elle secouait la tête.

« Nan. Ma mère est allée à l'université à San Francisco et n'est jamais revenue. Mamie m'a laissé sa maison quand elle est décédée. Je n'avais pas prévu de reprendre son poste, mais ils n'avaient trouvé personne quand je suis arrivée ici. J'ai pensé que je pourrais la remplacer un temps et je suis toujours là. »

On arriva à la porte du fond, Maisie la poussa et s'arrêta brusquement.

Cette zone était telle que je m'en souvenais – des casiers, des équipements suspendus en rangs bien rangés, une cuisine et un espace de détente au fond.

« Cade! » cria une voix.

L'homme en question se détourna du comptoir de la cuisine et se dirigea vers moi à grands pas.

« Beck, mec. Content de te voir! Je n'étais pas sûr que tu sois encore là », répondis-je en le rejoignant au milieu de la pièce.

Beck me serra rapidement dans ses bras et recula, affichant un sourire nonchalant.

« Bien sûr que je suis là. Je suis contremaître pour l'autre équipage. Comment ça va? »

Beck Steele était allé au lycée avec moi. Nous traînions dans les mêmes cercles, même si Beck n'était pas encore pompier quand j'ai quitté la ville. J'avais entendu dire qu'il était maintenant dans cette caserne. Beck était un bon gars. Solide, régulier et toujours de bonne humeur. Il ne se prenait pas trop au sérieux, ni personne d'autre. Avec ses boucles noires et ses yeux verts, les filles lui couraient après au lycée. Pour autant que je sache, il ne s'était jamais laissé attraper. Il aimait le jeu mais c'était tout.

« Ça va bien. C'est bon d'être de retour, répondis-je.

— Content de t'avoir ici. Tu as rencontré Maisie, non? » me demanda Beck, nous jetant un coup d'œil.

Maisie hocha la tête, sa queue de cheval bouclée se balançant. Ça, combiné à la froideur de son expression, me donna envie de rire.

« Ouais, nous nous sommes rencontrés », dis-je.

Beck haussa les épaules, un autre sourire nonchalant.

« Bien sûr. »

Il me jeta un coup d'œil.

« Carol nous manque comme pas possible, mais Maisie est presque aussi autoritaire qu'elle. »

Maisie plissa les yeux et ses joues rosirent. Elle ouvrit la bouche pour dire quelque chose lorsque la radio accrochée à sa ceinture émit un bip. Elle l'attrapa et se précipita vers la porte donnant sur la réception.

Mon regard glissa de la porte à Beck.

« Elle est peut-être autoritaire comme Carol, mais... Pas vraiment un bisounours. »

Beck haussa les épaules et leva les yeux au ciel.

« Ouais, on essaie encore de la détendre. »

Je scannai la pièce, me retournant vers Beck.

« Donc, j'ai apporté mon matériel pour la semaine prochaine. Je peux le déposer ?

— Bien sûr, je vais te donner un coup de main. »

En peu de temps, j'avais suspendu mon équipement dans un casier, rencontré quelques-uns des autres gars et pris des nouvelles de Beck. Beck me raccompagna à son camion et s'appuya contre le hayon.

« Alors, qu'est-ce qui t'a finalement fait revenir ? demanda-t-il.

— J'avais l'intention de revenir depuis un moment. Quand j'ai vu le poste de contremaître s'ouvrir, j'ai sauté dessus. »

Je ne parlai pas du fait que j'étais resté ailleurs aussi

longtemps, en partie parce que j'essayais à tout prix d'éviter Amelia et tout ce qui s'était passé entre nous.

Beck me dévisagea et hocha lentement la tête.

« J'imagine que tu as entendu parler du fait que ta nana a laissé Earl Osborne à l'autel. »

Je passai une main dans mes cheveux.

« Amelia n'est plus ma nana depuis longtemps. »

Beck gloussa.

« C'est ça mec. J'adore cet endroit, mais les potins vont vite. J'ai déjà entendu dire que tu es celui qui l'a ramenée en ville après qu'elle s'est enfuie de son mariage. Juste pour te prévenir, si j'en ai entendu parler, ça veut dire que toute la ville le sait. »

Je frappai mon talon contre un pneu. Beaucoup de choses m'avaient manqué à Willow Brook, mais les ragots n'en faisaient pas partie.

« Oh merde. Ne me dis pas que je vais devoir me taper des gens en colère contre moi. Tout ce que j'ai fait, c'est tomber sur elle dans un bar. Cette maudite femme a réussi à déclencher une bagarre », dis-je avec un petit rire.

Beck éclata de rire.

« Ça devait être un sacré spectacle.

— Oh oui. J'entre et je la vois planter son poing en plein dans le visage d'un type. La seconde d'après, il la frappe et la fait tomber par terre. »

Je m'interrompis et secouai la tête.

« Alors, je me suis approché et je l'ai tirée de là. Je n'avais aucune idée qu'elle venait juste de quitter Earl, bien que le fait qu'elle porte une robe de mariée m'a mis la puce à l'oreille. »

Beck secoua la tête.

« Eh bien, elle a donné aux commères quelque chose à mâcher pendant quelques mois entre sa rupture avec Earl et ton retour en ville.

— Oh merde. Je déteste ces conneries », répondis-je.

Beck me regarda un instant.

« Bon, au moins, c'est Earl. Il est tellement détendu sur tout, je doute qu'il s'en soucie beaucoup. En ce qui me concerne, ça montre simplement qu'elle avait raison de se barrer. »

Le téléphone portable de Beck émit un bip et il regarda l'écran.

« Je dois répondre. J'essaie d'acheter un terrain et c'est la banque. Ça te dit de me retrouver avec les gars ce samedi à Wildlands?

— Carrément », répondis-je alors que Beck fit un signe de tête et prit l'appel.

Je me retournai et je regardai de l'autre côté de la rue une fois que Beck eut disparu dans la caserne. Willow Brook était l'une des plus anciennes villes d'Alaska, établie pendant la fameuse ruée vers l'or. La caserne de pompiers d'origine avait été rénovée pour devenir le Firehouse Café, tandis que ce bâtiment plus récent avait été construit quand j'étais enfant. Il était carré et utilitaire, mais situé juste sur la rue principale avec une belle vue sur le lac Swan.

Le soleil brillait sur le lac et les cygnes trompette, qui lui avaient donné son nom, dérivaient au centre. Les cygnes venaient chaque été, décorant le lac alors qu'ils flottaient royalement sur ses eaux. Je regardai au-dessus de l'eau et pris une grande inspiration. Cette vue m'avait manqué, comme tellement de choses. Je m'en voulais un peu de m'être retenu si longtemps avant de rentrer à la maison. Pourtant, au fond de moi, je savais que je n'aurais pas du tout ressenti la même chose si j'avais été confronté à une réalité où Amelia était avec quelqu'un d'autre, je l'aurais vécu comme un coup de poing dans le ventre. J'étais peut-être en proie à de nombreuses d'émotions vis-à-vis d'elle, mais la douleur vive de penser qu'elle était hors de portée avait disparu.

Je jetai un coup d'œil à ma montre. Je réalisai qu'il était temps de me lancer à sa recherche.

Chapitre Quinze

AMELIA

« Comment ça tu ne peux pas commencer avant la semaine prochaine? demandai-je dans mon téléphone.

— Amelia, je suis désolé. Ma pelle hydraulique a pris un coup la semaine dernière quand un semi-remorque est rentré dedans en revenant d'Anchorage. Crois-moi quand je dis que je suis aussi ennuyé que toi », répondit Max.

Max Richards était le gars à qui je sous-traitais habituellement mes travaux d'excavation. Ce n'était pas un boulot à plein temps pour lui. En fait, c'était plutôt un temps partiel. Il était biologiste pour le gouvernement, mais comme presque tout le monde en Alaska, il avait plusieurs boulots. Après m'être fait avoir par quelques-unes des entreprises les plus actives du coin qui pensaient que j'étais assez stupide pour accepter leurs tarifs, j'avais entendu dire que Max faisait ce travail en parallèle et l'avais appelé. C'était un vieil ami de Quinn et je lui faisais totalement confiance. Il pratiquait des tarifs justes et son rythme fonctionnait avec le mien. Avec ma petite équipe de deux femmes, je restais bien occupée, mais je ne prévoyais jamais trop de projets.

Je faisais les cent pas devant mon camion de chantier, réfléchissant à ce que j'allais faire.

« Quand est-ce qu'elle sera réparée?

— La semaine prochaine. Si tu peux attendre, je serai sur le site lundi », répondit Max.

Sachant que je ne pourrais pas faire venir quelqu'un d'autre si rapidement sans payer une fortune pour un travail en urgence, je me dis qu'il valait mieux attendre.

« On fera avec.

— Merci Amelia. À bientôt », dit Max avant de mettre fin à l'appel.

Je mis mon téléphone dans ma poche et cherchai Lucy des yeux. J'aperçus ses cheveux blonds jaillissant de sous sa casquette de baseball au bord du ruisseau qui traversait le coin du terrain. Je m'approchai et la trouvai penchée, le visage pratiquement dans le ruisseau.

« Ok Lucy, qu'est-ce que tu fais? »

Lucy leva rapidement les yeux avant de se reconcentrer sur le ruisseau.

« Regarde! Il y a de petites truites ici », dit Lucy, me montrant un endroit du ruisseau où tout ce que je pouvais voir était le reflet du soleil.

Je m'approchai, me penchant à mon tour, et vis une truite nager dans un petit tourbillon créé par les rochers.

« Mignon. Je me demande si les Jacobson aiment la pêche? »

Lucy se redressa et haussa les épaules.

« Peut-être. Tu les as déjà rencontrés? »

Les Jacobson étaient le couple qui m'avait engagée pour construire leur maison sur la recommandation de nul autre que le père de Cade. Je secouai la tête.

« Nan. Ils sont venus l'été dernier, mais ne sont pas encore montés cette année. Ils prévoient d'être ici le mois prochain, alors j'espère que cela ne les dérangera pas que le projet prenne une semaine de retard. »

Lucy fronça les sourcils.

« Quoi?

— La pelle de Max a été un peu esquintée par un camion semi-remorque sur la route. Il dit qu'il peut être ici la semaine prochaine, mais d'ici là... »

Je haussai les épaules.

« Pas grand-chose à faire pour nous. Tous les plans sont prêts, mais on ne peut pas construire tant que le terrain n'est pas prêt, alors on attend. On n'a qu'à se séparer pour aujourd'hui. Tu veux t'occuper de la finition de la terrasse sur le chantier de l'autre côté de la ville? Je vais aller voir le couple qui veut faire des plans pour une maison. Je pense qu'il est un peu tard pour commencer cette année, mais ils veulent lancer le processus. Ça te va? »

On rebroussa chemin ensemble vers mon camion. Lucy donna négligemment un coup de pied dans un caillou.

« Ça me va. Tu crois que ça vaut la peine de voir si quelqu'un d'autre peut s'occuper de l'excavation à la dernière minute?

— À moins que je veuille payer la peau des fesses, non. De plus, Max fait du bon travail et n'essaie jamais de nous la faire à l'envers. Je préfère gérer un retard plutôt que de m'inquiéter que quelqu'un bâcle le travail et ne le fasse pas correctement. »

Nous nous arrêtâmes à côté du camion. Lucy commença à dire quelque chose et s'interrompit lorsque l'on entendit le bruit de pneus descendant l'allée de gravier qui passait entre les arbres.

« Qui serait...? »

Lucy commença à demander avant qu'un sourire n'illumine son visage.

J'avais le dos tourné au chemin, je jetai donc un coup d'œil par-dessus mon épaule et vis le camion de Cade s'approcher. Mon pouls s'emballa et mon ventre se crispa.

Cade se gara à côté de mon camion et sortit. Je le dévorai des yeux. Je ne pus m'en empêcher. J'étais presque affamée de le voir. Sept ans à le chasser de mes pensées n'avaient conduit qu'à sept ans de nostalgie emmagasinée. L'avoir ici, en chair et en os, et me rappeler de la sensation de ses lèvres sur les miennes pendant que ses doigts me rendaient presque folle – j'étais instantanément excitée.

Il portait un jean noir délavé et un t-shirt noir, un uniforme pour lui en soi, qui ne cachaient rien de son corps musclé. Ma bouche s'assécha quand ses yeux se posèrent sur moi, son regard vert s'assombrissant en un éclair. J'oubliais que Lucy se tenait juste là jusqu'à ce qu'elle s'éclaircisse la gorge, si fort que cela me fit rougir.

J'arrachai mes yeux à Cade et regardai Lucy, essayant de retrouver un semblant de désinvolture.

« Alors, euh... »

Lucy m'interrompit, nous regardant.

« Cade, ça te dérange de conduire Amelia jusqu'à son bureau ? »

Confuse, je la dévisageai.

« Quoi ? Non, j'ai du boulot. Je vais...

— C'est moi qui ai besoin du camion. Je vais chercher les planches et terminer cette terrasse. Tu n'as pas besoin du camion. De cette façon, je n'ai pas à traverser la ville », dit Lucy d'un ton neutre.

Lucy avait un argument parfaitement raisonnable, mais je n'avais pas raté la subtile lueur taquine dans ses yeux. Avant que j'aie la chance de répondre, Cade l'avait fait.

« On dirait que tu voyages avec moi alors. Je ne voudrais pas que Lucy perde du temps en ville », dit-il.

Sa voix rauque me fit frissonner. *Ridicule. Tout ce qu'il fait, c'est parler et tu es pratiquement haletante.* Je fis taire mon critique interne et jetai un coup d'œil entre Lucy et Cade. J'étais déchirée entre deux envies – l'envie de fuir parce que Cade faisait remonter toutes sortes de sentiments en moi et je n'étais pas sûre de savoir comment les gérer, et l'envie de me jeter sur lui et d'oublier le reste du monde.

Comme je restai silencieuse, Lucy tendit le bras et me prit les clés des mains.

« C'est réglé alors. Envoie-moi un SMS pour notre emploi du temps demain. »

Lucy, étant Lucy, s'échappa rapidement et sauta dans le camion en quelques secondes, me plantant là à lui faire bêtement un signe de la main alors qu'elle reculait et faisait demi-tour. Je regardai le hayon Kick A** Construction disparaître alors que Lucy roulait rapidement dans l'allée.

Mon cœur se mit à battre à la chamade. Être seule avec Cade était quelque chose dont j'avais tellement envie que mon corps perdait les pédales et mes émotions tourbillonnaient. Après avoir pris une profonde inspiration et essayé en vain de ralentir mon pouls, je regardai Cade. Il regardait autour de lui, me laissant une occasion de l'observer. Ses boucles brunes étaient ébouriffées, comme elles l'étaient presque toujours. Je suivis la ligne de sa mâchoire, l'arc de son cou et le contour de sa poitrine musclée, mes yeux attirés par son col où sa peau bronzée m'appelait à me pencher et le lécher.

Vraiment? Tu ne peux pas penser comme ça. Tu as été

presque détruite par cet homme. Même si ce n'était pas ce que tu pensais, ne retombe pas directement dans quelque chose où tu n'as aucun contrôle.

Je fis à nouveau taire ma petite voix intérieure. Je n'avais pas besoin de me battre avec moi-même alors que Cade se tenait ici.

« Beau site pour construire, commenta Cade alors que son regard revenait vers moi. À qui appartient la propriété? »

Je scannai la zone. C'était un beau terrain avec les fondations nichées dans une zone boisée, un mélange d'épinettes bleues, de peupliers et de bouleaux. Le ruisseau où Lucy avait remarqué la truite longeait un côté de la propriété, les arbres s'éclaircissant de l'autre côté et offrant une vue lointaine sur le lac Swan. Je levai les yeux vers Cade et hochai la tête.

« C'est un superbe endroit. Un couple n'habitant pas en Alaska a acheté ce terrain quand la société forestière a vendu quelques parcelles il y a quelques années. En fait, c'est ton père qui a donné mon nom aux Jacobson l'année dernière. »

Cade hocha lentement la tête, soutenant mon regard et envoyant mon ventre dans une série de loopings vertigineux. Il n'était pas du genre à ciller. Rien qu'un de ses regards me rendait folle à l'époque de notre jeune amour. Il n'avait pas perdu la recette. Si ça venait de lui ou de ma propre impuissance ridicule, je ne le savais pas. Il était silencieux, le monde autour de nous s'estompait. J'entendis au loin le bruissement des écureuils dans les arbres et le bavardage d'une pie furieuse, mais tout mon corps était tourné vers Cade. Il agissait comme un véritable aimant.

Le souffle court, j'essayai de garder le contrôle de mon corps, mais c'était un exercice futile. Une chaleur se répandait dans mon ventre et irradiait mon corps entier. Cade se tourna vers moi et tendit la main pour retirer ma casquette. J'avais replié mes cheveux en dessous, et ils retombèrent librement. Il leva une main et fit glisser ses doigts dans mes boucles. Il ne dit pas un mot. L'air autour de nous se mit à vibrer, tandis que le désir m'envahissait par vagues. Des frissons brûlants parcouraient ma peau.

Il se rapprocha, enroulant mes cheveux autour de sa main, me ramenant plus près à chaque respiration que je peinais à prendre.

« Cade, qu'est-ce que tu fais? »

Ma voix était rauque et haletante.

« Ça », dit-il, d'un ton féroce et définitif, avant que ses lèvres ne s'écrasent contre les miennes.

Le point de contact me fit l'effet d'être frappée par la foudre. Je fus remplie d'énergie. Mon désir et mes émotions me consumaient intérieurement – mon seul soulagement fut de plonger dans les flammes avec lui.

Nos langues s'affrontaient – notre baiser était féroce, chaud et humide. Il me plaqua contre lui, sa bite chaude et dure contre moi, tandis que ses mains me parcouraient rudement. Je n'étais pas encore suffisamment proche de lui à mon goût, mes mains l'exploraient avidement, glissant sous son t-shirt et savourant chacun de ses muscles fermes et la chaleur de sa peau.

Je n'étais pas du tout consciente de ce que je faisais jusqu'à ce qu'il adoucisse notre baiser, reculant lentement. Ses lèvres effleurèrent ma mâchoire et mon cou. Je frissonnai en réponse, et je luttais pour reprendre mon souffle quand il s'immobilisa, ses lèvres contre ma peau dans le creux où mon cou rencontrait mon épaule. Je repris suffisamment conscience pour réaliser que j'avais une main recroquevillée sur sa bite à travers son jean et l'autre agrippant son dos, le serrant contre moi. Mon corps ne voulait pas d'espace entre nous, pas même un peu. Mon cœur non plus.

Mon esprit? Eh bien, c'est là que résidait le problème. Chaque fois que je pensais, j'avais l'impression de patauger à travers sept ans d'émotions mutilées suivant ce que je croyais être sa trahison. À ce mélange, s'ajoutait maintenant ma propre culpabilité de l'avoir si complètement ignoré et de m'être interdit de savoir ce qui s'était passé.

« Je pense que je devrais peut-être te déposer », murmura Cade dans mon cou.

Je sentis ses lèvres bouger contre ma peau quand il parlait, ce qui m'emplit de chaleur. Je restai immobile parce que je ne pouvais pas encore me résoudre à m'éloigner.

Son cœur battait au même rythme que le mien, et j'éprouvai un faible soulagement à l'idée qu'il ressentait la même chose. Après quelques instants, il recula lentement, se redressant, ses yeux plongeant dans les miens. Il leva une main et écarta mes cheveux de mon front.

« Alors? »

À travers une brume de désir, je le fixai, essayant de reprendre pied.

« On y va? » demanda-t-il, me ramenant juste assez à la réalité pour que je puisse réfléchir.

« On devrait », dis-je finalement.

Un coin de sa bouche s'étira. Merde, j'avais oublié à quel point ses demi-sourires pouvaient être dévastateurs. Je venais à peine de reprendre le contrôle de mon corps, et maintenant une nouvelle vague d'envie me traversa.

Comme il ne reculait pas, j'enlevai finalement ma main de son sexe. Je n'en avais pas envie, vraiment pas, mais ça devenait ridicule. Je devrais être capable d'agir comme si j'avais un certain contrôle. Même si mes souvenirs de lui n'étaient que bons, sauf pour la fin, je ne me souvenais pas avoir ressenti cette perte de contrôle.

Il recula enfin, sa main glissant le long de mon bras et s'enroulant autour de l'une des miennes.

« Allons-y. »

Quelques instants plus tard, je regardais le paysage défiler alors que Cade retournait vers le centre-ville de Willow Brook. Un groupe de grues du Canada était dispersé dans un champ, leurs couronnes rouges distinctes se détachant au milieu des hautes herbes. Le trajet vers la ville fut calme. J'étais sur le point de dire à Cade où se trouvait mon bureau lorsqu'il s'engagea sur le parking à l'arrière.

Lorsque j'avais lancé mon entreprise, je n'aurais jamais pensé avoir besoin d'un local. Je continuais de trouver des chantiers ici et là et je m'occupais de l'administratif à la maison. Mon entreprise s'est développée et de petits boulots je suis passée à des chantiers où je devais mettre mes compétences en architecture à profit, et ce n'était pas vraiment professionnel que des clients aient à se présenter chez moi. J'ai donc loué un petit local près de la caserne des pompiers. Le bâtiment abritait une entreprise de fournitures de bureau au rez-de-chaussée et quelques bureaux à l'étage.

Cade coupa le contact et un silence s'installa. Mon pouls avait à peine commencé à se calmer lors du court trajet en voiture. Mais dans ce silence pesant, il s'emballa. Quand je levai les yeux vers lui, Cade regardait par la fenêtre, d'un air impénétrable. Comme s'il avait senti mes yeux sur lui, il se tourna vers moi. Je déglutis et essayai d'étouffer les papillons qui tournoyaient dans mon ventre.

« Je suppose que tu as du boulot, dit-il finalement.

— Un peu. Euh, quand est-ce que tu commences à travailler?

— La semaine prochaine. »

Je me sentis hocher la tête, alors que je me demandais quoi dire ensuite. Je détestais cette tension entre nous. Il y avait de la bonne tension, liée aux sept années de désir refoulé, mais aussi un malaise, résultant de trop d'années de conflit non résolu.

Il me tira de mes pensées en parlant.

« Tu n'aurais pas des toilettes par hasard? »

J'éclatai de rire.

« Viens. »

Je lui fis signe de me suivre alors que je descendais de son pickup puis entrai dans le bâtiment. En haut d'un escalier depuis le couloir de derrière, je le fis entrer dans mon bureau.

« Les toilettes sont juste là », dis-je en désignant la porte dans le couloir.

J'entrai dans mon bureau et jetai un coup d'œil dans la pièce. C'était une seule salle avec une table à dessin, un bureau et une table basse entourée de chaises pour revoir les plans avec les clients. Je me surprenais à passer pas mal de temps ici. Je retrouvais habituellement Lucy ici plusieurs matins par semaine et y passais souvent quelques heures le soir quand j'avais des tâches administratives à rattraper. Je me dirigeai vers les fenêtres et regardai à l'extérieur. Le soleil était haut dans le ciel et la rue en contrebas était soudainement embouteillée derrière un camping-car particulièrement lent. Les routes d'Alaska étaient chaque été encombrées d'énormes véhicules.

Mon téléphone vibra dans ma poche et j'y répondis sans même regarder l'écran.

« Salut Amelia. »

La voix basse d'Earl résonna dans mon oreille.

Mon estomac se noua. Je m'étais déjà excusée quand je l'avais quitté juste avant notre non-mariage, mais je redoutais la prochaine fois que j'allais devoir lui parler. Je me fustigeais de ne pas avoir pris la peine de vérifier qui appelait. Cela aurait été bien d'être préparée mentalement, sans parler du fait que Cade allait revenir d'une seconde à l'autre.

« Salut Earl. Comment se passe ta sortie pêche? » demandai-je, incapable de ne pas laisser transparaître mon agacement.

J'étais peut-être complètement soulagée d'avoir mis fin à notre histoire une fois pour toutes, et je n'avais pas voulu lui faire du mal, mais le voir reprendre le cours de sa vie comme si de rien n'était après ça, était une preuve de plus que j'avais eu raison. Bien que cela ait confirmé chaque doute que j'avais eu pendant notre relation, cela ne voulait pas dire que ça me faisait plaisir de savoir le peu d'effet que j'avais eu sur lui.

« La pêche se passe super bien. Je voulais t'appeler et voir comment tu allais », répondit-il.

S'il était quelque peu dérangé par ce qui s'était passé, ça ne s'entendait pas.

« Je vais bien. Je me suis arrêtée chez toi pour parler quand je suis rentrée en ville, mais on m'a dit que tu étais parti pêcher avec Dan.

— Ouais. On a remonté le fleuve Yukon. On rentre après-demain, alors je me suis dit qu'on pourrait peut-être dîner demain à Wildlands. »

Je fus très surprise, mais je réalisai immédiatement que j'aurais dû m'attendre à quelque chose comme ça de la part d'Earl. Je pensai que je lui devais au moins un dîner.

J'entendis la porte des toilettes s'ouvrir et se

fermer dans le couloir et les pas de Cade entrer dans mon bureau. Je gardai soigneusement mon attention tournée vers les fenêtres. Je n'avais rien à cacher, donc je n'allais pas agir comme si c'était le cas.

« Bien sûr. Où ça?

— On a qu'à se retrouver à Wildlands. Vers dix-neuf heures?

— D'accord. »

Je sentais qu'il s'attendait à ce que j'en dise plus mais, Cade ou pas, je n'avais pas grand-chose d'autre à dire. Je n'avais pas particulièrement envie de dîner avec lui, mais je me dis que le moins que je puisse faire était d'offrir plus d'explications que mes adieux précipités avant ma fuite sous la pluie.

Après un moment de silence, pendant lequel je sentis Cade traverser la pièce vers moi, Earl dit :

« D'accord, à bientôt.

— D'accord. Bon retour. »

Je mis fin à l'appel rapidement, balayant l'écran et jetant un coup d'œil à Cade.

Ses traits étaient tendus et je sus en un éclair qu'il était en colère.

Il resta silencieux pendant un moment alors qu'il regardait par les fenêtres avant de tourner ses yeux vers moi.

« C'était Earl », dit-il, une affirmation plutôt qu'une question.

Chapitre Seize

CADE

Une vague de colère et de jalousie m'envahit alors que je me tenais là, regardant Amelia. Qu'est-ce qu'elle faisait au téléphone avec Earl?

Si j'avais été raisonnable, j'aurais pensé qu'autant que je sache, elle s'était enfuie de son mariage et n'avait même pas donné d'explications à Earl. Mais je ne me sentais pas raisonnable. Je me sentais clairement possessif. Peu importe que nous n'ayons pas fait le deuil de nos années de regrets et de nostalgie. Peu importe que je n'aie jamais eu l'intention de m'attacher sérieusement à qui que ce soit à nouveau – parce qu'Amelia était hors de portée dans mon esprit depuis que j'avais entendu dire qu'elle était fiancée. Peu importe que je ne sache pas vraiment ce qu'elle voulait – pour autant que le concept de volonté fonctionne de manière calme et rationnelle.

Rien n'avait d'importance sauf ce que je savais dans mon cœur et mon âme. Amelia était à moi et l'avait toujours été. Aucun autre homme n'avait de droit sur elle.

Ses yeux scrutèrent mon visage, une subtile obstination dans le regard. Je connaissais cet éclat dans ses pupilles. Elle était têtue et quoi qu'elle se dise que je puisse penser, elle se préparait à protester.

Contrôlé par ma colère, ma jalousie et une luxure pure, je pris sa main dans la mienne et la tirai vers moi. Glissant une main sur ses fesses rebondies, je la pressai contre mon excitation et plaquai ma bouche contre la sienne. Elle émit un cri de surprise et je l'embrassai à pleine bouche. Notre baiser explosa, un mélange de lèvres, de dents et de langues. La serrant fort contre moi, je passai mon autre main dans ses cheveux pendant que je dévorais sa bouche.

Elle ne se retenait pas, et j'adorais ça chez elle. Sa langue se heurta à la mienne alors qu'elle se cambrait contre moi. Un feu rugissait en moi, notre baiser devenait de plus en plus passionné à chaque seconde. Le bruit de pas dans le couloir à travers la porte ouverte filtra à peine dans ma conscience.

« Hey Amelia, es-tu... »

La personne qui venait d'entrer dans le bureau d'Amelia s'arrêta brusquement, juste au moment où Amelia arrachait sa bouche à la mienne. Nous nous séparâmes aussi brusquement que nous nous étions réunis. Je la contemplai, incapable de détourner le regard. Son souffle était court, tout comme le mien, et ses joues étaient rouges. Ses lèvres étaient enflées à cause de notre baiser fougueux, et je me foutais du spectacle que nous venions d'offrir à cette personne.

« Wow, désolée pour l'interruption, mais vous venez d'illuminer ma journée. »

Amelia tourna brusquement la tête vers la porte, tout comme moi. Janet du Firehouse Café se tenait là avec un sourire narquois sur le visage. Les joues d'Amelia rougirent encore plus violemment, me donnant envie de la tirer à nouveau contre moi. Je me retins et essayai de ralentir le battement de mon cœur.

« Janet, que se passe-t-il ? » réussit à demander Amelia, d'une voix rauque.

Janet jeta un coup d'œil entre nous, son sourire ne faiblissant pas.

« Rien du tout. »

Avec un clin d'œil, elle se retourna et ferma la porte derrière elle.

Je me retournai vers Amelia. Pendant plusieurs secondes, nous restâmes immobiles. Elle était si proche que je pouvais facilement l'atteindre et la ramener contre moi. Je ne le fis pas. Je la voulais férocement, mais j'avais besoin de reprendre le contrôle. J'avais laissé mon envie brûlante et mon besoin primaire me diriger. Mon contrôle était effiloché et la jalousie qui m'avait conduit à l'écraser contre moi couvait toujours. Je me forçai à respirer lentement.

Au bout d'un moment, je pensai pouvoir parler.

« Je, euh… »

Qu'est-ce que je voulais dire au juste ? Aucune idée.

Embrouillé et irrité contre moi-même d'être autant à sa merci, je reculai et glissai mes mains dans mes poches.

« J'imagine que tu dois te remettre au boulot. J'ai quelques choses à régler, alors je vais y aller. »

Je commençai à me retourner quand sa voix m'arrêta.

« Cade. »

Je jetai un coup d'œil en arrière, arquant un sourcil.

« Je n'ai pas appelé Earl. Il m'a appelée », dit-elle simplement.

J'acquiesçai et gardai ma fichue bouche fermée. J'agissais comme un idiot avec elle, et je n'aimais pas ça. Pas du tout.

« Ça ne veut rien dire », ajouta-t-elle.

Je réalisai qu'elle s'attendait à ce que je dise quelque chose.

« Je n'ai aucun droit de m'énerver contre Earl, donc tu n'as pas besoin d'expliquer. »

Je m'interrompis, mes pensées me ramenant au jour où Amelia était entrée au pire moment possible. Ça ne changeait rien que ce soit uniquement la faute de Shannon. Je venais d'avoir un aperçu de ce qu'elle avait dû ressentir à l'époque. Le simple coup de téléphone d'un homme qu'elle avait quitté suffisait à me ronger.

Elle me regardait toujours, et je voulais aller vers elle et l'envelopper dans mes bras et oublier les nœuds d'émotions que nous n'avions jamais eu l'occasion de démêler. Aujourd'hui, nous avions cette chance, mais ça allait prendre du temps.

« Maintenant, je sais ce que tu as ressenti ce jour-là quand tu as vu Shannon grimper sur le lit avec moi. »

Ses yeux s'écarquillèrent et son souffle se coupa. Une lourdeur remplissait l'espace entre nous et mon cœur me fit mal, littéralement.

« Peut-être », dit-elle doucement.

Des pas résonnèrent à nouveau dans le couloir. Je rassemblai mes idées et m'approchai à nouveau d'elle. Penchant la tête, je déposai un rapide baiser sur ses lèvres, me forçant à reculer immédiatement.

« Je suis censé voir les gars samedi à Wildlands. Et si tu me retrouvais après? »

Je me dis que nous devrions essayer de faire quelque chose de normal et peut-être que cela aiderait. Les yeux d'Amelia s'éclairèrent puis elle secoua lentement la tête.

« Je viens de dire à Earl que je dînerai avec lui. Ce n'est pas un rendez-vous galant. Je me suis juste dit que je lui devais une explication pour m'être enfuie du mariage. »

Ses paroles auraient tout aussi bien pu être du bruit blanc, car je n'entendais rien à travers la jalousie dévorante qui m'embrasait. Je ne pouvais pas gérer ça, putain je ne pouvais pas. Je tournai les talons et sortis de son bureau.

Chapitre Dix-Sept

AMELIA

Je commençai à lui courir après, mais m'arrêtai brutalement en voyant la mère de Cade dans l'embrasure de la porte. Ses pas étaient sans doute ceux que nous avions entendus approcher. Georgia Masters détourna ses yeux de Cade pour les poser sur moi. Peu importe ce qui lui passait par la tête, elle le garda pour elle et jeta un coup d'œil à son fils. Cade continua de marcher, la tête baissée.

Je luttais contre les larmes qui se pressaient au fond de mes yeux. Georgia me regarda tandis que les bottes de Cade résonnaient dans les marches. Je me retins de me précipiter à sa suite et pris une grande inspiration.

La porte claqua, le son résonnant jusqu'en haut des escaliers. Le regard inquisiteur de Georgia me scruta. Bien avant que Cade et moi ne sortions ensemble, Georgia était déjà presque une deuxième mère pour moi. Elle était très proche de ma propre mère et était donc souvent présente et nous gardait mon frère et moi quand nous étions petits. Après que Cade fut parti et que les choses se furent si mal terminées entre nous, il avait été difficile pour moi de passer du temps avec elle.

Après quelques tentatives avortées, Georgia avait cessé d'essayer de me parler de Cade et m'avait laissé ruminer ma colère. Pour la millième fois de la semaine, je regrettais de m'être entêtée si longtemps. Mon refus catégorique de parler de tout sujet ayant trait, de près ou de loin, à Cade signifiait que je n'avais jamais découvert la vérité sur ce qui s'était passé avec Shannon.

Georgia pencha la tête et se dirigea vers la table basse. Je la suivis, puisque je ne savais pas quoi faire d'autre. Georgia s'assit à la petite table circulaire.

« Assieds-toi chérie », dit-elle fermement.

Je m'assis en face d'elle, posant mes coudes sur la table et passant mes mains dans mes cheveux.

« D'accord, on a le droit de parler de Cade maintenant? » demanda Georgia ostensiblement.

Je rencontrai son regard vert vif et hochai la tête.

Georgia resta silencieuse un instant.

« Tu l'aimes et il t'aime. Vous vous êtes trompés tous les deux parce que vous êtes tous les deux têtus comme des mules. »

Je déglutis la gorge et la poitrine serrées.

« As-tu toujours su qu'il n'avait jamais rien fait avec Shannon? »

Georgia hocha lentement la tête.

« Au début, c'était uniquement parce que je savais que mon fils ne ferait jamais rien de tel. Ensuite, les rumeurs se sont calmées et j'ai compris ce qui s'était passé. Je n'ai pas essayé de t'en parler à l'époque. À ce moment-là, il était loin en Californie, et chérie, tu ne voulais rien entendre. Alors j'ai laissé tomber. Il est passé à autre chose et il semblait que toi aussi. Crois-moi, je voulais m'en mêler, mais ça ne semblait pas juste, ni pour l'un ni pour l'autre. »

Je laissai mes mains glisser de mes cheveux et me mis à tracer du doigt le bord incurvé de la table. J'aurais vraiment aimé qu'elle soit injuste et s'en soit mêlée, mais il était bien trop tard pour y faire quoi que ce soit.

« Je ne sais pas comment arranger les choses aujourd'hui. J'étais en colère pendant si longtemps mais pas contre la bonne personne. Je suis toujours énervée contre Shannon, mais maintenant je suis tout aussi énervée contre moi-même. »

Je m'arrêtai pour reprendre mon souffle. Les émotions qui me transperçaient soudainement étaient si fortes que je me sentais étourdie.

« Il, euh... Il s'est énervé parce que je lui ai dit que j'avais accepté de dîner avec Earl. Ce n'est pas un rendez-vous. Je pense juste que je lui dois une explication supplémentaire à celle que je lui ai donnée le jour de notre mariage. »

Georgia tapotait ses doigts sur la table et soupira.

« Bien sûr. Je pense que tu as enfin pris la bonne décision pour toi-même et, franchement, pour Earl aussi. Mais s'il veut quelques minutes de ton temps, il y a droit. Earl ne t'a peut-être jamais appréciée pour qui tu étais – du moins, c'est ainsi que je voyais les choses – mais il n'est pas méchant. Il est juste... »

Elle pinça les lèvres comme si elle essayait de formuler correctement ce qu'elle voulait dire.

« C'est le gars de base et il est assez simple. Je ne veux pas dire qu'il est stupide, juste primaire dans sa façon de penser. Tu es, eh bien, permets-moi de le dire ainsi. Tu intimides la plupart des hommes parce que tu es forte, très indépendante et si belle. Il voulait montrer qu'il n'était pas intimidé par aucune de ces qualités, mais il ne voyait pas au-delà. Cade va se calmer. Il s'est menti à lui-même en se disant qu'il s'était remis de toi. Ça, je le sais. Prends ça comme une bonne chose, qu'il soit autant énervé. Cet homme t'aime à la folie. Il n'a jamais été du genre à faire les choses à moitié. Donne-lui un peu de temps. »

Je réussis à hocher la tête, mais j'avais l'impression que mon cœur se brisait. J'effleurai maintenant le contour d'un dossier sur la table, mes yeux suivant les lignes. Au bout d'un moment, je réussis à lever les yeux et faillis fondre en larmes. Je détestais me sentir aussi vulnérable, je détestais tellement ça que j'avais repoussé Cade et tout ce qui avait à voir avec lui hors de ma vie. Maintenant, ça me revenait en pleine figure, et le regard bienveillant sur le visage de Georgia ne faisait que me rappeler à quel point ça faisait mal.

Georgia tendit le bras, attrapa ma main et la serra.

« C'est normal de se sentir comme ça. Quand on aime quelqu'un, c'est parfois difficile. Toi et Cade, c'était assez facile à l'époque. Rien n'allait mal en surface, donc ça semblait simple. Ce n'est jamais facile, même quand ça se passe bien. Des coups durs arrivent et il faut les surmonter. Aucun de vous n'est très expérimenté dans ce domaine et en plus vous avez tous les deux des sentiments refoulés. Donne-lui juste du temps. D'accord ? »

Je pris une profonde inspiration, les mots de Georgia me mettaient du baume au cœur et apaisaient mon anxiété. Je ne me sentais pas beaucoup mieux, mais peut-être, juste peut-être, que Cade et moi allions nous en sortir.

———

Le soir suivant, je dévisageais Earl de l'autre côté de la table. J'avais réussi à être polie, mais il m'énervait. À ce stade, je me demandais comment j'avais pu penser que ce n'était pas un abruti arrogant. J'avais presque des marques de morsures sur la langue à force de me retenir de dire ce que je pensais. La seule chose qui me gardait à table maintenant était le fait que je pensais que sa fierté en avait pris un coup et que c'était pour ça qu'il était aussi désagréable. Je lui donnerais ce dîner et c'est tout.

Cela dit, j'étais assez agacée, je ne pus m'empêcher de mettre les pieds dans le plat.

« Alors, sortie pêche, hein? » demandai-je.

Je ne voulais pas d'Earl, mais il avait rebondi si facilement après que je l'ai quitté, c'était comme mettre du sel sur de vieilles blessures. Une blessure qui n'avait rien à voir avec lui, pourtant tout dans notre relation ratée avait ravivé mes vieux sentiments d'insécurité. À part Cade, aucun homme ne m'a jamais fait sentir que je comptais vraiment. Pour Earl, j'avais eu si peu d'importance, je pouvais le quitter quelques minutes avant notre mariage et il passait à autre chose immédiatement, comme pour mettre en évidence le peu de valeur que j'avais.

Earl me regarda de l'autre côté de la table et haussa les épaules. Sa bouche s'étira d'un sourire. Comme si c'était drôle en quelque sorte.

« Amelia, tu es partie. Qu'est-ce que j'étais censé faire? Tu as eu un peu de temps pour te calmer, alors soyons réalistes. Je ne sais pas ce qui s'est passé, mais on est bien tous les deux. Parlons de tout ça et revenons là où on en était. Je pense que tu as flippé parce que... »

Mon sang ne fit qu'un tour. L'écho des battements de mon cœur assourdit les voix autour de moi. Je secouai la tête. Earl tendit la main et attrapa la mienne. Je me dégageai en reculant.

« Earl, on revient à rien du tout. Je pensais ce que j'ai dit ce jour-là. Je n'aurais jamais dû dire oui. »

Il me regarda fixement, le regard froid et indéchiffrable. Les commentaires de Lucy sur sa fierté devenaient de plus en plus évidents.

Chapitre Dix-Huit

CADE

J'arrêtai mon pickup devant Wildlands. Wildlands Lodge était un hôtel proposant des guides pour des expéditions à pied et de pêche en milieu sauvage situé rue Willow Brook, perpendiculaire à la grande rue, au bord du lac Swan. La ville de Willow Brook tenait son nom d'un petit ruisseau qui descendait une des montagnes environnantes. Il longeait la rue du même nom avant de serpenter vers le lac Swan. Wildlands n'était autrefois qu'un bar et un restaurant. Lorsque la ville s'est retrouvée exclue du boom pétrolier dans les années quatre-vingt, les propriétaires ont tiré parti des nombreux nouveaux arrivants et des touristes qui les suivaient. Wildlands était maintenant un lieu de séjour prisé, attirant des touristes prêts à payer un prix fou pour pêcher et randonner avec un guide dans la région.

C'était un pavillon au style moderne avec un revêtement en cèdre et de magnifiques cheminées de pierre à chaque extrémité du bâtiment principal. La partie hôtel était sur l'arrière avec des pontons le long du lac Swan. En rentrant à l'intérieur, un sentiment de familiarité m'envahit. J'avais passé de nombreuses soirées ici avec des amis et avec Amelia. Le restaurant était bondé, rempli de locaux et de touristes. Je scannai la foule et me frayai un chemin vers le bar au fond. L'ambiance de la salle était boisée et moderne avec des tables en bois poli éparpillées et des photos de paysages sauvages d'Alaska et de pêche ornant les murs.

J'aperçus Beck dans un coin avec quelques autres gars que j'imaginais être des pompiers. Après m'être faufilé à travers la foule, je me glissai dans la chaise à côté de Beck.

« Hé mec, c'est blindé ici ce soir », dis-je en guise de salutation.

Beck lança un sourire.

« C'est comme ça tout l'été maintenant. Depuis qu'ils ont terminé l'expansion, il y a beaucoup de monde.

— Quand est-ce qu'ils ont fait ça? demandai-je.

— Il y a deux étés. Ils ont ajouté une centaine de chambres. C'est fou. Bref, laisse-moi te présenter. Les gars, voici Cade, le nouveau contremaître. »

Il m'indiqua un homme aux cheveux blond foncé et aux yeux bleus vifs.

« Levi Phillips fait partie de ton équipe. »

Levi inclina la tête dans ma direction.

« Ensuite, nous avons Thad Mason et Jesse Franklin. Ces gars sont aussi dans la brigade. Tu te souviens peut-être de Thad, mais Jesse est un transfert de Fairbanks. »

Je dis bonjour et regardai Thad.

« Tu étais quelques années derrière moi au lycée, non? »

Thad hocha la tête et fit tournoyer sa bouteille de bière en cercle sur la table.

« Exactement. Juste assez jeune pour que vous

m'ignoriez. », dit-il avec un petit rire. Il avait les cheveux et les yeux brun foncé.

Beck mordit à l'hameçon et le frappa doucement à l'épaule.

« Mec, on ne t'ignorait pas. C'est juste qu'on ne regardait que les filles à l'époque. Tu sais comment c'est. »

Je jetai un coup d'œil à Levi.

« Ravi de te rencontrer, mec. Depuis combien de temps es-tu avec le bataillon ici ? »

Levi s'appuya sur le dossier de sa chaise.

« À peu près un an. J'ai fait ma formation en Arizona, mais je viens de Juneau. Quand un poste s'est ouvert ici, j'ai sauté dessus. »

La conversation se poursuivit, m'informant d'un tas de choses allant du nouvel équipement de la station aux derniers potins sur les histoires de cul de Beck quand il est accidentellement, selon lui, sorti avec deux femmes qui étaient amies. J'étais à la moitié de ma deuxième bière quand je vis les cheveux d'Amelia. Ses cheveux ambrés se paraient de reflets or sous les lumières du plafond. Même à travers une salle bondée, je sentis sa présence comme une décharge électrique. Je ne pus m'empêcher de tourner la tête. À la seconde où je le fis, je le regrettai. Earl Osborne était assis en face d'elle.

Je vis rouge et fis de mon mieux pour étouffer la jalousie irrationnelle qui me submergeait. Je me forçai à détourner les yeux, me heurtant au regard trop perspicace de Beck. Il arqua un sourcil, un sourire entendu se dessinant sur son visage. Je secouai la tête. Le sourire de Beck s'effaça alors rapidement. Beck était hyper taquin, mais ce n'était pas un connard.

Une serveuse passa à côté de nous, et même si je voulais une autre bière pour enterrer la jalousie qui me dévorait de l'intérieur, je refusai. La dernière chose dont ma colère avait besoin était assez d'alcool pour me rendre stupide.

Le bruit du bar bourdonnait autour de moi. Je faisais de gros efforts pour garder mon sang-froid, mais mon self-control était précaire. Je me dis qu'il valait mieux que je lève le camp, alors je dis au revoir et me levai, laissant un billet de vingt sur la table pour couvrir ma part de l'addition. Je commençai à me frayer un chemin à travers la foule lorsque mes yeux se posèrent sur Amelia et Earl. Ma jalousie à peine maîtrisée flamba lorsque je vis Earl, penché sur la table, essayer d'attraper sa main.

Je passai du stade en colère à furibond et me dirigeai prestement vers leur table. Les yeux d'Amelia se tournèrent vers les miens.

« Viens », dis-je.

Earl leva les yeux, agacé.

« Ce ne sont pas tes affaires Cade. Je sais que toi et Amelia avez un passé, mais... »

Earl commit l'erreur de tendre à nouveau la main vers Amelia. Elle se recula, les yeux brillants de colère.

« Earl, je te l'ai déjà dit. C'est terminé. Fin de l'histoire.

— Amelia, tu n'as pas le droit de... »

J'attrapai Earl par la chemise, le tirant hors de sa chaise. Pas facile, étant donné qu'il faisait presque ma taille et était très fort. Mais j'étais plus qu'en colère. Ma jalousie était maintenant mélangée à une rage violente à la vue d'Earl essayant de forcer Amelia à faire quelque chose qu'elle ne voulait pas.

« Putain, écoute-la. Tu ne peux plus *l'obliger* à te parler. »

Earl écarquillait les yeux. Quoi qu'il ait pensé de

nous auparavant, il semblait se rendre compte que c'était peut-être plus qu'une vieille histoire.

« Oh, tu penses que tu peux juste te pointer en ville et décider pour elle? Arrête tes conneries. On allait se marier. C'est toi qui as merdé. »

Je reculai et lui mis mon poing dans la figure. Je n'entendis rien à travers la fureur qui bourdonnait dans mon cerveau. Earl trébucha en arrière.

« Putain de merde! »

Avant qu'Earl n'ait une chance de me frapper en retour, Amelia s'interposa, le poussant sur le côté. La seconde d'après, Beck était à mes côtés pour m'écarter.

« Recule, mec. Personne n'a besoin de ça », murmura-t-il, sa voix basse dans mon oreille.

Les sons autour de moi me parvinrent à nouveau, et je jetai un coup d'œil alentour et vis Amelia se disputer avec Earl. Je ne pouvais pas entendre ce qu'elle disait, mais il était évident qu'elle était énervée. Profitant du chaos régnant à cet instant, Beck m'entraîna hors de la salle. De la même façon, Earl était écarté par son frère Dan. Je m'appuyai contre le mur dans le couloir menant aux toilettes avec Beck debout en face de moi.

« En espérant qu'Earl ne décide pas de jouer au con et de porter plainte, dit Beck en secouant lentement la tête. Ce serait marrant que ton père doive s'occuper de ça. »

Mon père était le chef de la police de Willow Brook. Je savais que si Earl décidait d'être un connard, mon père ne m'aiderait pas. J'aimais mon père, mais je pouvais compter sur lui pour ne pas faire de favoritisme. Je fermai les yeux et passai une main dans mes cheveux.

« Merde. J'ai pas vraiment réfléchi. »

Beck gloussa.

« Ça c'est clair. »

Il se tut assez longtemps, j'ouvris les yeux.

« Alors, ce n'est plus ta nana, hein? » dit-il avec un sourire narquois.

J'appuyai ma tête contre le mur et haussai les épaules.

Des pas résonnèrent dans le couloir. Je pivotai ma tête sur le côté et vis Amelia se diriger vers nous. Mon cœur se mit à battre la chamade, et le désir que je n'arrivais pas à refréner en sa présence me foudroya.

Elle nous rejoignit rapidement, ses longues jambes parcourant la distance entre nous avec facilité. Ses cheveux ambre-miel tombaient en vagues ébouriffées autour de ses épaules et ses yeux, de la même couleur, brillaient de mille feux. Ses joues étaient rouges et elle avait l'air, eh bien, le seul mot juste serait : en colère. Ses bottes de cowboy claquaient sur le plancher de bois, le son résonnant autour de nous lorsqu'elle s'arrêta. Elle portait un jean qui moulait ses jambes, ces jambes que je voulais enroulées autour de ma taille. Comme haut, elle portait un chemisier soyeux bleu vif, déboutonné sur un débardeur ajusté. Mes yeux étaient attirés par les courbes alléchantes de ses seins, et je ne voulais rien de plus que la déshabiller et oublier tout le reste.

Oublions que je venais de faire une scène en frappant son très-récemment-ex-fiancé au milieu du restaurant. Oublions tout, sauf à quel point je la voulais. Le regard de Beck passait d'Amelia à moi et inversement.

« Alors? » demanda Beck calmement.

Amelia lui jeta un coup d'œil.

« Alors, quoi?

— L'évidence – est-ce qu'Earl va en faire tout un scandale? »

Elle secoua la tête.

« Oh, tu veux dire est-ce qu'il va porter plainte? Non. Il est énervé, mais il n'est pas complètement con. Je lui ai dit qu'il avait été trop insistant avec moi et qu'il avait besoin de se calmer. »

Beck hocha la tête et s'éloigna du mur où il était adossé. Ses yeux se posèrent sur moi.

« J'ai fait mon taf. Évite les ennuis pour le reste de la nuit, d'accord? »

J'acquiesçai, déglutissant pour essayer de faire passer ma frustration devant tout ce foutu bordel. Beck remonta le couloir, nous laissant seuls. Amelia me regarda, ses yeux toujours brillants de colère.

Nous nous tenions là dans le couloir, à moins d'un mètre l'un de l'autre. En quelques secondes, l'air autour de nous bourdonnait. Je n'avais qu'une chose en tête: oublier les sept années qui nous avaient séparés et enfin m'emparer de ce que je voulais comme je n'avais jamais rien voulu d'autre de ma vie. J'avais eu sept ans d'histoires sans lendemain avec des femmes et je n'avais jamais pensé vouloir quelque chose de sérieux à nouveau. Je ne pensais pas non plus revivre un jour quelque chose comme ce que j'avais eu avec Amelia. Ce que j'avais sous-estimé, c'était la puissance de sept ans de sentiments enfouis mêlés au désir animal que j'éprouvais pour elle. C'était la luxure puissance mille.

Quoi qu'elle puisse penser à cet instant, je savais ce que je ressentais pour elle. Je tendis la main vers elle, la tirant contre moi en un éclair. Elle ne résista pas, ses yeux plongeant dans les miens. Je pouvais voir le battement désordonné de son pouls dans son cou alors que ses yeux s'assombrissaient. Son souffle s'accéléra, tandis que mon cœur battait si fort qu'il me faisait presque mal.

« Vas-tu me dire qu'on ne devrait pas faire ça? » demandai-je, d'un ton un peu bourru.

Je savais qu'elle pouvait sentir ma bite, dure comme la pierre, nichée contre son entrejambe. C'était impossible à manquer. J'ai toujours aimé la façon dont nous nous imbriquions. Elle était assez grande pour se fondre contre moi, ses courbes partout où je voulais qu'elles soient.

Elle secoua la tête, à peine. C'était tout ce dont j'avais besoin. Je passai ma main dans ses cheveux et posai ma bouche sur la sienne. Notre baiser se déchaîna instantanément, nos langues s'emmêlant brutalement. Je perdais la notion du monde et ne sentais plus que son corps contre moi, déversant ma colère, ma jalousie et ces longues années de manque dans notre baiser. Des pas s'approchèrent de nous mais ne traversèrent qu'à peine la brume dans mon cerveau. En revanche, Amelia se dégagea, se cognant la tête contre le mur derrière elle.

Je n'avais même pas réalisé que je nous avais fait tourner pour la plaquer contre le mur. Une de ses bottes était enroulée autour de mon mollet alors que je pressais mes hanches contre les siennes. Je pouvais sentir sa chaleur humide à travers les deux couches de jean entre nous. Ses yeux se fixèrent sur les miens – éperdus et sombres. Elle déglutit.

« On ne peut pas perdre le contrôle comme ça ici », murmura-t-elle.

Chapitre Dix-Neuf

AMELIA

Je me tenais là avec la bite de Cade pressée contre mon centre, envoyant des décharges de plaisir dans tout mon corps. Je pouvais à peine reprendre mon souffle et tout ce que je savais, c'était que je ne voulais pas que ça se termine. Je me fichais même du fait que quelqu'un remontait ce couloir alors que j'étais enroulée comme de la vigne autour de Cade.

Le regard vert foncé de Cade soutint le mien pendant quelques secondes, et il relâcha lentement sa prise sur mes cheveux, son pouce effleurant mon cou alors qu'il éloignait sa main.

« En fait, on pourrait, répondit-il d'une voix rauque qui me fit frissonner. Mais même si j'adorerais perdre le contrôle ici dans ce couloir, gardons ça pour plus tard. Viens. »

Il recula, je ressentis instantanément un grand manque. Sa chaleur me manquait, son corps musclé me pressant contre le mur, et la sensation de sa bouche contre la mienne, m'embrassant comme si la fin du monde était imminente et que la seule façon de le sauver était de m'embrasser. Il enroula sa main autour de la mienne et m'entraîna à sa suite, vers le restaurant. Heureusement, je ne reconnus pas l'homme qui avançait dans le couloir et fus soulagée quand il entra dans les toilettes. Je pilai, forçant Cade à me regarder.

« Passons par l'arrière, dis-je en faisant un geste derrière moi. Il y a une porte au fond du couloir. Après notre petite scène, je préfèrerais ne pas passer par devant. »

Sa bouche s'étira en l'un de ses sourires en coin dévastateurs et dangereux.

« Pas faux. »

Une sensation de chaleur me parcourut alors qu'il se retournait et marcha rapidement dans l'autre sens. Earl était si loin dans mon rétroviseur, je pouvais à peine croire ce que je faisais. Cette soirée était censée être un dîner poli avec Earl où j'expliquais pourquoi j'avais rompu avec lui – plus calmement que lorsque je m'étais enfuie l'après-midi pluvieux de notre non-mariage. J'avais sous-estimé la fierté d'Earl. Je n'avais pas pensé une seule seconde qu'il me voulait plus qu'avant, mais au final je doutais qu'il ait déjà éprouvé ce désir palpitant et enivrant mêlé à cette bouleversante intimité que je ressentais avec Cade. Earl n'était tout simplement pas du genre à ressentir les choses si intensément. Il était sympathique et confortable. Je ne lui souhaitais pas de mal, mais quand il a commencé à contester ma décision, j'ai réalisé qu'il n'avait rien compris et pensait qu'il avait un droit sur moi.

En un clin d'œil, Cade avait débarqué et avait soulevé Earl de sa chaise. J'aimerais penser être immunisée contre ce genre de démonstration virile, mais visiblement ce n'était pas le cas. Du moins, pas quand ça venait de Cade. Il bifurqua au bout du couloir et franchit la porte, sa main tenant fermement la mienne alors qu'il traversait à grands pas le parking derrière l'hôtel. Il s'arrêta brusquement, et je le heurtai alors qu'il se retournait vers moi.

Il profita de l'occasion, me lançant l'un de ses sourires dévastateurs et glissant une main sur mes fesses. Mon souffle se fit court à la seconde où je sentis la chaleur de son sexe contre moi.

« Tu es venue en voiture ? » murmura-t-il contre mes lèvres.

Je secouai la tête.

« Non. Je suis venue à pied de mon bureau. »

Il resta immobile un instant, puis fit de nouveau volte-face. Je m'attendais à un baiser et ses taquineries attisèrent les flammes dévorant mon corps. En un éclair, nous étions dans son pickup, sa main brûlante contre ma cuisse alors qu'il filait sur la route.

« Où allons-nous ? » demandai-je, juste au moment où sa main se glissa entre mes cuisses.

S'il avait eu l'intention de les écarter, c'était totalement inutile car mes genoux se séparaient pour lui par réflexe.

Je réprimai un gémissement quand il prit mon mont en coupe, la subtile pression contre mon clitoris à travers mon jean m'envoyant presque jusqu'à l'orgasme. C'est à quel point j'étais vulnérable avec lui. Au moment où je laissai tomber les murs érigés autour de tout ce que je ressentais pour lui, mon contrôle s'effilocha ridiculement vite. Ce n'était pas juste du sexe avec Cade, ça ne l'avait jamais été. Pourtant, notre alchimie était si puissante qu'elle me brûlait presque. Notre intimité alimentait le feu de notre désir, chacun entraînant l'autre encore plus haut.

« Chez toi », répondit Cade en faisant glisser son pouce sur mon clitoris.

Je n'essayai même pas de retenir mon gémissement, mes hanches se cambrant sous son toucher.

« Sais-tu... »

Il s'arrêta brusquement à un panneau STOP, ses yeux se tournant vers les miens. Je me sentis marquée par son regard possessif. Après un moment, il acquiesça.

« Même quand je ne voulais pas penser à toi, je pensais à toi. Tu es toujours sur le terrain qu'on avait visité à l'époque? »

J'avais oublié ce que c'était d'avoir quelqu'un qui anticipait mes pensées. Mon cœur se serra et se remit à battre frénétiquement. J'acquiesçai, luttant contre l'émotion qui me saisit. Avant de claquer la porte ce matin fatidique, nous cherchions un terrain sur lequel bâtir notre maison à son retour de Californie. Cade avait quitté la ville et j'avais utilisé ma colère comme un bouclier contre la douleur. Irrationnellement, j'avais décidé d'acheter la propriété sur laquelle nous avions flashé, me convainquant qu'il ne me prendrait pas tout. J'y avais construit ma propre maison, déterminée à ne pas laisser un cœur brisé m'arrêter. J'adorais cette maison, mais quelque chose m'avait toujours obsédée, comme un grain de sable dans ma chaussure : le souvenir de Cade et de tous les rêves que nous avions partagés autrefois.

À mon hochement de tête, Cade s'engagea sur l'autoroute, en direction de chez moi. Quelques minutes plus tard – tendue comme un arc à cause de sa main qui me taquinait si subtilement que je risquais d'exploser – il tourna sur la route menant chez moi. Il faisait encore jour, même s'il était bientôt vingt-trois heures. Les soirées d'été en Alaska étaient une longue valse avec le crépuscule. La nuit tomberait bientôt, mais pas tout de suite.

Il ralentit, me jetant un coup d'œil.

« Tu vas devoir me montrer où est l'entrée », dit-il,

d'une voix basse et tendue d'où pointait un soupçon d'hésitation.

En un éclair, je réalisai qu'il était aussi stressé que moi. Lorsque nous avions visité ce terrain à l'époque, il était vide – pas d'allée, rien pour le démarquer. Se rendre compte qu'il n'était jamais vraiment venu chez moi était comme un coup de couteau en plein cœur – une vive douleur là où ça faisait le plus mal. Nous avions raté tellement de choses à cause d'une manipulation très bien orchestrée. Je captai son regard et lui fis signe de continuer tout droit.

Cade bifurqua dans l'allée et ralentit, ses yeux scrutant les environs. Mon chalet était dans une zone boisée, un mélange d'épinettes bleues, de peupliers et de bouleaux éparpillés ici et là. Il y avait d'autres maisons à proximité maintenant, mais pas en vue. Les arbres s'ouvraient sur un petit champ avec un étang assez peu profond sur un côté. Mon allée se terminait en arc de cercle. Il s'arrêta au bout du chemin et retira lentement sa main. Même si j'étais excitée au point de me liquéfier sur place, je sentis l'intensité de son émotion.

Je sortis avec lui et allai me mettre à ses côtés. Dans la lumière trouble de la fin du crépuscule, l'étang avait l'air magique. La lune montante derrière les arbres parait le paysage d'une lueur argentée. Il regarda le champ et se tourna pour regarder le chalet.

« Tu as construit ça ? » demanda-t-il.

Sans un mot, je hochai la tête. Je ne savais pas trop quoi faire des émotions qui tourbillonnaient en moi. C'était un moment bien plus fort que je ne l'avais imaginé. L'avoir ici, dans cet endroit que nous avions jadis eu l'intention de partager, était si colossal que j'en fus foudroyée.

Je suivis ses yeux vers le chalet. C'était le premier

projet que j'avais réalisé entièrement par moi-même. C'était une petite maisonnette, nichée à la lisière des arbres avec le petit champ et l'étang de l'autre côté. Il y avait une terrasse et un balcon au premier étage, et ce dernier était incurvé, suivant la courbe de la terrasse à l'étage inférieur.

Cade était silencieux, tellement silencieux que je commençai à m'inquiéter. Il attrapa ma main et se dirigea vers le chalet. Nous montâmes les escaliers ensemble, chaque pas une avancée monumentale. Je n'avais pas verrouillé ma porte parce que c'était inutile par ici. Nous entrâmes, la porte se refermant sans bruit derrière nous. Mon chalet avait un salon et une cuisine ouverte qui prenaient la plupart du rez-de-chaussée avec une salle de bain et une buanderie au fond. À l'étage, une mezzanine menait à la chambre et à une autre salle de bain.

Ses yeux examinaient l'espace, tandis que mon cœur battait sauvagement et frénétiquement. Nerveuse, je commençai à me libérer, mais il resserra sa prise sur ma main.

« Non. »

Sa voix enrouée résonna dans le calme de la pièce, envoyant un frisson dans mon dos. Je le regardai, instantanément happée par son regard. Il me tira vers lui. Mon corps se souvint du sien et s'y plaqua, comme si hier encore nous dormions ensemble chaque nuit. Oh mon Dieu. C'était si bon. Si dur, si fort, si tout ce que je voulais parce qu'il était Cade, le seul homme avec qui j'arrivais à lâcher prise.

« C'est chouette », murmura-t-il.

Ma confusion dut être visible car sa bouche se recourba en un sourire.

« Cet endroit. J'aime bien », ajouta-t-il.

Je déglutis et hochai la tête. Je ne pouvais pas vraiment parler, pas avec un pouls qui s'emballait, une chaleur qui me submergeait, et une envie de lui si intense que je ne pouvais pas penser à autre chose.

Il leva la main, enfouissant ses doigts dans mes cheveux.

« Ça m'a vraiment énervé de te voir avec Earl.

— Je n'étais pas *avec* lui dans ce sens-là. »

Je sentis son haussement d'épaules et son petit rire vibrer à travers mon corps.

« Pour moi, c'était pareil. »

À ses mots, mon cœur rata un battement. Sa jalousie implicite me fit rougir, à l'intérieur comme à l'extérieur. J'avais oublié ce que cela faisait d'être désirée de cette façon.

« Je n'ai jamais été avec lui comme je suis avec toi. Jamais avec personne. »

Son regard s'assombrit alors que sa main glissa dans mes cheveux vers ma nuque, son pouce frôlant mon cou faisant naître sous ma peau des éclairs de plaisir.

« C'est bon à savoir. Parce que pour moi, ça a toujours été toi. »

Nous restâmes ainsi, collés l'un à l'autre au centre de la pièce, baignés dans la lumière argentée du clair de lune. Je pouvais à peine respirer, un désir brûlant irradiant tout mon corps. Sa voix me fit tressaillir. J'étais plongée dans un état second, un monde de battements de cœurs, de sensations et de désir qui palpitaient entre nous.

« Je ne pense pas que je puisse aller lentement », dit-il.

Un frisson brûlant me parcourut, le feu dans mon ventre redoublant d'intensité. Je pouvais sentir l'humidité entre mes cuisses et je savais que j'étais trempée pour lui.

« Je ne pense pas que je puisse non plus », réussis-je

finalement à dire, d'une voix rauque.

Ses yeux s'assombrirent davantage. En un éclair, sa bouche était sur la mienne et il tirait sur mes vêtements. Il n'y eut pas de montée progressive dans nos élans. J'étais dévorée par le désir et j'aurais perdu la tête s'il n'avait pas été animé par la même folie que moi. Nos vêtements se retrouvèrent déchirés et éparpillés alors que nous titubions à travers la pièce.

Je réussis à allumer une lampe près du canapé pendant que Cade se débarrassait de ses chaussures après avoir failli tomber quand j'avais baissé son jean. Je m'allongeai sur le canapé, nue à l'exception de ma culotte de soie bleue, le seul vêtement où ma féminité se manifestait. Sa deuxième botte tomba au sol derrière lui, et il se dégagea de son jean. Je levai les yeux vers lui et ma bouche s'assécha. Oh. Mon. Dieu.

Ce n'était pas que je ne savais pas à quoi il ressemblait. J'avais même eu la chance de poser mes mains sur lui récemment. Mais cela faisait sept ans que je ne l'avais pas vu complètement nu. De jeune homme super sexy, il s'était transformé en un homme viril, musclé et dangereusement sexy. Je savais que son travail était à peu près aussi exigeant physiquement qu'il est possible de l'être, mais quand même. Il n'y avait pas un centimètre carré de lui qui n'était pas affûté. Il avait un soupçon de poils noirs sur la poitrine, sa peau ambrée luisait sous la lumière douce.

Il plongea son regard dans le mien, ses yeux sombres et attentifs. Partout où ses yeux se posaient, de petits feux s'allumaient sous ma peau. Il se pencha et fit glisser son doigt sur la soie entre mes cuisses.

« Tu es tellement mouillée. »

J'étais incapable de parler, mais mes hanches ondulaient sous son toucher. Je criai quand il s'éloigna. Il ne perdit pas de temps et passa un doigt sous le rebord de ma culotte, la tirant brutalement et la jetant sur le côté. Il se pencha pour attraper son jean au sol. Perplexe, je secouai la tête quand je réalisai qu'il sortait un préservatif de son portefeuille.

« Je prends la pilule et je viens de me faire tester. À part toi... »

Je dus faire une pause quand l'émotion m'étouffa. À part lui, je n'avais jamais eu de relations sexuelles avec qui que ce soit sans préservatif. Cade était l'homme avec qui j'avais perdu ma virginité et l'homme qui m'avait accompagnée lorsque j'étais allée chez le médecin pour ma première prescription de pilule. Quand j'avais essayé de sortir avec de nouvelles personnes, je n'avais tout simplement pas pu me résoudre à laisser quiconque dépasser cette barrière d'intimité. Pas même Earl, même pas quand je pensais que j'allais l'épouser.

Cade était silencieux, une main figée dans les airs avec un préservatif entre les doigts, et l'anxiété m'envahit.

« À moins que, je veux dire... Peut-être... »

Ce qu'il vit dans mes yeux le fit sortir de sa stupeur. Il lâcha le préservatif et s'allongea rapidement sur moi. Je n'avais pas réalisé qu'une larme avait roulé sur ma joue jusqu'à ce qu'il l'essuie avec son pouce. C'était un tel soulagement de l'avoir contre moi, son poids et sa force m'enveloppant dans l'instant. Son sexe reposait contre mes plis lisses et me narguait, mais je devais reprendre mon souffle.

Il parsema mon visage de baisers.

« Mon Dieu, Lia. Ne fais pas cette tête-là. Je ne peux pas le supporter, murmura-t-il.

— Eh bien, je ne savais pas à quoi tu pensais, réussis-je à balbutier, haletant quand ses hanches se balancèrent contre moi, sa bite glissant sur mon clitoris.

— Ça fait sept ans que je n'ai pas couché avec quelqu'un sans mettre de capote, alors j'étais juste un peu surpris. Ne crois pas une seconde que je n'en ai pas envie », dit-il, ses hanches se cambrant à nouveau contre moi.

Je pris une inspiration tremblante, essayant et échouant à calmer le besoin sauvage qui tempêtait en moi. Je ne voulais plus parler.

« Cade, s'il te plaît... »

La fin de ma phrase se perdit à la seconde où il se cambra et s'enfonça en moi.

Il enroula ses mains dans les miennes, les étirant au-dessus de ma tête. Ses yeux brillaient comme des braises ardentes. Je sentis la brûlure de son regard et ne pus détourner les yeux. Il resta immobile un instant, et je soupirai en sentant ma féminité s'élargir pour l'accueillir. C'était si bon, si naturel de le sentir me remplir. Je pouvais sentir son cœur battre en rythme avec le mien, sa peau chaude et lisse contre moi. Après quelques secondes, il se mit à bouger. Mon sexe se serra autour de lui alors qu'il me pénétrait – longuement et profondément, il s'enfonçait en moi encore et encore et encore. Il n'y avait plus rien de délicat entre nous – mes jambes enroulées autour de lui, mes hanches se heurtant au martèlement brutal des siennes, ses mains resserrant leur emprise sur les miennes, ses dents contre mon cou et le feu dans ses yeux quand je commençai à décoller.

Le plaisir explosa en moi, mon orgasme si intense que je perdis complètement pied avec la réalité. La seule chose qui m'ancrait était la sensation de Cade contre moi. Il laissa échapper un grognement, prononça mon nom dans un cri guttural alors qu'il se tendit puis s'effondra contre moi.

Chapitre Vingt

CADE

J'ouvris les yeux, momentanément désorienté. Je n'étais pas habitué à me réveiller au contact de courbes douces. Encore à moitié endormi, je me souvins que c'était Amelia qui dormait à mes côtés. La panique qui avait commencé à monter en moi se calma instantanément. J'étais sur le dos avec une de ses jambes sur la mienne et son pied coincé entre mes mollets. Mon cœur se serra à cette sensation familière. Je m'installai sur les oreillers et la regardai. Ses cheveux ambrés étaient tout ébouriffés autour de son visage et de ses épaules. L'émotion m'ébranla, se mêlant à la luxure qui brûlait dans mes veines.

Il n'y avait jamais eu de pénurie d'alchimie entre nous, mais sept ans plus un mélange de douleur, de regrets et de colère, c'était comme verser de l'huile sur le feu qui brûlait encore entre nous. Je passai mes doigts dans ses cheveux, démêlant négligemment ses mèches soyeuses. Elle bougea légèrement dans son sommeil, la sensation de sa peau glissant contre la mienne envoyant du sang directement dans mon aine. Je voulais savourer ce moment – le simple fait de me réveiller avec la seule et unique femme que j'aie jamais aimée après des années à penser que nous n'aurions plus jamais cette chance était si bon que je ne voulais pas le gâcher. Pourtant, mon corps ne semblait pas avoir envie de prendre son temps. Mon besoin d'elle passa d'une excitation ensommeillée à un besoin brûlant si vite qu'il était difficile de garder le contrôle.

Quand nous étions montés ici la nuit dernière, nous nous étions douchés, et malgré le fait que je venais juste de me vider en elle, un coup d'œil sur l'eau ruisselant sur elle et j'avais glissé mes mains sur ses fesses et palpé son entrejambe, la trouvant toute chaude, mouillée et prête. En un éclair, je m'enfonçais dans la chaleur de son étau. Après cela, nous nous étions écroulés sur le lit dans l'obscurité.

Je pris une lente inspiration et roulai la tête sur le côté, jetant un coup d'œil par les fenêtres. Elle avait judicieusement orienté sa petite maison de telle sorte que les fenêtres de devant offraient une vue dégagée sur le champ et l'étang. Dans la lumière du petit matin, une brume s'élevait de l'eau. Une volée de grues du Canada picorait l'herbe au bord du champ. Connaissant Amelia, j'imaginais qu'elle leur jetait du maïs concassé tout l'été. Les grues du Canada migraient vers l'Alaska chaque été et retournaient généralement au même endroit année après année. Les grands oiseaux aux longues pattes pouvaient facilement se fondre dans l'herbe, si ce n'était pour leurs couronnes rouge vif au sommet de la tête. Cette volée venait probablement ici bien avant qu'Amelia ne construise, mais elle avait dû faire tout son possible pour s'assurer que sa présence ne les effraie pas.

Je pris une profonde respiration, essayant de contenir l'émotion et le désir qui m'habitaient. Amelia, avec ses courbes douces et généreuses, était blottie contre mon corps. Elle bougea à nouveau, et je faillis gémir tout haut. Je la sentis s'éveiller alors qu'une tension subtile traversait son corps. Elle leva la tête, ses yeux ambrés happant les miens. Mon Dieu, j'adorais son air du matin. Par nature, c'était une femme forte, audacieuse et confiante. C'était rare de la voir avec sa garde baissée, mais c'était le cas quand elle se réveillait. Elle me fixa, complètement silencieuse pendant un moment, mais je sentis son cœur commencer à tambouriner contre ma peau.

« Bonjour », dis-je, en éloignant quelques mèches de cheveux emmêlées de ses yeux.

Ses joues rougirent.

« Bonjour. Euh... »

Ses mots restèrent en suspens et elle détourna les yeux, commençant à avoir l'air de bien trop réfléchir.

« Amelia? »

Ses yeux revinrent aux miens.

« Fais pas ça.

— Fais pas quoi?

— Commencer à trop cogiter. »

Elle se raidit et je ne pus m'empêcher de sourire. J'avais oublié à quel point j'aimais l'embêter, même un peu.

« Je ne suis pas... »

Je bougeai rapidement, la soulevant au-dessus de moi. Elle haleta, mais ne résista pas, ce qui aurait pu être amusant. Ses genoux se retrouvèrent de chaque côté de mes hanches. Exactement là où je la voulais.

Je levai les yeux vers elle. Le soleil matinal entrait par les fenêtres en biais, baignant ses cheveux de lumière et leur donnant des reflets dorés. Je pouvais sentir sa douce chaleur contre moi. J'étais tenté, vraiment tenté, de la prendre tout de suite. Je ne pus m'empêcher de me cambrer contre elle. Elle pantela et ferma les yeux.

« Attends. Pas encore », dis-je, les dents serrées.

Ses yeux s'ouvrirent, me lançant un regard noir.

« Ne me nargue pas comme ça », dit-elle, sa voix encore enrouée de sommeil.

Elle commença à se lever, mais j'étais prêt et je savais ce que je voulais.

En un éclair, je nous fis basculer et m'étendis sur elle. Il y avait tellement de choses que je voulais – peut-être qu'une semaine entière au lit avec elle me donnerait assez de temps – mais pour le moment, je devais la goûter. Je traçai mon chemin le long de son corps avec mes mains et mes lèvres, m'attardant sur ses seins. Pleins et ronds avec des mamelons roses et érigés, j'aurais pu y passer toute la journée.

Si elle était toujours énervée contre moi, son agacement était perdu au milieu de ses soupirs saccadés et de ses gémissements. J'écartai ses genoux, faisant glisser mes doigts à l'intérieur de ses cuisses, ce qui me valut un juron murmuré. Je passai un doigt dans ses plis. Elle était si mouillée que ses cuisses étaient humides. Je voulais prendre mon temps, mais l'envie qui tempêtait en moi était si forte que j'en fus incapable. J'enfonçai un doigt jusqu'à la paume, savourant le spasme de son canal. Je penchai la tête et me mis à l'explorer avec ma langue, pendant que je la baisais avec mes doigts.

Elle avait si bon goût que je m'installai – pour la lécher, la caresser et la sucer. Je voulais la faire décoller, mais j'avais oublié à quel point elle pouvait être exigeante. Elle agrippa mes cheveux et tira. Je levai la tête, jouant toujours en elle avec mes doigts, l'étirant et la caressant.

« J'ai besoin de toi. Maintenant, demanda-t-elle, d'une voix rocailleuse.

— Tu m'as », répliquai-je, appréciant sa frustration.

Son sexe se serrant autour de moi, je dessinai avec mon pouce des cercles lents autour de son clitoris.

Sa tête retomba et elle poussa un cri guttural, mais ne fut que momentanément distraite. Elle leva la tête. Mince. Elle était magnifique avec ses cheveux ébouriffés autour de son visage, sa peau rougie en sueur, et ses seins qui montaient et descendaient au rythme de sa respiration haletante.

« En moi », ordonna-t-elle.

Je retirai mes doigts de son intimité et les enfonçai à nouveau, profondément.

« Comme ça? »

Elle murmura un gros mot et me tira les cheveux. Comme je voulais la même chose, j'arrêtai de la provoquer. Au moment où je m'allongeai sur elle, nos corps pressés l'un contre l'autre et le bout de mon sexe devant son entrée, je m'immobilisai, la regardant droit dans les yeux.

L'électricité dans l'air était palpable. L'intensité de la connexion que je ressentais avec elle fut si vive qu'elle me transperça le cœur, avec une force telle que j'en eus le souffle coupé. Je la dévisageai – sans ciller – et plongeai lentement en elle. Encore une fois, ce que j'avais prévu et ce qui arriva furent deux choses différentes. Je voulais aller lentement, pouvoir savourer chaque milliseconde de ce moment, mais mon corps n'en avait rien à faire. Les forces intérieures qui nous animaient étaient si puissantes qu'au moment où je m'enfonçai dans son étreinte pulpeuse, l'instinct animal et primitif prit le dessus.

Ses jambes s'enroulèrent autour de mes hanches, ses ongles griffèrent mon dos et je la pilonnai, chaque coup plus profond que le précédent. Je sentis le frisson de jouissance parcourir son corps, sa féminité palpitant autour de ma queue. Elle cria mon nom juste au moment où ma propre libération explosait. Je retombai sur elle, anéanti à l'intérieur et à l'extérieur par mon orgasme et ce que ça faisait d'être avec elle. Alors que ma respiration se calmait lentement et que les battements assourdissants de mon cœur ralentissaient, je déplaçai mon poids à ses côtés.

Nos corps enchevêtrés étaient en sueur. Au bout d'un moment, je sentis ses yeux sur moi et j'ouvris les miens. Ses yeux étaient clairs. Après un instant, elle tendit la main et caressa mes sourcils de son doigt.

Chapitre Vingt-Et-Un

AMELIA

Je m'accoudai sur le comptoir et regardai Cade inhaler l'omelette que je lui avais servie quelques minutes plus tôt. J'avais à peu près réussi à profiter de la matinée, sans laisser mon pénible esprit critique gâcher mon meilleur début de journée depuis de longues années. La nuit dernière avait été incroyable. Ce matin avait été incroyable. C'était à la fois si étrange et familier d'être à nouveau avec Cade. C'était difficile d'imaginer que l'altercation d'hier soir avait bien eu lieu. Je ne savais toujours pas trop quoi penser de la facilité avec laquelle j'avais quitté Earl. Avec le recul, il était terriblement clair que je ne l'avais jamais aimé. Mon esprit et mon cœur étaient habités par Cade et par lui seul.

Je n'étais plus d'humeur à éviter quoi que ce soit. J'avais gaspillé deux ans de ma vie avec Earl et bien plus encore parce que j'avais été si douée pour éviter tout ce qui me faisait penser à Cade. Le plus drôle était que, malgré mes efforts obstinés et herculéens, Cade n'avait jamais été loin de mes pensées. Tout ce que j'avais réussi à faire avait été de m'isoler de la vérité. Quel gâchis.

La cafetière bipa et je me retournai pour nous servir. Après avoir rempli deux tasses, j'en glissai une de l'autre côté du comptoir et m'assis en face de lui.

« Alors, tu as dit que tu commençais à travailler quand?

— Lundi, dit-il entre deux bouchées.

— Que fais-tu aujourd'hui? »

Il prit une lente gorgée de café, son regard vert m'évaluant.

« Ce que tu feras toi », dit-il, un sourire se dessinant sur son visage.

Je souris jusqu'aux oreilles, émue alors que les larmes me piquaient les yeux.

Son sourire s'effaça et il posa son café, tendant la main pour prendre la mienne.

« Hé, si c'est trop, dis-le. Il y a ce que je veux maintenant et ce que je veux sur le long terme. Je ne veux pas ralentir les choses entre nous, mais je sais que le timing n'est peut-être pas idéal. »

Il fit une pause, sa pomme d'Adam bougea et ses yeux fixèrent les miens – son regard pénétrant me donna l'impression qu'il pouvait voir directement dans mon cœur.

« Je ne veux pas tout foutre en l'air à nouveau. »

Je déglutis, ravalant l'émotion m'obstruant la gorge, et secouai la tête.

« Ce n'est pas ça. C'est juste que tout ça est si bon et je suis si heureuse que tu sois là, je ne veux pas tout gâcher. Si ça ne tenait qu'à moi, tu devrais rester ici et ne jamais repartir. »

Il pouffa, son petit rire grave s'enroulant autour de mon cœur.

« Eh bien, c'est facile. En l'état actuel des choses, je suis chez mes parents jusqu'à ce que je trouve autre chose. Crois-moi, ma mère fera une danse de la joie si je lui dis que je dors chez toi.

— Probablement. »

Je m'interrompis pour siroter mon café.

« Logiquement je devrais me sentir mal pour Earl, mais ce n'est pas le cas. Je l'ai quitté avant même de savoir que tu rentrais à la maison. Et toutes les raisons pour lesquelles je l'ai fait peuvent se résumer au fait que ça n'avait jamais vraiment marché. »

Je mordillai l'intérieur de ma joue et levai les yeux vers Cade. Il prit une autre bouchée de son omelette. Après avoir fini de mastiquer, il me regarda et haussa les épaules.

« Honnêtement, je ne pense pas tellement à Earl, mais plutôt à nous. Si aller lentement veut dire qu'on ne saccage pas notre histoire de façon magistrale, ça me va. »

Je pris une autre gorgée de café, savourant la saveur amère et me demandant comment formuler ce que j'avais besoin de dire.

« On aurait peut-être pu faire les choses différemment, mais c'est Shannon qui a menti. »

Les yeux de Cade s'assombrirent.

« On peut admettre qu'on est tous les deux assez têtus », déclara-t-il enfin.

Je serrai sa main.

« Peut-être. Dis-moi, tu m'en veux toujours? »

Il haussa un sourcil interrogateur.

« Pour avoir été tellement en colère que je ne t'ai jamais donné une chance de m'expliquer », ajoutai-je.

Il me serra la main à son tour et prit une gorgée de café, ses yeux dans le vague.

« Je l'étais, mais je ne le suis plus maintenant. Écoute, je ne t'en veux pas une seconde d'avoir pété les plombs ce matin-là. Bon sang, je n'ai même pas supporté de te voir assise à une table avec Earl, même en sachant pourquoi tu étais là. »

Il fit une pause et posa son café, attrapant mon autre main et les tenant toutes les deux dans la sienne.

« On ne peut pas changer le passé. Je suis rentré à la maison prêt à m'habituer à vivre sans toi alors que je savais que tu serais à proximité. C'était un putain d'enfer quand j'étais à plus de trois mille kilomètres, mais je n'étais pas obligé de te voir. Puis, bah, tout a changé et maintenant on en est là. Prenons les choses au jour le jour. S'il y a une chose dont tu n'as pas à t'inquiéter, c'est que je m'en aille et veuille quelqu'un d'autre. Bon sang, tu m'as tellement manqué, je n'ai même pas pris la peine d'essayer de trouver quelqu'un d'autre.

— Tu n'as vu personne? Du tout? » demandai-je.

Je ne pus empêcher les minuscules ombres de doutes pointer dans mon esprit. Mon manque de confiance, né au départ de la manipulation de Shannon, puis entretenu par le fait que la plupart des gars ne savaient tout simplement pas quoi faire de moi, était difficile à oublier. Ce n'était pas que je pensais être un vilain petit canard. Non, c'est plutôt que je savais bien que la plupart des hommes préféraient les femmes plus petites qu'eux. C'était comme ça. Je ne m'étais jamais souciée des implications que ça pouvait avoir et de ce que cela disait du monde dans lequel on vivait. J'étudiai Cade.

Il serra mes mains avant d'en libérer une pour attraper sa tasse de café et de prendre une longue gorgée.

« Je ne suis pas rentré dans les ordres si c'est ce que tu veux savoir, mais je n'ai dormi à côté de personne depuis toi. »

Ses yeux soutinrent les miens, et mon cœur se mit

à tambouriner si fort et si vite que je pouvais à peine respirer alors que je réalisais l'énormité de ce qu'il venait de dire. Je pensais être seule dans ma résignation totale que personne d'autre ne serait jamais à la hauteur de ce que j'avais avec Cade.

Chapitre Vingt-Deux

CADE

J'entrai dans la caserne des pompiers et m'accoudai au comptoir de la réception. Maisie était au téléphone, ses yeux me fixant comme si ma présence la rendait perplexe. C'était le milieu de ma deuxième semaine de service et j'étais déterminé à la faire craquer avec ma gentillesse. Cela montrait à quel point elle était antipathique si moi, un homme qui avait porté mon amertume envers les femmes comme un badge pendant des années, essayais de la cajoler pour qu'elle soit plus gentille.

Mais bon sang. C'était un vrai cactus, alors que Carol avait été comme une mère poule pour nous tous. Il était difficile de croire que Maisie était de la même famille. Elle avait les mêmes grands yeux bruns, et même si mes souvenirs de Carol quand elle était plus jeune passaient à travers l'objectif brumeux d'un petit garçon, je me souvenais qu'elle était jolie. Maisie pourrait l'être si elle arrêtait d'assassiner tout le monde de son regard.

J'avais mentionné à Amelia que Carol me manquait et que j'avais du mal à croire qu'elle avait persuadé mon père d'accepter d'embaucher Maisie en tant qu'opératrice. Elle m'avait regardé et avait soupiré, me rappelant que Maisie avait passé son enfance traînée de ville en ville sans nulle part pour se sentir chez elle. Selon Amelia, Maisie était venue rendre visite à Carol lorsqu'elle était à l'hôpital, et Carol avait demandé à mon père de lui donner une chance. Amelia m'avait ensuite clairement ordonné d'être gentil.

Je me dis que si Maisie ne pouvait pas nous chouchouter moi et les gars, nous allions devoir l'attendrir avec notre bienveillance. Pendant le peu de temps que j'avais passé ici, je l'avais regardée ignorer tous les gars, éviter soigneusement tout ce qui ressemblait à une conversation amicale et systématiquement sortir ses griffes. Elle était si peu avenante que le reste des gars l'évitait à tout prix à l'exception de Beck qui de temps en temps, très occasionnellement, la regardait et tentait de bavarder. Beck était comme une poêle anti-adhésive – tout lui glissait dessus, donc la froideur de Maisie ne le dérangeait pas beaucoup.

Dans l'ensemble, je me sentais magnanime. Les deux dernières semaines avaient été les meilleures de ma vie. Être avec Amelia était divin. Oh, nous avions des choses à régler, et elle était aussi têtue que dans mon souvenir, mais je l'étais aussi. La meilleure chose à propos de nos disputes était que nous savions comment nous réconcilier ensuite avec de glorieuses parties de jambes en l'air. Ma libido, qui avait dû long-temps se contenter de coups d'un soir, subissait un sacré réveil ces jours-ci. Il y avait à peine une heure, la bouche d'Amelia enveloppait ma bite sous la douche. C'était après que je me fus enfoui jusqu'à la garde en elle juste à notre réveil.

Il y avait donc ma bonne humeur générale et le fait que je préférais que mon équipe apprécie et fasse confiance à son opératrice principale. Je ne craignais pas que Maisie ne soit pas fiable en ce qui concerne son travail. Elle le prenait très au sérieux. Son attitude, cependant, laissait grandement à désirer.

Je me penchai au-dessus du comptoir et lui souris lorsqu'elle raccrocha enfin. Elle ajusta son casque et me fusilla du regard.

« Je peux t'aider? » dit-elle avec raideur.

Elle n'avait aucune idée de la chance qu'elle avait que je ne sois pas aussi grincheux que je l'avais été pendant les sept dernières années. Sinon, je lui aurais rendu la pareille. Au lieu de cela, je me rappelai d'être patient. Si je ne voulais pas qu'elle agisse de cette manière, je ne devais pas jouer au con.

« Rex, Beck et moi espérions déjeuner avec toi », dis-je.

Beck et moi avions discuté avec mon père l'autre jour à ce propos.

Maisie haussa un de ses sourcils sombres, me regardant comme si je venais de lui proposer d'aller se rouler dans une flaque de boue.

« Pourquoi? »

Fut sa seule réponse.

« Parce que tu es notre opératrice principale et qu'on aimerait se réunir pour discuter de différentes choses en rapport avec la station. »

J'entendis la porte s'ouvrir et se refermer derrière moi. Jetant un coup d'œil par-dessus mon épaule, je vis Beck s'approcher. Beck s'appuya contre le comptoir à côté de moi, ses yeux glissant de moi à Maisie. Beck passa une main dans ses boucles noires.

« Eh bien, je vois que tu es aussi sympa que d'habitude », dit-il à Maisie.

Les joues de Maisie rougirent. Si elle avait pu, j'étais à peu près certain que ses yeux auraient brûlé des trous dans la tête de Beck. Elle souffla et croisa les bras.

« Je n'ai pas besoin d'être sympa. Je prends mon travail au sérieux et tous les appels sont acheminés rapidement. »

Beck la regarda et je sentis un brin d'irritation de sa part. Rien d'étrange étant donné à quel point Maisie était grincheuse, mais inhabituel pour Beck. Après un instant, Beck me jeta un coup d'œil et hocha la tête comme s'il s'attendait à ce que je m'en occupe.

Je m'étais entraîné pour toutes sortes de choses en tant que pompier hotshot et j'avais été contremaître dans une équipe en Californie pendant trois ans. Rien de tout cela ne m'avait préparé à gérer une opératrice si grincheuse que toute mon équipe se mettait à couvert dès qu'elle était dans les parages.

« Maisie, permets-moi de reformuler. On va déjeuner. Tu viens avec nous. Ce n'est pas une requête. Considère ça comme une réunion de travail. J'ai déjà organisé un remplacement. Retrouve-nous ici à midi », dis-je.

Elle écarquilla les yeux et pinça les lèvres, mais elle hocha la tête sans un mot. Je m'éloignai du comptoir pour sortir par la porte du fond.

Beck me suivit. Au moment où nous arrivâmes dans la salle de repos et voyant qu'il n'y avait personne, Beck leva les yeux au ciel.

« Mince. Cette femme peut être une vraie connasse. Je dois dire que je suis content que tu sois là. Elle n'est là que depuis quelques mois, et j'ai été tellement occupé à couvrir les deux équipes, je n'ai pas eu le temps de réaliser à quel point elle affectait les gars. Et puis ton père est assez protecteur envers elle. »

J'attrapai le dossier d'une chaise autour de la table

de pause et la fit pivoter pour m'asseoir. Beck se laissa tomber face à moi avec un soupir.

Je ris.

« Ouais, elle est pas facile. Pratiquement le contraire de sa grand-mère. »

Je jetai un coup d'œil derrière lui vers le comptoir qui longeait le mur, me concentrant sur la cafetière. Voyant qu'elle était à moitié pleine, je me levai et attrapai une tasse.

« Tu en veux? » demandai-je, jetant un coup d'œil à Beck pendant que je la remplissais.

Sur un signe de tête de Beck, je lui passai la première tasse et m'en servis une autre avant de me rasseoir.

« J'aurais parié que mon père la défende. Tu le connais. C'est un nounours. Carol était une des bonnes amies de ma mère en plus, alors elle l'a probablement gentiment convaincu d'embaucher Maisie. »

Beck prit une gorgée de café et se renversa sur sa chaise.

« Oh, j'en suis sûr. Honnêtement, si on arrivait à la rendre neutre, ce serait une victoire. Elle fait du bon travail. Elle est rapide et vraiment douée pour répondre aux appels d'urgence. Elle est concentrée et calme, ce qui l'empêche de se laisser distraire par la panique. Elle ne rit pas non plus lorsque les gens appellent pour les conneries les plus folles. Tu as entendu parler du type qui a appelé parce que quelqu'un essayait de déménager sa cabane de chasse? »

J'ai presque recraché mon café.

« Quoi?! »

Beck hocha la tête avec une lueur dans les yeux.

« Oh oui. On ne voit ça qu'en Alaska. Un gars a une cabane dans les montagnes pour chasser. Il appelle et dit que quelqu'un l'a mis sur crics pour la charger sur une remorque. Je veux dire, c'était un petit cabanon, mais quand même. Hilarant putain! Quoi qu'il en soit, j'aurais été mort de rire si j'avais pris cet appel. Maisie est restée stoïque tout du long. Ce qui était une bonne chose d'ailleurs parce que le mec était sérieusement énervé. Donc ton père est parti voir et nous a ensuite appelés à l'aide pour remettre la cabane sur ses pilotis. Un changement de rythme pour nous, c'est sûr. »

Je secouai la tête.

« Changement de rythme c'est une façon de voir les choses. De quoi mon père a-t-il accusé le voleur?

— De tentative de vol, dit Beck avec un hausse-ment d'épaules. Il lui a mis une amende, mais le propriétaire a trouvé que ce n'était pas suffisant. Tu sais comment ça se passe. Sinon, il paraît que tu t'es remis avec ta nana. »

Je ne pus m'en empêcher. Le simple fait de penser que je pouvais à nouveau appeler Amelia ma chérie me remplit de bonheur. Je lui lançai un sourire en coin.

« La rumeur est peut-être vraie. »

Je dormais chez elle tous les soirs depuis la première nuit où j'y étais allé. Je redevins sérieux.

« En vrai, j'imagine qu'Earl pourrait avoir des choses à dire à ce sujet, mais... Bon sang, je sais pas. C'est comme si on avait repris là où on s'était arrêtés.

— Peu importe ce que pense Earl. Ça jase beau-coup, mais qui s'en préoccupe? Écoute, Earl n'est pas un méchant, mais il a toujours été un peu trop sûr de lui à mon goût. Regarde-moi, je sors avec plein de nanas et j'assume. Earl a toujours fait la même chose, mais essaie de faire comme si ce n'était pas le cas. Amelia était comme un trophée pour lui. Tu as vrai-ment du bol qu'il n'ait pas porté plainte l'autre soir. Il est comme ça. Un peu mesquin si tu veux mon avis. »

Je ne pouvais pas m'empêcher de me demander ce

qu'Amelia avait vu en lui. Ensuite, je me suis souvenu de ce qu'elle avait dit : il était ce qu'elle avait de mieux. Juste comme ça, j'eus l'impression d'avoir reçu un coup de pied dans le ventre. Bien que nous nous laissions porter par cette folie, voluptueuse et érotique, après sept ans séparés, je savais qu'il y avait des dangers qui nous menaçaient dans les eaux profondes. J'avais ma propre colère à laquelle je m'étais accroché après qu'elle m'eut ignoré, et je savais qu'elle avait sa propre douleur après avoir vu Shannon me grimper dessus. Je ne voulais pas que l'un ou l'autre de ces problèmes persiste de quelque manière que ce soit. Je détestais avoir à m'inquiéter du fait qu'elle pensait ne pas mériter plus.

J'étais sur le point de répondre lorsque l'interphone crépita et Maisie annonça un appel pour un incendie au centre-ville. En quelques minutes, la station grouillait d'activité et les sirènes retentissaient alors que l'équipe locale courrait répondre à l'appel.

Chapitre Vingt-Trois

AMELIA

Je me tenais à côté de Lucy et scannais le terrain devant nous. Comme promis, Max était arrivé la semaine dernière et s'était occupé de l'excavation. On était en début de soirée et l'entreprise de fondation était partie. Je m'occupais de la conception architecturale des projets, et Lucy et moi gérions la construction ensemble. Je sous-traitais l'excavation, les travaux de fondation et la plomberie. Commodément, Lucy était également une électricienne certifiée.

Je souris en rencontrant les yeux de Lucy.

« On va pouvoir commencer à construire. »

Lucy leva sa main en l'air pour un *high-five*.

« C'est parti, dit-elle lorsque nos mains claquèrent l'une contre l'autre. On commence ce soir ou on attend demain? »

Les étés en Alaska créaient une dynamique étrange. D'une part, quand il s'agissait de profiter des activités extérieures, l'été était très court. D'autre part, les journées étaient si longues, qu'en termes d'heures ça équivalait à un été plus long. Mes projets de construction ressemblaient à une course chaque année. De longues journées, de courtes nuits et tous les chantiers que je sentais pouvoir gérer étaient condensés.

Je considérai la question de Lucy. Puisqu'il était dix-neuf heures passées, nous pouvions caler quelques heures de travail maintenant si nous le voulions avant que l'obscurité ne s'installe. Sans Cade, j'aurais probablement dit oui. Je croisai les yeux de Lucy et je secouai la tête.

« Nan. Commençons demain. Rendez-vous à sept heures? »

Lucy plissa les yeux avec un sourire narquois.

« On dirait que tu as changé tes habitudes de travail ces derniers temps. »

Je luttais pour ne pas rougir, mais mes joues chauffèrent contre ma volonté.

« Peut-être. Ça te pose un problème? »

Lucy secoua la tête.

« Nan. Tu es la patronne. Tu n'as pas dit grand-chose, mais je suppose que les choses vont plutôt très bien avec Cade. »

Mes joues rougirent de plus belle.

« Les choses sont... »

Je m'arrêtai quand je réalisai que j'étais sur le point de dire « géniales ». Parce que c'était ce que je ressentais. En fait, génial ne résumait pas à quel point c'était agréable d'avoir à nouveau Cade à la maison avec moi. J'avais l'impression d'avoir été seule dans le désert depuis des années. C'était un mirage dans ma mémoire depuis si longtemps, et maintenant il était réel – tout ce dont je me souvenais et plus encore. Comme je l'avais imaginé, il avait grandi et s'était trouvé lui-même. Il était entièrement homme et de nouveau à moi. Pourtant, il y avait un petit coin de mon esprit qui craignait que je n'ai replongé trop vite après avoir quitté Earl. Il y avait seulement un mois, j'étais sur le point de me marier.

Je remerciais ma bonne étoile à maintes reprises d'avoir eu assez de bon sens pour faire mon choix vis-à-vis d'Earl avant d'avoir vu Cade, avant d'avoir eu la moindre idée qu'il déménageait à Willow Brook. Sinon, j'aurais été encore plus en stress à propos de tout cela. En fait, j'étais tellement submergée par Cade que s'il me proposait qu'on se marie ce soir, je n'hésiterais même pas. Et ça me terrifiait. Je m'étais déjà effondrée à cause de lui une fois auparavant. Je ne savais pas si j'étais de nouveau prête à être aussi vulnérable. Mais c'était le problème quand il s'agissait de Cade et moi – j'étais toujours vulnérable. Il représentait trop. Nous représentions trop.

Je jetai un coup d'œil à Lucy.

« Les choses vont plutôt très bien avec Cade. »

Lucy sourit et se dirigea vers le camion de chantier garé au bord du terrain. Je marchai à ses côtés. En atteignant le camion, Lucy posa son bras dans mon dos et me regarda.

« Tu es tellement détendue, je parie que vous avez failli réduire ton chalet en cendres à plusieurs reprises. »

J'éclatai de rire. Quand je repris mon souffle, je haussai les épaules.

« Peut-être. Mais c'est un pompier, donc tout ira bien. »

Le sourire de Lucy s'estompa, son regard s'assombrit.

« Je vérifie juste, mais tu étais pas mal stressée à son sujet avant. Je suis sûre que le sexe est génial, et crois-moi, je vois comment il te regarde, mais est-ce que vous avez réglé vos problèmes d'avant? »

Je la regardai pendant un long moment et hochai la tête.

« Je pense que oui. Je veux dire, c'était un énorme malentendu. Empiré par le fait que je sois têtue comme une mule et qu'il soit parti tout ce temps. »

Lucy rit doucement.

« Tu es têtue comme une mule ça c'est certain. Je vérifiais juste que tout va bien. »

Je sentis qu'il y avait autre chose. Lucy n'était pas du genre à s'inquiéter.

« Qu'est-ce qu'il y a?

— Je voulais être sûre parce que j'ai entendu de Janet que Shannon était de retour. Parce qu'elle a appris que Cade était revenu en ville », annonça Lucy sans détour.

Mon estomac se retourna. La douleur de voir Shannon grimper dans mon lit nue avec Cade était cicatrisée, mais toujours là. J'essayai de me rappeler que Cade m'avait dit la vérité, mais mes sentiments à ce sujet n'étaient pas tout à fait raisonnables.

« Qu'est-ce qu'elle fout ici? Ne vit-elle pas à Anchorage maintenant? »

Lucy hocha la tête.

« Autant que je sache, mais ce n'est pas comme si elle ne pouvait pas trouver une excuse pour venir. Sa sœur vit toujours là. Écoute, je veux juste que tu te protèges. Toi et Cade c'est encore neuf. Je ne savais pas si je devais te prévenir, mais bon, maintenant je l'ai fait. Son retour ne veut rien dire. Toi et Cade êtes ensemble, et bon Dieu, cet homme est presque en train de baver quand il est avec toi. Sois juste prête si tu la croises. »

Je frappai ma botte contre l'un des pneus, repoussant ce vieux sentiment de trahison et le manque de confiance qui l'accompagnait.

« C'est des conneries. Pourquoi ferait-elle ça? Je veux dire, il l'a repoussée la dernière fois. Il est parti sept ans. Est-ce qu'elle me déteste tant que ça? Je veux dire, on s'est remis ensemble... »

Lucy m'interrompit.

« Je ne pense pas qu'elle le sache. Je sais que ça peut sembler une éternité, mais tu étais censée te marier avec Earl il y a seulement un mois. Janet a dit qu'elle ne pensait pas que Shannon savait ce qui se passait. Tu dois comprendre qu'elle avait révolté beaucoup de gens avec ce qu'elle a fait. Je n'étais pas proche de toi à ce moment-là, mais c'était impossible de ne pas entendre à quel point les gens étaient en colère contre elle. Peu importe ce qu'ils pensaient de toi et de Cade, elle a fait un sacré coup de pute. Maintenant tu sais. Surveille tes arrières. Tu devrais peut-être aussi en informer ton amoureux. »

J'étais trop en colère pour rire. Ma souffrance devait s'être manifestée sur mon visage. Lucy s'approcha de moi et m'étreignit férocement. Pour une petite personne, les câlins de Lucy étaient puissants. Elle jeta ses bras autour de mes épaules et me pressa fort contre elle avant de s'éloigner.

« Je vais lui botter le cul si elle tente quelque chose. Et rappelle-toi, toi et Cade vous êtes solides. Maintenant, rentre chez toi et saute-lui dessus. »

Chapitre Vingt-Quatre

CADE

Je me tenais sous l'eau chaude, mes mains appuyées contre les carreaux de la douche et ma tête baissée. L'incendie de cet après-midi était allé de mal en pis, nécessitant le soutien de mon équipe pour l'équipe locale après que l'hôtel, voisin de la maison en feu, eut été menacé. Le feu s'était déclaré après que le propriétaire eut laissé la cafetière allumée en quittant la maison. La maison était foutue, mais nous avions réussi à empêcher le feu de se propager à l'hôtel. Vu que l'hôtel jouxtait un bosquet d'épinettes, c'était vraiment une bonne chose.

C'était l'été en Alaska, il ne pleuvait pas assez, et des hectares et des hectares de forêt d'épinettes étaient remplis de résineux morts ou mourants de maladies transportées par les scolytes. Ainsi, le risque d'incendie déjà problématique, et s'aggravant avec chaque été sec dans l'ouest, empirait avec la quantité de combustible sec. Les épinettes bleues étaient plus robustes et plus à même de résister à ces coléoptères, mais lors des survols, parfois mon cœur se brisait. Nous volions sur des kilomètres et ne voyions rien d'autre que des bandes brunes d'épinettes mortes. Empêcher cette partie de la forêt de prendre feu avait été une chance.

Mon après-midi avait été long et j'étais mort de fatigue. Je savais qu'Amelia travaillait souvent tard le soir. Sans surprise, elle n'était pas encore rentrée quand j'étais arrivé chez elle, donc j'avais filé sous la douche. Je me tins là et laissai l'eau chaude cingler ma peau. J'entendis un léger clic, je jetai un coup d'œil par-dessus mon épaule et vis Amelia entrer dans la cabine de douche avec moi. Je laissai tomber mes mains et me tournai vers elle. À la seconde où mon corps sut qu'elle était proche, mon pénis enfla. Quand je lui fis face, j'étais dur comme la pierre et prêt. Elle détachait ses cheveux de la queue de cheval ébouriffée qu'elle avait portée toute la journée. Elle avait une traînée de saleté sur sa joue et une sur son bras. Mes yeux passèrent sur elle – savourant le contraste de ses jambes musclées et de ses seins charnus.

« Zut », marmonna-t-elle en me regardant.

Elle ne pouvait pas louper le fait que j'étais complètement érigé, ses yeux s'écarquillant lentement accompagnés d'un sourire coquin.

Je fis un pas vers elle, très satisfait du fait que son souffle se fasse brusque lorsque je me heurtais à elle.

« Zut, quoi? murmurai-je, mes lèvres effleurant son cou.

— Je n'arrive pas à retirer l'élastique de mes cheveux », dit-elle entre deux halètements.

Je relevai la tête et approchai mes mains pour l'aider. Elle laissa tomber les siennes. Cela prit une minute, mais je réussis à retirer l'élastique et le laissai tomber au sol.

« Voilà, dis-je, ma voix devenant rauque en croisant ses yeux et les voyant s'assombrir.

— Comment s'est passée ta journée? chuchota-t-elle.

— Longue. Et toi? » répondis-je en glissant mes mains vers le bas pour attraper ses fesses.

Un autre halètement de sa part quand je la serrai contre moi. Je réprimai un grognement à la sensation de ses plis chauds contre ma bite.

Comme elle ne me répondait pas, je répétai ma question entre coups de langue et morsures le long de son cou.

« Ta journée? Comment c'était? murmurai-je.

— Ah oui, c'était bien », marmonna-t-elle en enroulant sa main autour de ma queue et me caressant.

La vapeur nous enveloppa alors que l'eau cascadait autour de nous. Elle était tellement douce, lisse et toute mouillée. Je glissai la main entre ses cuisses et la trouvai chaude, mouillée et prête. Je n'étais pas d'humeur à attendre. Je passai mes mains sous ses cuisses et la soulevai, la pressant contre le mur carrelé.

Elle enroula ses jambes autour de mes hanches alors que sa tête cognait contre le mur. J'avais ma bite dans mon poing et étais sur le point de m'enfoncer en elle quand je l'ai regardé. Mon cœur donna un coup retentissant. Ses cheveux étaient humides et complètement emmêlés, ses yeux étaient comme du miel fondu, ses mamelons roses et tendus, et ses seins si pleins et ronds. J'aimais cette vue, j'aimais tout d'elle. Si passionnément que ça faisait presque mal.

Elle fit onduler ses hanches en se mordant la lèvre. Je l'ajustai contre moi, un bras fermement accroché sous ses hanches, et m'introduis dans le berceau de ses hanches, levant ma main et écartant les mèches de cheveux humides de son visage. Je traçai ses lèvres de mon pouce. Ses yeux s'assombrirent et elle attrapa mon pouce entre ses dents, l'attirant pour le sucer légèrement.

« Je t'aime », dis-je, les mots brûlant ardemment en moi et m'échappant dans un souffle.

Sur le moment, je la sentis se crisper. Ses yeux se mirent à briller et une larme s'en échappa. Ce n'était pas que je ne savais pas que je l'aimais, je l'avais toujours su. Mais je n'avais pas prononcé les mots à voix haute depuis sept ans. J'attendis, me demandant si j'en avais trop dit, trop tôt. Je retirai mon pouce de sa bouche et glissai mes doigts le long de son cou, où son pouls battait frénétiquement.

« Je t'aime aussi, dit-elle enfin, après ce qui me parut une éternité.

— D'accord alors », réussis-je à articuler.

Mes mots illustraient mal tout ce que je ressentais, alors j'utilisais mon corps. Je reculai légèrement mes hanches, ajustai mon angle et la pénétrai d'une rapide poussée. Elle cria et resserra ses jambes autour de mes hanches. Mes yeux plantés dans les siens, je la soutenais sous l'eau qui s'abattait sur nous et déversais en elle tout ce que je ressentais, au rythme de ce désir qui vivait et respirait entre nous comme une force propre.

Chaque coup m'amenait plus profond, chacun de mes grognements bestiaux et chacun de ses cris gutturaux, chaque gifle de nos peaux mouillées, tout cela était plus que ce que mes mots ne pourraient jamais exprimer. Dans la fièvre de ce coït fougueux et humide, nous étions brutaux et sauvages, mais en dessous se trouvait la tendresse féroce qui nous unissait – ce que nous avions perdu de vue auparavant. Je la sentis se resserrer, des frissons la traversaient. Je m'enfonçai encore et encore et encore dans son étreinte moelleuse jusqu'à ce que je la sente convulser autour de moi. Ses ongles me griffèrent le dos quand elle cria.

Je la suivis, ma propre libération jaillissant de moi avec une force telle que mes genoux manquèrent de céder.

Mais elle était là, ses mains remontant pour prendre mon visage en coupe, murmurant mon nom et déposant des baisers légers sur mon visage. Nous restâmes ainsi, ma bite enfouie au fond d'elle, mes lèvres contre les siennes et l'eau chaude ruisselant sur nos peaux, pendant si longtemps que l'eau commença à refroidir.

Chapitre Vingt-Cinq

AMELIA

Je poussai la porte du Firehouse Café et secouai mon imperméable une fois à l'intérieur. La matinée avait été grise et pluvieuse, et la pluie n'avait pas cessé de toute la journée. Lucy et moi avions finalement décidé d'abandonner après s'être forcées à travailler quelques heures sous la pluie froide. Je baissai ma capuche et regardai autour de moi. Le café était bondé de touristes, ce qui était logique. Toutes les sorties pêche prévues sur le lac ou les rivières voisines avaient probablement été annulées, ainsi que toutes les autres activités de plein air. Les éco-touristes inconditionnels n'auraient pas peur d'une pluie comme celle-ci, mais c'était ceux qui partaient en randonnée des semaines entières en pleine nature, le genre de randos que mon frère avait l'habitude de guider avec sa femme. Les touristes qui envahissaient les rues de Willow Brook et les autoroutes d'Alaska avec leurs camping-cars préféraient la nature quand elle était confortable. Même pendant la période la plus chaude de l'année en Alaska, la pluie restait très froide.

Je me faufilai entre les tables et joignis la file d'attente devant le comptoir, m'appuyant contre l'un des vieux poteaux décorés d'épilobes. Mon esprit se tourna vers la nuit dernière quand Cade m'avait fait pleurer sous la douche avant de me faire l'amour si passionnément. Bien que je me souvienne clairement de ce que nous avions partagé par le passé, je ne me rappelais pas cette intensité, cette tendresse furieuse et ce sentiment d'intimité si profond qui me secouaient au plus profond de mon être. Peut-être était-ce parce que nous nous étions perdus. Peut-être était-ce parce que les regrets qui coloraient le présent le rendaient plus précieux. Quoi qu'il en soit, c'était si bon que c'en était bouleversant.

La file avança lentement. Perdue dans mes pensées, je sursautai en entendant mon nom. Je jetai un coup d'œil par-dessus mon épaule et Earl se tenait derrière moi. Quand je l'avais vu l'autre soir, je m'étais attendu à ressentir quelque chose. Mais j'aurais dû me douter que ce ne serait pas le cas. Tout ce que je ressentais, c'était un doux sentiment de tristesse. Je me sentais mal de la façon dont s'étaient déroulées les choses, mais rien d'autre. Il se tenait là avec ses cheveux blond-châtain et ses yeux marron. Objectivement parlant, c'était un bel homme. Mais aujourd'hui, je ne pouvais même pas croire que j'étais sortie avec lui, encore moins que j'avais accepté de l'épouser. La réponse de mon corps face à lui était, au mieux, tiède.

Je voulais apparaître décontractée et amicale, bien consciente que la dernière fois que j'avais vu Earl, Cade lui avait collé son poing dans la figure. Ses ecchymoses s'étaient estompées depuis.

« Hey Earl, comment vas-tu? »

Son regard se fit pensif. Après un moment, il haussa les épaules.

« Aussi bien que possible après tout ce qu'il s'est passé. »

La file avança. Je fus traversée par un éclair de culpabilité, mais ne sus quoi en faire. Je me demandais si c'était vraiment le lieu pour dire quelque chose, mais personne ne nous prêtait attention et le bourdonnement des conversations dans le café étouffait les discussions personnelles.

« Earl, je pensais ce que j'ai dit l'autre soir. Je suis désolée pour tout. Je ne m'attends pas à ce que tu l'admettes, mais je sais que tu n'as pas été bouleversé par ce qui s'est passé. Ton ego en a peut-être pris un coup, mais je sais ce qu'est l'amour et ce n'est pas ce que nous avions. Je suis plus désolée que tu ne le penses, désolée qu'il m'ait fallu autant de temps pour réfléchir à ce que ça voulait dire pour nous. Je te souhaite le meilleur et j'espère que tu trouveras ce que tu cherches. »

Earl détourna les yeux, fixant le tableau au-dessus du comptoir où Janet prenait rapidement les commandes et les saisissait dans l'ordinateur.

« J'ai entendu dire que Cade et toi vous êtes remis ensemble », dit-il d'un ton plat.

Les papillons dans mon ventre se réveillèrent. L'entendre à voix haute comme ça le rendait étrangement réel. Je retins ma réaction. La dernière chose dont Earl avait besoin, c'était de voir les cœurs dans mes yeux quand je pensais à Cade. Lorsqu'il me jeta un coup d'œil, je hochai la tête.

« C'est vrai. Je sais de quoi ça a l'air Earl, mais c'est arrivé comme ça. Je n'avais aucune idée que Cade revenait en ville quand j'ai décidé que je ne pouvais pas t'épouser. J'admets que sa présence ici m'a clairement montré pourquoi c'est une bonne chose que nous ne nous soyons pas mariés, mais ce n'était pas prémédité. »

Earl leva les yeux au ciel, un air de dégoût passant sur ses traits. Ça m'irrita parce que je savais comment il était quand nous étions ensemble.

« Très bien. Tu as le droit d'être énervé, mais pendant que tu es occupé avec ça, réfléchis à la façon dont tu as réagi quand je t'ai dit que je partais », rétorquai-je.

L'après-midi où j'étais dans ma loge de fortune à l'église, mes pensées tournaient si vite dans ma tête que j'avais failli me marier. Mais je n'avais pas pu. Je m'étais précipitée dans sa loge, pas vraiment sûre que j'allais vraiment rompre avec lui. Puis je l'avais fait. Il n'avait même pas semblé particulièrement troublé, mais plutôt irrité qu'autre chose. Il aurait pu se battre pour moi à ce moment-là, mais il n'avait même pas essayé. Sachant après coup, qu'il avait annoncé avec désinvolture que le mariage était annulé, puis était parti à la pêche, illustrait parfaitement les choses. Cela n'avait pas provoqué une ridule sur les eaux de sa vie.

J'espérais pour lui, vraiment, qu'un jour il comprendrait pourquoi j'avais fait ça. Pas parce que j'avais besoin qu'il me pardonne, j'étais parfaitement capable de vivre avec sa colère. J'espérais plutôt qu'il verrait ce qu'il aurait la chance d'avoir quand ça lui arriverait.

Ses yeux passèrent du tableau à moi, légèrement écarquillés. Bien, peut-être qu'il avait commencé à réfléchir un peu. Au bout d'un moment, il secoua la tête.

« Peu importe, Amelia. Si ça te fait te sentir mieux dans tes choix, très bien. Tu ferais peut-être bien de surveiller tes arrières par contre. Shannon est de retour en ville, et je suis presque sûr que tu peux deviner pourquoi. »

Un sentiment d'inquiétude me parcourut. Je l'ignorai. Je n'avais certainement pas besoin qu'Earl arrose ces graines de doute dans mon esprit. Il l'avait fait bien assez longtemps en faisant à peine attention à moi alors qu'il était censé m'aimer.

Sur ce, il marmonna quelque chose et se détourna.

« Prends soin de toi », dit-il rapidement par-dessus son épaule avant de sortir.

La sonnette retentit joyeusement alors que la porte se refermait derrière lui. Je soupirai et me retournai pour voir la personne devant moi s'éloigner. Janet se tenait derrière le comptoir avec un large sourire.

« Salut ma belle, ravie de te voir. Qu'est-ce que je peux te servir ? »

Je regardai le tableau, puis Janet.

« Un café fort et un de tes trucs au jambon et au fromage. »

Janet eut un petit rire.

« Heureusement que je sais ce que tu veux dire. »

Elle tapa sur le clavier et me donna le total avant de se tourner pour servir mon café.

« Donne-moi quelques minutes pour réchauffer le jambon et le fromage. Au fait, n'écoute pas Earl », dit-elle, la voix basse.

J'avais enroulé mes mains autour de la tasse de café en carton, savourant la chaleur.

« Tu as entendu toute notre conversation ? »

Janet haussa les épaules, une lueur sournoise dans les yeux.

« J'essayais d'écouter, ma puce. Je n'ai même pas honte. Je me fiche bien du fait que tu l'aies quitté parce que c'était le meilleur choix pour vous deux. C'est un gars sympa, mais il a juste un ego un peu surdimensionné. Quoi qu'il en soit, la seule chose qui me préoccupe, ce sont ces conneries sur Shannon. Ne t'en inquiète surtout pas », dit-elle, avec un ton implacable sur sa dernière phrase.

Je levai les yeux au ciel et haussai les épaules.

« Je savais que Shannon était de retour parce que Lucy me l'a dit. Je ne suis pas inquiète, à part le fait qu'elle va essayer de foutre la merde. Est-ce qu'elle sait que Cade et moi nous sommes remis ensemble? »

Janet leva les yeux au ciel à son tour.

« Depuis ce matin oui. Je me suis assurée de lui dire quand elle est venue ici avec sa sœur. Crois-moi, elle avait l'air surprise. Je ne peux pas dire que ce soit de sa faute. Si elle restait au courant des potins, les nouvelles de ta rupture avec Earl lui seraient arrivées lentement puisqu'elle est à Anchorage. Je m'en fous, mais elle m'a vraiment énervée à l'époque, et c'est ce que je lui ai dit ce matin. Je te jure, je n'en peux plus de sa sœur. Gayle n'est pas conne, mais elle regarde sa petite sœur en devenir une et ne fait rien. Le moins qu'elle puisse faire est de lui dire qu'elle fait des conneries. Comme elle ne le fait pas, je le fais pour elle. »

Je dévisageai Janet et faillis éclater de rire. Notre histoire avec Cade était si fragile et nouvelle, ça m'inquiétait de savoir que Shannon était de nouveau en ville. Je ne lui faisais pas confiance. Du tout. Mais ça me faisait plaisir que des amis comme Janet me soutiennent. Pour moi, qu'on fasse honte à Shannon pour ce qu'elle avait fait n'était pas une mauvaise chose. Ce que je n'arrivais pas comprendre, c'était pourquoi Shannon était si obnubilée par Cade.

Je pris une gorgée de mon café et retins un rire amer.

« Merci Janet. Je sais que tu me soutiens. J'espère juste qu'elle comprendra le message. Je ne suis pas prête à avoir affaire avec elle. Vraiment pas. »

Janet fit un signe dédaigneux de la main et se

retourna lorsque la cloche sonna au comptoir des cuisines. Elle attrapa mon rouleau au jambon et fromage et me le tendit sur une assiette.

« Tu n'as rien à craindre. Mais les gens parlent, et ils aiment les potins. Toi et Cade leur avez donné beaucoup de choses à dire, mais que Shannon débarque sans prévenir va déterrer de vieilles histoires. Ignore-les. Ne crois rien de ce que tu entends. Cade t'aime. Il t'a toujours aimée. Le temps et la distance vous ont juste rendus stupides tous les deux. »

Je sentis quelqu'un s'approcher derrière moi, alors je me mis sur le côté.

« Je ferai de mon mieux. Merci d'être toi. »

Janet me fit signe de partir.

« Assieds-toi et réchauffe-toi. »

Chapitre Vingt-Six

CADE

Je m'appuyai contre la porte du garage à l'avant de la caserne des pompiers et passai ma manche sur mon visage. J'avais passé les dernières heures à vidanger ma vieille moto préférée.

« Tu vois que ta vieille moto est prête à rouler! »

Je levai les yeux sur Beck qui entrait dans le garage par une porte latérale.

« Ouais. Mon père l'a sortie du garage ce week-end et l'a déposée ici pour que je la remette en route. »

Beck vint se pencher à côté de moi, jetant un regard approbateur sur la moto. J'adorais cette moto. C'était une vieille *Indian* et on n'en trouvait plus des neuves comme ça. Le simple fait d'en trouver une d'occasion coûtait un bras et une jambe et plus encore. Quand j'avais déménagé en Californie, j'avais laissé la moto derrière moi, pensant que je n'aurais pas le temps de rouler. J'aurais trouvé le temps, mais je n'avais pas voulu emporter ce bébé. À l'époque, je détestais le fait que cette moto me fasse penser à Amelia chaque fois que je montais dessus, mais c'était comme ça. J'avais roulé plus de kilomètres avec elle derrière que tout seul. Maintenant, je pouvais en profiter et penser à elle. J'avais tout gagné.

Beck inclina la tête sur le côté avec un sourire en coin.

« Putain, quelle moto. Je ne savais pas que tu l'avais laissée ici tout ce temps. J'aurais été heureux de la faire rouler pour toi. »

Je ris et secouai la tête.

« Mec, tu peux utiliser mon autre moto, mais pas celle-ci. »

Beck haussa les épaules.

« Tant pis. Tu ferais mieux de ne pas la laisser ici. Trop tentant.

— T'inquiète pas. J'avais prévu de l'emmener chez Amelia ce soir. J'ai pensé qu'aujourd'hui était une bonne journée pour la nettoyer, vu que le temps est pourri. Mais la pluie s'est enfin arrêtée, donc je peux profiter d'une balade sans pluie. »

Beck hocha la tête et glissa ses mains dans ses poches.

« Je suis venu te dire que Shannon est à la réception et demande à te voir. C'est dans ce genre de situation que c'est chouette que Maisie soit si revêche. Je passais par là, et elle disait à Shannon que tu n'avais mentionné aucune visite, avec ce regard glacial et cet air de *ne me fais pas chier*, dit Beck avec un petit rire.

— Qu'est-ce que Shannon fout ici? » demandai-je, passant une main dans mes cheveux et frappant mon talon contre la porte du garage derrière moi.

Le bruit de ma botte contre l'acier résonna à travers le garage caverneux. Non seulement je ne voulais pas avoir affaire à Shannon, mais maintenant je devais m'inquiéter de la réaction d'Amelia.

Beck haussa les épaules.

« Aucune idée. Elle s'est assise et a dit qu'elle attendrait. Tu veux que je la fasse partir? »

Je secouai la tête.

« Nan. Je vais m'en occuper. Mec, je n'ai pas vu Shannon depuis qu'elle a essayé de me grimper dessus. Putain, je ferais mieux de le dire à Amelia. »

Je sortis mon téléphone de ma poche et écris un SMS.

Aucune idée de ce qui se passe. Shannon est là. Je pensais que tu voudrais peut-être savoir.

Je regardai Beck et roulai des yeux.

« Des suggestions sur la façon de lui faire comprendre? »

Beck haussa les épaules.

« Mec, tu as beaucoup plus d'expérience dans ce domaine que moi. »

Je jetai un regard peu convaincu à Beck.

« Mec, la seule relation que j'ai jamais eue c'est avec Amelia. Je dirais que tu as beaucoup plus d'expérience que moi quand il s'agit de faire fuir les femmes. »

Beck se mit à rigoler et mon téléphone bipa.

Je baissai les yeux pour voir la réponse d'Amelia.

Oups. J'ai oublié de te le dire hier soir. Lucy a entendu dire qu'elle était de retour.

Je tapai sur une réponse rapide.

Euh, t'aurais pu me le dire. J'aurais aimé le voir venir.

Euh, on était occupés. Par de bien meilleures choses.

Je souris et je pouvais pratiquement voir son sourire. C'était vrai. On avait été très occupés ensemble.

Vrai. Des choses qui nous occuperont aussi plus tard. En attendant, elle est à la caserne. Beck n'a pas vraiment de conseils utiles à me donner pour la faire partir.

Dis-lui d'aller se faire voir.

Je regardai Beck.

« Amelia me répond de lui dire d'aller se faire voir. »

Beck sourit.

« Ça m'a l'air d'être une bonne solution. »

Je regardai à nouveau l'écran de mon téléphone.

Parfait. Où es-tu?

Firehouse Café. À quelle heure seras-tu à la maison?

Mince. Une simple question, et mon cœur se mit à battre si fort que ma poitrine me fit mal. J'aimais tellement cette femme. La maison, c'était Amelia, et elle voulait savoir quand j'y serais.

Je dois juste dire à Shannon d'aller se faire voir. Ensuite, je ramène ma moto à la maison. Balade ce soir?

OUI!

Souriant, je glissai mon téléphone dans ma poche pour trouver le regard attentif de Beck sur moi.

« Quoi? demandai-je.

— Mec, tu es complètement gaga. C'est vraiment une bonne chose que tu sois rentré à la maison », déclara Beck.

Il y a quelques mois à peine, j'aurais lancé un regard noir à quiconque aurait même suggéré l'idée que je pouvais en pincer pour une femme. Bon sang, j'étais si amer que je ne me donnais même pas trop d'opportunités de sexe sans lendemain. Ici et là, j'avais cédé parce que j'étais un homme et que j'avais des besoins. Mais ça avait toujours été décevant parce que personne, absolument personne, n'était à la hauteur de ce que j'avais avec Amelia. J'étais tellement soulagé d'être à nouveau avec elle.

Je rencontrai le regard amusé de Beck avec un haussement d'épaules.

« Carrément. »

Je m'éloignai de la porte où j'étais adossé.

« Je vais dire à Shannon d'aller au diable et rentrer à la maison. »

Beck marchait à mes côtés.

« Ça a l'air de te faire plaisir. »

Je m'arrêtai à la porte de la réception et donnai une tape sur l'épaule de Beck.

« Tu n'as tout simplement pas rencontré la bonne femme. Ça viendra et tu comprendras. »

Sur ce, je poussai la porte, Beck marmonnant derrière moi.

« C'est ça. »

Je passai devant le bureau de Maisie. Elle réussit à ne pas me regarder d'un air mauvais, ce que je considérais comme un progrès de sa part. Shannon était assise sur l'une des chaises de la salle d'attente. Elle se leva rapidement en me voyant.

« Cade! Je ne peux pas croire que tu sois revenu. »

Shannon commença à marcher vers moi, et s'arrêta quand je levai la main. Je savais que Shannon avait l'habitude que les hommes la regardent. Objectivement parlant, elle était belle avec ses longs cheveux noirs, ses yeux bleus brillants et sa silhouette généreuse. Elle ne me faisait pas du tout d'effet, mais je n'étais pas aveugle. Je n'en avais jamais parlé à Amelia quand on était jeunes, mais je n'avais jamais tout à fait compris son amitié avec Shannon. Shannon était trop compétitive, trop insistante.

Le sourire exagéré de Shannon s'estompa lorsque je levai la main comme un panneau STOP. Elle resta là où elle était et joignit les mains. Je pouvais pratiquement voir les pensées tournoyer dans son cerveau.

« Salut Shannon. Je suis juste venu te dire d'aller te faire voir. »

Je tournai les talons, ignorant son glapissement alors que je retournais à grands pas vers la porte.

Des pas résonnèrent rapidement derrière moi, et elle attrapa mon bras.

« Cade! Je ne peux pas croire... »

Je fis volte-face. Maintenant j'étais énervé.

« Ne me touche pas, putain. Il n'y a *jamais* rien eu entre nous et il n'y aura jamais rien. Je suis revenu et je suis de nouveau avec Amelia. Tu ne pourras pas nous refaire le même putain de coup qu'il y a sept ans. »

Je secouai sa main de mon bras et me dirigeai vers la porte. Shannon resta silencieuse, ses joues écarlates. La résignation était évidente sur son visage. Je me tournai vers Maisie.

« Maisie, en aucune circonstance Shannon n'aura ma permission d'être ici à moins que ce ne soit une véritable urgence. S'il te plaît, ne la laisse pas entrer dans la caserne sous aucun prétexte. »

Maisie soutint mon regard, ses grands yeux bruns fermes. Elle hocha la tête ostensiblement.

« Bien sûr. Je lui ai déjà dit aujourd'hui qu'elle ne pouvait pas entrer, mais maintenant je le sais avec certitude. »

Les yeux de Shannon s'assombrirent.

« Va te faire foutre, Cade. Tu ne peux pas...

— N'essaie même pas. Je ne sais pas quel est ton problème, et franchement, j'en ai rien à foutre. Si tu embêtes Amelia de quelque façon que ce soit, tu le regretteras. »

Je passai devant elle et ouvris la porte d'entrée, lui faisant signe de partir. Elle passa en trombe devant moi, mais ne dit pas un mot. Je laissai la porte se refermer et me retournai. Maisie regardait attentivement quelque chose sur son écran d'ordinateur.

Je me dirigeai vers son bureau et lui jetai un coup d'œil par-dessus le comptoir.

« Merci Maisie. »

Elle leva les yeux et, pour la première fois, je vis une lueur, minuscule, d'incertitude sous sa façade épineuse.

« De rien. Tu es vraiment réglo dans la transmission de ton emploi du temps, alors quand elle est arrivée, je savais que tu n'avais pas de rendez-vous avec elle. »

Elle s'arrêta et mordilla l'intérieur de sa joue, son regard pensif.

« Je veux vraiment faire du bon travail. Je suis désolée que vous ayez dû me dire d'être plus gentille, lâcha-t-elle.

— Maisie, tu fais déjà du bon travail. Tu es responsable, ponctuelle et tu n'as raté aucune journée de travail. Nous apprécions tous que tu essaies d'être un peu plus amicale. Crois-moi, on a tous nos mauvais jours. »

Je m'interrompis et lui lançai un sourire.

« Si tu veux être désagréable avec Shannon, fais-toi plaisir.

— Je ne serai pas trop garce, mais dis-moi si elle dérange Amelia, et je lui botterai le cul. Je sais me battre », dit Maisie avec un sourire narquois.

Je ris si fort, que j'en eus les larmes aux yeux. Quand je repris mon souffle, Beck passait la porte du garage, jetant un coup d'œil entre nous comme si nous étions des extraterrestres.

« Qu'est-ce qu'il se passe ici? Tu sais sourire? » demanda Beck, son regard surpris se tournant vers Maisie.

Maisie rougit immédiatement et baissa les yeux sur son ordinateur. Je regardai Beck.

« Maisie a proposé de botter le cul de Shannon. »

Ce fut au tour de Beck de rire et je fus soulagé de voir le petit sourire de Maisie réapparaître.

Chapitre Vingt-Sept

AMELIA

Je posai ma joue contre le dos de Cade alors que nous roulions sur une route sinueuse en direction de l'océan. Willow Brook n'était pas sur la côte, mais la mer était à environ une demi-heure de route. J'avais été impatiente que Cade rentre à la maison une fois qu'il m'avait dit qu'il avait sa moto. Nous avions déjà fait de nombreuses balades, courtes et longues, sur cette même moto. Je ne savais même pas qu'il l'avait toujours, mais apparemment cette moto, sa préférée, avait été rangée au fond du garage de ses parents pendant tout ce temps.

Il m'avait acheté un nouveau casque avant de rentrer à la maison, m'annonçant qu'il ne retrouvait pas l'ancien. Les bras enroulés autour de sa taille, je levai la tête et savourai l'air frais de l'été. Cette route évitait complètement Anchorage et descendait jusqu'au rivage du Golfe de Cook, ouvert sur le Golfe d'Alaska dans l'océan Pacifique, qui s'étendait à l'intérieur des terres jusqu'à Anchorage. Nous nous dirigions vers un point d'observation le long de *Turnagain*

Arm, le bien nommé estuaire du golfe qui offrait une route truffée de virages au bord de l'eau.

Alors que nous continuions au sud de Willow Brook, l'air boisé des montagnes commença à se mêler à la brise salée et vivifiante de l'océan. J'avais l'impression de siroter les odeurs de la vie lorsque je faisais de la moto avec Cade. Les arbres commencèrent à s'éclaircir et la vue se dégagea lorsqu'on atteignit *Turnagain Arm*, offrant un panorama tout simplement spectaculaire, où les pieds des montagnes venaient mourir dans l'eau. Le moteur gronda alors que Cade rétrograda et s'engagea sur une route secondaire étroite presque cachée par les arbres. *Turnagain Arm* lui-même était un endroit très fréquenté l'été, car c'était le seul moyen pour les voyageurs de se rendre d'Anchorage au terrain de jeu de l'Alaska qu'était la péninsule de Kenai. La péninsule de Kenai abritait des rivières, l'océan, des baies scintillantes et plusieurs communautés qui accueillaient les touristes, comme *Diamond Creek* et *Homer*.

Cade évita cette route très fréquentée en empruntant un chemin de terre étroit qui menait à une zone d'observation isolée, connue uniquement des habitants et parfaitement inaccessible aux camping-cars. Le chemin n'était pas balisé, de sorte que seul un touriste chanceux et aventureux pouvait tomber dessus. Après avoir traversé un bosquet de bouleaux, la route débouchait sur un promontoire herbeux. Il s'arrêta et jeta un coup d'œil par-dessus son épaule, affichant l'un de ses sourires dévastateurs.

Être avec lui était une étrange combinaison de familier et de nouveau. Peut-être était-ce juste que le familier était réel et palpable. Quoi qu'il en soit, son sourire me fit le même effet que d'habitude. Mon sang se mit à bouillir dans mes veines et mon ventre se remplit de papillons. Il abaissa la béquille et coupa le moteur. En un éclair, il se retourna sur le siège de la moto pour me faire face.

Il tendit la main et détacha la sangle de mon casque, le retira soigneusement et l'accrocha au guidon. J'allais lui rendre la pareille, mais il alla plus vite que moi.

Nous restâmes assis en silence pendant un moment. Mes oreilles se réajustèrent à l'absence du vrombissement du moteur, au son des oiseaux qui chantaient dans les arbres et au doux clapotement de l'eau contre le rivage.

Cade détourna le regard, ses yeux admirant l'étendue d'eau. *Turnagain Arm* était un bras étroit du Golfe de Cook. Les montagnes de l'autre côté étaient si proches qu'on pouvait presque les toucher. Les mouettes criaient et plongeaient, un tapis de fleurs rose vif se détachait à la frontière entre le sable et l'herbe, et l'odeur iodée de l'océan était portée par la brise.

« J'avais oublié à quel point j'aimais cet endroit, dit Cade d'un ton lourd, son regard revenant sur moi.

— Je ne suis pas venue ici depuis la dernière fois où on est venus ensemble. »

Mes mots sortirent enroués, et l'émotion me fit monter les larmes aux yeux, serrant un poing autour de mon cœur. L'intensité de mes sentiments m'écrasa soudainement. J'avais essayé si fort – tellement fort – de l'oublier quand il était parti. Je m'étais accrochée à ma colère comme à un canot de sauvetage. Sans cela, je serais probablement tombée en morceaux. Malheureusement, ma détermination obstinée à ne pas penser à lui – qui, si j'étais honnête avec moi-même, avait complètement échoué – m'avait conduite à ignorer toute conversation sur lui et sur la réalité flagrante que je ne m'étais jamais autorisée à découvrir. J'avais également évité certains lieux – des endroits trop étroitement liés à mes souvenirs de lui. Ce qui était le cas d'ici. Cet endroit officiellement sans nom que nous avions surnommé *Again Beach* parce que nous y revenions encore et encore.

Nous y étions – encore une fois – ma première visite après sept ans d'absence. Il était normal, bien sûr, que je sois avec Cade. Il me regarda silencieusement, ses yeux se remplissant d'inquiétude.

« Tu n'es vraiment pas revenue ici? »

Sa question était calme et lourde du présage de ce que mes mots signifiaient.

Je déglutis et me mordis la lèvre, secouant rapidement la tête avant de détourner les yeux. C'était presque trop, trop intense, de le regarder. Quand je me sentais émotive comme ça, ce qui n'était pas une chose courante pour moi, je me sentais vulnérable et exposée. Pire encore, j'avais travaillé si dur pour me construire une armure après la façon dont les choses s'étaient terminées avec lui. Je pouvais voir où mon propre acharnement était devenu mon pire ennemi, mais ma récente prise de conscience n'effaçait ni le temps ni les défenses que j'avais développées pour apprendre à faire face.

Son pouce effleura ma lèvre inférieure et je le regardai à nouveau.

« Hé, ça va? » demanda-t-il.

J'acquiesçai, un peu trop rapidement. Je me forçai à prendre une grande respiration, mes épaules s'affaissant quand j'expirai.

« Oui et non, dis-je finalement. Oui, parce que c'est si bon de t'avoir à la maison et de t'avoir ici. Non, parce que je me sens idiote de m'être énervée à ce point et de ne pas nous avoir laissé le temps de parler. »

Son regard se fit méditatif. Après un instant, il haussa les épaules.

« C'est dommage, mais on a tous les deux été butés. J'aurais pu essayer d'insister un peu plus pour t'expliquer. Le fait que je sois si loin depuis si longtemps n'a certainement pas aidé. On ne peut pas changer le passé. »

Il s'interrompit, détournant le regard comme s'il considérait ce qu'il voulait dire.

« J'ai suivi ton conseil. »

Ma confusion dut se lire sur mon visage car il continua rapidement.

« J'ai dit à Shannon d'aller se faire voir. »

J'éclatai de rire.

« Oh mon Dieu! Vraiment? Comment elle l'a pris?

— Je ne pense pas que ça lui ait beaucoup plu, mais je ne lui ai pas vraiment donné l'occasion de parler. Il n'y a rien à dire. Honnêtement... »

Il fit une pause, sa main saisissant la mienne.

« Je ne sais pas quel est son putain de problème. Elle n'était déjà pas ma préférée de tes amies à l'époque, mais est-ce que j'ai raté quelque chose? Il n'y a jamais rien eu entre nous que j'ai remarqué. Du jour au lendemain, elle saute dans mon lit et tu t'enfuies. Je ne lui avais pas parlé depuis que je lui avais dit, déjà à l'époque, d'aller se faire foutre. »

Les plis sur son front disparurent et il sourit.

« Le mode garce par défaut de Maisie a été utile. Elle n'a pas laissé Shannon entrer dans la caserne – Dieu merci – et a ensuite proposé de lui botter le cul si j'en avais besoin. Oh, et elle m'a dit qu'elle savait se battre. »

Je ris si fort que des larmes coulèrent sur mes joues. Quand je repris mon souffle, je regardai Cade.

« En temps normal, je me serais demandé si tu n'exagérais pas, mais avec Maisie, je n'en doute pas une seconde. »

Je frottai le bout de ma manche sur mes joues et pris une profonde inspiration, savourant l'air frais de l'océan.

« Je ne sais pas quel est le problème de Shannon. Honnêtement, je levais systématiquement mon bouclier autour des conversations te concernant après ce qui s'est passé. Shannon et moi n'avons plus jamais parlé. Il va falloir que je demande à Lucy ce qu'elle sait. J'aurais sans doute déjà dû me poser la question, mais te retrouver prend tout l'espace dans ma tête, alors... »

Je finis par un haussement d'épaules, rougissant sous son regard perçant.

Il relâcha sa prise sur mes doigts et posa ses deux mains sur mes hanches.

« Alors on va bien? Tu n'as pas peur qu'elle essaie de refoutre la merde aujourd'hui? »

Je ne voulais pas m'en inquiéter outre mesure. Si rien de tout cela n'avait concerné mon cœur, j'aurais pu dire que ce n'était pas grave. Mais mon cœur était si profondément impliqué quand il s'agissait de Cade, qu'il était impossible d'ignorer quoi que ce soit. Je pouvais convaincre ma tête que tout allait bien, et c'était le cas. La plupart du temps.

J'avais l'impression qu'il pouvait voir à l'intérieur de ma tête, ou peut-être de mon cœur. Ses yeux scrutaient mon visage, ses épaules se levant et s'abaissant avec son souffle.

« Je déteste que tu t'inquiètes, parce qu'elle a réussi

son coup. Tu sais qu'il n'y avait rien entre elle et moi, hein? Rien », dit-il avec véhémence.

Je mordis l'intérieur de ma joue, me sentant mal d'avoir encore ces étranges insécurités. Ce n'était pas seulement ce que Cade m'avait dit, mais maintenant que j'avais arrêté d'ignorer toutes les conversations sur lui, il était assez clair qu'il n'y avait jamais rien eu entre lui et Shannon. Pourtant, les vieilles habitudes sont difficiles à perdre. La trahison que j'avais ressentie m'avait marquée si profondément que la douleur était toujours là. Je me retournai vers lui et ne vis qu'une intense tendresse dans son regard, je repoussai donc ces insécurités stupides et tenaces.

« Je sais, je sais. Tout comme tu ne peux pas supporter de me voir à proximité d'Earl, même si tu sais qu'il ne se passe rien, c'est dur de savoir que Shannon est là parce que je ne sais pas ce qu'elle pourrait faire. Ce n'est pas vraiment rationnel. »

Il hocha lentement la tête, un petit sourire ironique au coin des lèvres.

« Non, j'imagine que non. »

Je pris une autre inspiration et chassai ces sombres pensées.

« Inutile de continuer à en parler. Vu que ce n'est pas rationnel, ça n'aide pas vraiment, dis-je avec un léger rire.

— Tu es sûre? Parce que j'en parlerai toute la journée et toute la nuit si ça peut aider. »

À son regard, je sus qu'il le pensait. Connaissant Cade, quelqu'un se protégeant habituellement derrière une armure de *je m'en fiche*, j'adorais voir cette autre facette de lui. Il parlait peu. C'était un homme d'action.

« J'en suis sûre. »

Je levai la main et caressai sa joue.

Ses yeux s'assombrirent, et il remonta ses mains le long de ma taille, frôlant les côtés de mes seins. Ma respiration se coupa et une vague de chaleur déferla dans mon ventre.

« Bien, parce que je ne veux plus vraiment parler d'elle », dit-il d'une voix rocailleuse, envoyant de doux frissons à la surface ma peau.

Mon pouls s'emballa et je le dévorais des yeux. Bon sang. C'était trop. Au-delà du désir évident et enflammé que je ressentais pour lui, il était à peu près aussi alpha qu'un homme puisse l'être sans être désagréable. Il était assis là, à quelques centimètres de moi, dans son jean noir délavé qui moulait ses jambes musclées comme un gant, son t-shirt noir et sa veste en cuir noir. Avec ses boucles brunes ébouriffées et son regard vert plongé dans le mien, je me dis que je pourrais fondre juste là. Je pouvais sentir la chaleur douce entre mes cuisses et mon cœur battre contre mes côtes.

Après un instant, il passa sa paume dans mon dos, enfouissant sa main dans mes cheveux et plaça sa bouche sur la mienne. En un éclair, notre intermède calme et sensuel s'embrasa. L'embrasser, c'était comme basculer dans la folie. Ses baisers étaient charnels et passionnés, doux et profonds, et tout à la fois – glissant sa langue entre mes lèvres pour caresser la mienne, reculant et attrapant ma lèvre inférieure entre ses dents, effleurant ma bouche de sa langue. Pendant tout ce temps, ses mains étaient occupées à jouer avec mes tétons, ajustant l'angle de notre baiser pour faire naître un brasier humide le long de mon cou et dans le V de mon t-shirt. Il se recula juste assez longtemps pour baisser mon t-shirt et défaire le fermoir de mon soutien-gorge. Mes seins rebondirent librement, et je gémis quand il se pencha en avant et prit mon mamelon dans sa bouche. La succion seule me fit presque jouir.

Avec lui, je vacillais toujours au bord d'un orgasme, courant après la morsure acérée du plaisir. Quand il tourna son attention vers mon autre sein, mon mamelon tendu comme une perle impatiente, je criai brusquement et enfouis mes mains dans ses cheveux, ayant besoin de m'accrocher à quelque chose. L'air frais qui frappait ma peau humide ne faisait qu'accroître ma chaleur intérieure.

Je n'avais pas réalisé que je m'étais quasiment assise sur ses genoux, sur la moto, jusqu'à ce que le bruit d'un véhicule en approche ne me fasse sortir de ma transe. Cade entendit le son en même temps que moi et leva la tête, remontant rapidement l'encolure de mon haut. Je baissai les yeux et retins un rire. Mes tétons humides étaient facilement visibles à travers mon t-shirt, tandis que mon soutien-gorge était de travers. Il s'éloigna de moi en un rien de temps, créant à peine assez d'espace entre nous pour faire preuve de décence, quand un vieux 4x4 déboucha du bosquet dans la clairière et s'arrêta au bord de l'eau.

Cade croisa mon regard, une lueur sournoise dans le sien.

« Une balade ? »

Je secouai ma tête.

« Pas de balade ? Mais c'est la première fois que nous revenons ici. »

Les occupants du pickup descendirent, deux hommes portant des cuissardes de pêche. Ils nous firent un signe de la main en passant après avoir récupéré leur matériel de pêche dans le coffre. Ils disparurent momentanément hors de vue lorsqu'ils descendirent le chemin escarpé reliant le belvédère à l'eau. Quelques minutes plus tard, ils jetaient leurs lignes.

À nouveau seuls, je regardai Cade, mon corps frémissant d'être si près du sien.

« Pas de balade », dis-je, me penchant jusqu'à ce que mes lèvres frôlent les siennes.

La chaleur de ses mains remontant sur mes cuisses me donna très envie de lui sauter dessus.

« Ok pour reporter la balade à plus tard seulement si tu me promets qu'on reviendra bientôt », murmura-t-il contre mes lèvres.

Il me fallut toute ma volonté pour me retenir, mais je n'étais vraiment pas prête à me donner en spectacle aux deux pêcheurs.

« Promis », murmurai-je.

Cade se recula sur le siège et se remit dans le bon sens, me passant rapidement mon casque, pendant qu'il enfilait le sien. En quelques secondes, le moteur de sa moto prit vie, ce grognement sourd et rauque que j'associais uniquement à lui, même lorsque je l'entendais de loin et que je savais que ça ne pouvait pas être lui.

Chapitre Vingt-Huit

CADE

J'appuyai mon crâne contre la tête de lit et jetai un coup d'œil à la salle de bain. Amelia se tenait dans l'embrasure de la porte, se brossant les dents.

« Quand as-tu dit que tu devais aller à Fairbanks? » demanda-t-elle, sa question étonnamment claire entre deux coups de brosse à dents.

Avant que je ne réponde, elle se retourna et fit couler le robinet pendant qu'elle se rinçait la bouche. Je me dis qu'il n'y avait pas beaucoup mieux comme vue qu'Amelia se trimballant complètement à poil pendant qu'elle se préparait avant de se coucher. Je fus déçu quand elle attrapa un de mes t-shirts et l'enfila avant de ramper dans le lit à côté de moi.

« Tu n'as pas répondu, dit-elle en ajustant les couvertures et en attrapant la télécommande.

— Après-demain », dis-je alors qu'elle s'installait contre mon flanc, posant son pied sur mon mollet et tapotant distraitement la télécommande contre ma poitrine.

En rentrant chez nous après notre escapade en moto jusqu'à *Turnagain Arm*, nous avions arraché nos vêtements. Après un repas rapide composé de restes de pizza, nous nous sommes douchés. Je fermai les yeux, savourant la sensation de sa peau contre la mienne.

« Combien de temps? me questionna-t-elle ensuite.

— Trois jours, répondis-je en ouvrant les yeux et en la regardant.

— J'imagine que ça ne sert à rien de me plaindre, hein? » demanda-t-elle, sa bouche s'étirant en un sourire triste.

Je ris.

« Tu peux te plaindre. Ça ne changera pas mon boulot. Une fois que j'aurai obtenu ces certifications mandatées par l'État, je ne décollerai que lorsque je devrai répondre à un incendie. »

Elle soupira et tourna sa tête pour regarder la télé-vision. Au cours des quelques semaines que j'avais passées chez elle, nous étions retombés dans notre vieille habitude de regarder la télé le soir. Aussi agréable qu'était notre relation, je sentis un trait d'in-certitude chez elle à propos de mes déplacements. Je le comprenais parce que je le ressentais aussi. Tout était si nouveau, les fondations encore fraîches, comme si une secousse au mauvais moment pouvait nous affecter bien plus qu'elle ne le devrait.

Je passai mes doigts dans ses cheveux.

« Je sais », dit-elle doucement.

Après quelques minutes, sa respiration s'apaisa. Je retirai lentement la télécommande de sa main et la posai sur la table de chevet avant de tendre le bras pour éteindre la lampe de chevet. Je m'enfonçai dans les oreillers. Elle ne se réveilla pas, son corps s'adap-tant à mon mouvement et se moulant au mien.

———

Je regardai le paysage défiler sous moi. J'avais terminé mon troisième jour de formation à Fairbanks, trois jours de conneries administratives parfaitement ennuyeuses. Je m'épanouissais dans mon travail, j'en aimais presque tous les aspects. Pas pour dire que j'aimais me mettre moi ou mon équipe en danger, mais je savais ce que ça signifiait, alors je faisais le nécessaire. La seule et unique chose que je n'aimais pas dans mon boulot, c'était le côté administratif des choses. Amelia me manquait comme pas possible et je voulais rentrer à Willow Brook hier.

Nous étions sur le point de monter dans l'avion lorsque j'avais reçu un appel pour me dire que mon équipe avait été appelée sur un incendie en Alaska intérieur. L'Alaska recelait de si nombreuses vastes étendues de forêt, la plupart des incendies étaient gérés simplement et rapidement car il n'y avait rien à craindre. Mais cet incendie se déplaçait vite et se dirigeait droit vers un groupe de petites communautés en Alaska intérieur.

Les montagnes à la périphérie de Fairbanks disparaissaient au loin alors que le paysage se transformait progressivement en forêts entrecoupées de champs. Je jetai un coup d'œil au pilote.

« Une idée de combien de temps il va nous falloir pour atteindre le feu ? » demandai-je.

Le pilote, un homme jovial nommé Fred Banks, garda les yeux braqués devant lui.

« Je dirais que nous en avons encore pour une demi-heure. Je vais nous déposer sur un lac à proximité. Quand j'y suis allé l'autre jour, c'est là qu'ils avaient installé leur station principale. Vous avez passé beaucoup de temps en Alaska ?

— Oh oui. Né ici. J'ai grandi à Willow Brook. »

Fred jeta un coup d'œil dans ma direction, me

faisant un grand sourire, ses yeux bleus pétillant et son visage buriné.

« J'ai cru que vous étiez un transfert quand Beck a mentionné que vous aviez fait votre formation en Californie. Pardon. »

Je haussai les épaules.

« Une erreur facile à faire. J'y suis resté sept ans, donc ça fait un moment. Mais je ne suis jamais allé là où on va. J'ai fait beaucoup de randonnées et de sorties pêche un peu partout, mais pas là-bas.

— Ce sont des terres très sauvages dans le coin. Avec les maladies des coléoptères, comme tu le sais j'en suis sûr, les incendies s'aggravent chaque année. Les équipes locales ont essayé de le contenir, mais il est trop important maintenant. »

En temps normal, je serais venu ici avec mon équipe depuis Willow Brook et plus probablement dans un hélicoptère plutôt que dans un avion. Mais tous les services d'hélicoptère disponibles à Fairbanks étaient réservés, alors Maisie avait déniché Fred et organisé mon vol pour que je rejoigne l'équipe sur place.

Je jetai un coup d'œil par la fenêtre du petit avion et regardai les collines parsemées de lacs ici et là défiler sous nous. J'avais appelé Amelia avant de décoller et avais détesté ne pas pouvoir la voir avant cette mission. Je me disais que je m'habituerais peut-être un jour à partir en mission et à la laisser, mais pour le moment je n'aimais vraiment pas ça.

Le simple fait de penser à elle faisait violemment battre mon cœur. De toutes les choses dont je n'aurais jamais pensé devoir m'inquiéter à nouveau, que quelqu'un me manque terriblement lorsque je me rendais sur le terrain pour affronter un incendie était en tête de liste. Je forçai mon esprit à revenir au moment présent parce que je n'aimais pas vraiment penser à Amelia, pas comme ça.

L'estimation de Fred était juste. Il posa l'hydravion presque parfaitement sur ce qui aurait été un lac pittoresque dans des circonstances normales. Au lieu de cela, les arbres et le sol des environs étaient carbonisés. Le feu avait traversé cette zone environ une semaine auparavant. Il s'était propagé rapidement et s'était étendu à plus de quatre-cents hectares en une semaine. J'avais repéré ce feu et je m'attendais à ce que ma brigade soit appelée s'il continuait à avancer.

Une fois l'avion amerri, Fred avança jusqu'à un quai flottant au bord du lac. Il m'aida à décharger mes affaires et me suivit jusqu'à un groupe de tentes. Quelques minutes plus tard, j'étais en pleine discussion avec le contremaître de l'équipe locale de Fairbanks. Je communiquais par radio avec mes gars qui devaient atterrir dans le coin dans l'heure.

Le temps s'écoula à toute vitesse alors que les équipes allaient et venaient, les hélicoptères se ravitaillaient en eau du lac à déverser sur le feu, et je me préparais à me rendre vers un secteur de l'incendie avec mon équipe.

Tard dans la nuit, à la lumière vaporeuse du ciel et la fumée qui dérivait dans l'air, je me reposais contre un rocher et jetai un coup d'œil à Levi Phillips, lui tendant une barre protéinée.

« Une autre ? » demandai-je.

Levi afficha un sourire fatigué et me l'arracha.

« C'est incroyable à quel point ces trucs sont bons quand tu meurs de faim. »

J'acquiesçai et frottai le coin de ma manche sur mon visage. Nous avions travaillé tout l'après-midi pour créer un coupe-feu dans ce coin. Une rivière large et peu profonde traversait cette zone. Nous utilisions la barrière naturelle de la rivière et la renforcions en débarrassant les herbes et la forêt de tous les combustibles inflammables qui se trouvaient sur le chemin du feu. Deux autres équipes travaillaient à confiner les flammes dans d'autres sections de cet énorme incendie. J'avais été tellement occupé que mon esprit avait cessé d'être obnubilé par le fait qu'Amelia me manquait. Maintenant que nous arrêtions pour la nuit, elle était de retour dans mes pensées.

« Difficile de croire qu'il est minuit passé », commenta Levi.

Je levai les yeux vers le ciel. Dans cette partie de l'Alaska, il y avait quelques jours où le soleil ne se couchait pas du tout. Nous avions dépassé cette période de l'été, mais j'avais l'impression que le soleil n'allait se coucher que quelques heures ce soir. Les étoiles scintillaient dans le ciel sombre et la lune était visible au loin à travers le voile de fumée envahissant l'horizon aussi loin que l'on puisse voir.

« Oui. Même si je suis habitué aux longues journées et aux courtes nuits, c'est plus de lumière que ce qu'on a à Willow Brook. »

Levi renifla.

« Certainement plus de lumière que ce à quoi je suis habitué à Juneau, vu que c'est plus au sud. »

Je regardai les autres gars. Nous étions installés le long de la rivière, et quelques-uns étaient déjà endormis dans leurs sacs de couchage. J'avais eu assez de temps à Willow Brook pour faire connaissance avec mon équipe. Ils étaient solides et travaillaient bien ensemble. Levi était l'un des chefs d'escouade, sérieux, fiable et totalement imperturbable. Les autres gars l'écoutaient et lui faisaient confiance, c'était parfait.

J'étais fatigué et me dis qu'il serait bon d'essayer de dormir quelques heures.

« Tu veux bien monter la garde un peu? » demandai-je à Levi.

Levi hocha la tête en prenant une longue gorgée d'eau dans une bouteille.

« Bien sûr, dit-il en reposant la bouteille. Thad et moi sommes les noctambules. On va gérer la première garde. »

Je hochai la tête et me mis debout, m'éloignant à grands pas et me glissant dans mon sac de couchage. Je regardai le ciel pendant quelques minutes, me rappelant que la dernière fois que j'avais dormi à la belle étoile en Alaska, c'était avec Amelia.

Chapitre Vingt-Neuf

AMELIA

Je frappai mes gants de travail en cuir contre mon jean, faisant tomber la saleté, et jetai un coup d'œil à Lucy qui se tenait à côté de moi, les mains sur ses hanches pendant que nous examinions notre travail.

« Tu es sûre que la fenêtre d'angle bizarre qu'ils veulent ne sera pas un cauchemar? » demanda Lucy en se tournant pour me faire face.

Elle avait de la saleté sur une joue, ses cheveux blonds s'échappaient de sa queue de cheval et elle avait l'air aussi fatiguée que moi.

Nous avions travaillé dur aujourd'hui et terminé la structure de la maison sur ce chantier. L'absence de Cade me faisait mal au cœur, si mal que c'en était viscéral, donc je me suis plongée dans le travail. Je levai les yeux vers le coin auquel Lucy faisait référence. Les propriétaires voulaient une fenêtre d'angle s'apparentant en quelque sorte à deux baies vitrées. Ce n'était pas courant et impliquait des angles supplémentaires, mais je n'étais pas inquiète.

« Nan. On a déjà fait le plus dur aujourd'hui », répondis-je en haussant les épaules.

Lucy leva les yeux au ciel.

« Ouais, et c'était bien chiant.

— Ok, on va arrêter pour aujourd'hui. »

Lucy jeta un coup d'œil à sa montre et son regard revint se poser sur moi.

« Mince. Il est presque neuf heures. Tu es un bourreau de travail quand Cade n'est pas là. C'est une bonne chose que je n'aie pas de vie sociale. »

Je ris et me retournai, me dirigeant vers notre camion.

« Tu as une vie sociale. Tu fais juste comme si tu n'en avais pas. »

Lucy marchait à mes côtés.

« Pas vraiment. Ma vie sociale consiste à passer du temps avec toi et peut-être deux trois autres. Mais bon, je traîne beaucoup moins avec toi depuis que ton amoureux est revenu. Je ne pensais jamais dire qu'Earl était cool, mais au moins vous ne faisiez pas grand-chose ensemble. Toi et Cade êtes collés l'un à l'autre », grogna Lucy d'un ton amusé.

Je jetai mes gants à l'arrière du camion et pris la boîte à outils, auparavant posée par terre, que Lucy me tendit. Je m'adossai au camion et regardai Lucy.

« Je suis désolée. Je ne voulais pas te donner l'impression de t'oublier. »

Les yeux de Lucy s'adoucirent.

« Hey meuf, je te taquinais. Je suis contente pour toi. Cade t'adore, c'est évident. C'est juste un ajustement pour moi. Même si tu n'étais pas célibataire, tu n'étais pas souvent avec Earl. Maintenant, je dois m'habituer à ce que ma meilleure amie ait réellement une vie. »

Je sentis mes joues chauffer et j'étais soulagée qu'il fasse plutôt sombre en cette fin de soirée.

« C'est tellement chouette d'avoir Cade à la maison

que j'ai un peu oublié tout le reste. Ma mère est passée hier soir et a dit quelque chose de similaire. Même après qu'il revienne de mission, on devrait se faire une soirée entre filles au moins une fois par semaine. Mais avant ça, on peut prévoir de finir de bosser à une heure semi-décente demain et aller dîner et boire un verre à Wildlands. »

Lucy sourit, s'approcha et m'étreignit brièvement. Quand elle recula, ses yeux étaient chaleureux.

« Je ne faisais que t'embêter, tu sais?

— Je sais, mais quand même. Même si c'est un rêve de retrouver Cade et que les choses aillent plutôt bien entre nous, je ne peux pas le laisser prendre toute la place dans ma vie. »

Je m'interrompis et regardai Lucy.

« Et puis, est-ce que tu vas un jour te décider à donner sa chance à quelqu'un? Homme, femme, poisson, ours? N'importe qui? »

Lucy éclata de rire et me donna une tape sur le bras.

« Je n'ai juste pas l'impression que ça en vaille la peine. Tu sais, les ours, les poissons et les femmes ne sont pas mon truc. Mais les hommes ne le sont pas vraiment non plus. Je pense que je suis trop moi. »

Je protestai.

« Tu es trop *toi?* Qu'est-ce que ça veut dire ça? »

Lucy croisa les bras et haussa les épaules. Je la sentais sur la défensive. Elle était peut-être devenue mon amie la plus proche au cours des dernières années, mais il y avait définitivement des choses dont elle préférait ne pas parler, particulièrement ses relations amoureuses. J'en savais suffisamment sur elle pour comprendre que quelque chose avait mal tourné à un moment donné avant qu'elle ne déménage à

Willow Brook au lycée, mais Lucy n'en avait jamais parlé et était une experte en changement de sujet.

Peut-être était-ce parce que je venais de vivre ma propre prise de conscience en manquant d'épouser un homme que je n'aimais pas et qui ne m'aimait pas. Peut-être était-ce parce que ça semblait être le bon moment d'insister un peu, je me lançai. J'observai Lucy qui détourna le regard et poursuivai.

« Sérieusement, Lucy. Je m'en fiche si tu me dis que tu veux être célibataire toute ta vie, ou si tu me dis que tu es un extraterrestre qui ne peut pas envisager de s'accoupler avec un humain, mais ce n'est pas le cas. Tu es tellement géniale et drôle et même si tu t'habilles comme un homme, tu es franchement magnifique et n'essaie même pas de me contredire là-dessus. Il t'est arrivé quelque chose et tu n'es pas obligée de m'en parler, mais réfléchis peut-être à ce que ça implique de laisser quelque chose diriger ta vie comme ça. Je le comprends parce que c'est ce que j'ai fait. Ça peut sembler peu, mais je me suis effondrée après ma rupture avec Cade. J'ai laissé cet évènement guider de trop nombreux choix et j'ai failli faire une énorme erreur à cause de ça. Je ne sais pas ce qui fait que tu essaies d'agir comme si personne ne méritait ton amour. Peut-être que tu as raison, mais il faut que ce soit parce que c'est ce que tu veux vraiment, pas seulement parce que tu as peur. »

Lucy resta immobile pendant que je parlais, une vraie statue, si bien que je commençai à m'inquiéter d'être allée trop loin.

« Eh écoute... »

Lucy secoua brusquement la tête, ses yeux bleus brillant dans la lumière du crépuscule.

« C'est bon. Je te dirais la même chose si la situation était inversée. Je me suis reproché de ne pas être plus insistante avec toi à propos d'Earl. Je l'aurais probablement fait si je t'avais vue avec Cade il y a sept ans. »

Objectivement, je savais que Lucy était petite, mais j'avais tendance à l'oublier parce qu'elle possédait une telle force de caractère. Elle semblait forte, confiante et indépendante, et elle était toutes ces choses. Mais à cet instant, elle avait l'air diminuée. Ses petites épaules montaient et descendaient avec ses profondes inspirations.

Lucy détourna les yeux puis les reposa sur moi.

« Un jour, je pourrais peut-être en parler davantage, mais disons simplement que le lycée a été une mauvaise période pour moi. Quand nous avons déménagé ici, c'était formidable parce que personne ne me connaissait et on me laissait tranquille, c'était un vrai bonheur. »

Je ne savais pas trop quoi dire, alors je m'approchai de Lucy et la serrai dans mes bras, essayant de lui transmettre le même genre de force que celle qu'elle m'avait donnée en m'étreignant. Quand je l'ai relâchée, Lucy avait retrouvé un peu de son enthousiasme. Elle mordilla l'intérieur de sa joue et me regarda.

« Tu conduis?

— Ouais. »

Je sortis les clés de ma poche et sautai dans le camion.

En peu de temps, nous étions sur le parking à l'arrière du bureau. Lucy me fit un signe de la main en grimpant dans sa voiture et s'éloigna. Je m'assurai que le camion était fermé et repartis avec ma voiture, direction l'épicerie. En quelques jours, depuis que Cade était parti en mission, j'étais revenue à mes anciennes habitudes consistant à ne manger que des plats à emporter et des dîners rapides. Quand Cade était là, nous aimions cuisiner ensemble, mais sans lui, je n'étais pas très motivée.

Avant de rentrer chez moi, je m'arrêtai donc à l'épicerie. Je déambulais dans les rayons, amusée, car tout ce que je voulais acheter étaient des choses que je voulais préparer avec Cade, alors que je ne savais même pas quand il rentrerait. Je traînais dans la section des fruits et légumes quand je sentis quelqu'un s'arrêter à côté de moi. Je jetai un coup d'œil et tombai sur Shannon. Un violent éclair de colère me traversa. Suivi par une sensation de vertige, j'avais à la fois chaud et froid. Je détestais le fait que Shannon ait un effet sur moi, mais c'était le cas.

Ses longs cheveux noirs étaient éloignés de son visage par un bandeau bleu vif, assorti à ses yeux. Elle posa une main sur sa hanche et me regarda.

« Bonjour », dit-elle finalement.

Je la regardai fixement, essayant de ravaler la sensation de malaise me retournant l'estomac et me demandant ce que je pouvais bien lui dire. Shannon avait autrefois été mon amie, du moins c'est ce que je croyais. Nous avions toutes deux grandi à Willow Brook et avions été proches au collège et au lycée. Nous étions allées dans différentes universités, donc nous nous étions un peu éloignées, mais je ne m'étais jamais inquiétée du fait qu'elle essaie de me voler Cade à l'époque. Face à elle aujourd'hui, contemplant ce que je pouvais dire, je réalisai que je ne devais absolument rien à Shannon. De plus, je pouvais à peine supporter de la voir. Je détestais ça, mais les vieilles graines de doute qu'elle avait semées dans ma tête à propos de moi et de Cade étaient toujours là. Cade et moi, c'était trop neuf, trop nouveau pour que je me sente solide. C'était aussi terrifiant de nous faire à nouveau confiance parce que je l'avais déjà fait une fois.

Complètement. Au bout d'un moment, je me retournai et commençai à m'éloigner.

Je m'arrêtai brutalement en sentant la main de Shannon s'enrouler autour de mon bras. Je la repoussai brutalement et je fis volte-face.

« Non. »

Shannon secoua la tête, ses joues rougies et ses yeux pleins de colère.

« Grandis, Amelia. Tu vas faire comme si je n'existais pas pour toujours? »

J'en fus bouche bée. Je me repris.

« Shannon, tu as détruit ma relation avec Cade avec tes horreurs. Tu as tout manigancé et c'était un mensonge. Tu peux être fière de toi parce que ça a fonctionné, mais plus maintenant. Laisse-moi tranquille et laisse Cade tranquille. »

Shannon secoua la tête avec une moue de dégoût, une lueur mauvaise dans ses yeux.

« Raconte-toi l'histoire que tu veux. Cade est reparti, non? »

Je forçai mon expression à rester neutre, mais instantanément mes pensées partirent en vrille. Comment Shannon savait-elle où était Cade?

Shannon tambourina du bout des doigts sur la poignée du caddie, un rictus sur les lèvres.

« Je suis sûre que tu te demandes comment je sais quoi que ce soit sur l'emploi du temps de Cade. Et si tu continuais à te triturer les méninges? »

Je n'allais pas laisser Shannon dicter cette rencontre. La fureur embrasant ma poitrine, je me forçai à rester calme. Sans un mot, je tournai les talons et partis. Je voulais courir, mais me retins. Je me dirigeai vers les caisses à pas mesurés.

Je réussis à payer sans péter les plombs et sortis rapidement sur le parking. Je posai mes courses sur le

siège passager et je montai dans la voiture. Mon télé-
phone tinta, je le sortis de ma poche et vit le nom de
Cade clignoter à l'écran. Cliquant sur la bannière, son
SMS s'ouvrit.

*Hé chérie, j'ai eu un peu de réseau pendant qu'on survolait
l'incendie tout de suite. Je ne serai pas de retour avant au
moins trois jours. Tu me manques.*

Ça m'acheva. J'aurais dû être heureuse qu'il ait
envoyé un texto. Au lieu de cela, toute la laideur et le
doute que je pensais avoir mis de côté avaient à
nouveau envahi mon esprit. Voir Shannon m'avait
rendue malade. Mes sentiments en pagaille, je voulais
juste rentrer à la maison et tout oublier. Mon cœur
battait la chamade et ma respiration était courte. Je ne
pouvais pas aimer quelqu'un comme j'aimais Cade et
m'effondrer comme ça. J'essayais de me dire que
Shannon ne faisait que profiter de mes faiblesses.

J'étais si déstabilisée que j'en oubliai même de
répondre à Cade.

Chapitre Trente

CADE

La chaleur du feu nous assaillait en bouffées à cause des rafales de vent. On travaillait rapidement pour terminer le coupe-feu que nous avions créé au bord de la rivière. J'avais dépassé le seuil de l'épuisement et j'avais persévéré, abattant avec force de petits arbres et des broussailles. Je savais que le reste de l'équipe était aussi fatigué que moi. Nous avions eu de la chance pendant deux jours et deux nuits que le feu se déplace dans la direction opposée, mais notre chance avait tourné avec le vent. Je n'avais pas dormi depuis plus de vingt-quatre heures à ce stade. Depuis que le vent avait tourné, tard dans la soirée d'avant-hier, nous avions bossé quasiment sans pauses.

Je travaillais si vite que je n'avais même pas remarqué que je m'approchais de la paroi du ravin avant de manquer de m'y cogner. Je fis une pause et levai les yeux vers la paroi rocheuse. Nous avions atteint la limite de ce que nous pouvions faire ici et il ne nous restait plus qu'à battre en retraite et espérer que ça suffise. Je jetai un coup d'œil dans la direction dans laquelle je me déplaçais et vis les flammes vaciller au loin dans le ciel brumeux. Le bruit des pales d'hélicoptère grondait au loin alors qu'un appareil passait au-dessus de nous, larguant un produit ignifuge sur les flammes.

Alors que le reste de l'équipe me rattrapait, nous fîmes notre rapport en joignant par radio la base principale.

« On reste ici jusqu'à ce qu'un hélicoptère puisse venir nous chercher. Notre barrage tient bon là où on l'a commencé, à quelques kilomètres d'ici, donc le plan est de nous sortir de la rotation ce soir si c'est possible. On passera la nuit au camp principal et on rentrera à la maison après-demain », dis-je en examinant mes hommes. Les visages de chacun étaient striés de suie, de poussière et de sueur.

Levi se tenait au milieu du groupe, une main posée sur sa hanche alors qu'il laissa son équipement tomber de ses épaules.

« On peut se reposer un peu en attendant? demanda-t-il.

— Y a pas grand-chose d'autre à faire, répondis-je. Le feu continue de bouger, mais le vent semble ralentir et il ne passe pas la rivière, alors j'espère que le barrage tiendra. »

Je m'interrompis et regardai au-delà de la rivière le feu étincelant au loin. Je me retournai vers l'équipe.

« On a vraiment bien géré dans cette section. Et apparemment l'équipe de Fairbanks a fait du très bon boulot pour contenir l'incendie dans le secteur proche de Chena. Si les barrages tiennent, on sera peut-être en mesure d'étouffer ce feu. »

Je reçus quelques sourires fatigués, alors que je savais très bien qu'ils étaient tout aussi éreintés que moi, et j'étais au bout de mes forces. Quelques minutes plus tard, nous étions dispersés sur le sol au bord de la rivière, grignotant des barres protéinées et buvant de l'eau. Il y avait peu de bavardage. Je m'appuyai contre un rocher au bord de la rivière, Amelia s'imposant immédiatement dans mes pensées. Je n'avais pas beaucoup pensé à elle parce que j'avais été entièrement concentré sur l'incendie, mais la légère inquiétude née dans mon esprit refit aussitôt surface. Elle n'avait jamais répondu à mon texto. Je n'avais pas du tout de réseau ici, mais j'en aurais une fois dans les airs. J'allais devoir attendre jusque-là pour savoir si elle m'avait répondu.

J'avais dû m'assoupir car je me réveillai brusquement au son assourdissant d'un hélicoptère qui se préparait à atterrir. Je m'assis rapidement et vis l'hélicoptère se poser au sol non loin de nous. Le pilote descendit et nous fit un signe de la main. Je n'étais pas le seul à m'être endormi. Je fis le tour du groupe, asticotant quelques gars du bout de ma botte, jusqu'à ce qu'ils soient tous debout et transportant leurs gros paquetages jusqu'à l'hélicoptère. Le problème avec le repos au milieu de nulle part, c'était qu'une fois qu'on s'endormait, il était difficile de se remettre en marche à cause du niveau d'épuisement dans lequel on était.

Le pilote sourit en nous voyant et me tapa sur l'épaule.

« Vous auriez dû être rapatriés plus tôt à la base. Sacrément durs ces derniers jours avec le vent. »

J'acquiesçai avec lassitude.

« On continuerait, mais on dirait qu'on peut se retirer pour le moment. Ça donne quoi globalement?

— Ça brûle encore bien dans certaines zones, mais les barrages fonctionnent. On a gagné quelques centaines d'hectares », répondit le pilote.

Le pilote se rendit utile, balançant les sacs de matériel dans la soute de l'hélicoptère. En quelques minutes, nous étions parqués dans l'hélicoptère et prêts au décollage.

Discuter était impossible une fois que le moteur vrombissait et que les pales battaient dans l'air. Une fois dans les airs, j'appuyai la tête contre le dossier et fermai les yeux avec un soupir. J'étais peut-être dans une forme physique optimale car ce job l'exigeait, mais ça ne voulait pas dire que je ne finissais pas endolori et claqué après deux jours et deux nuits de travail sans interruption.

Environ une heure plus tard, j'entendis le pilote parler dans sa radio. Je levai la tête et découvris le lac où se trouvait le camp principal. Je fouillai dans mon sac à dos pour trouver mon téléphone. Une fois allumé, il fallut une minute avant qu'il ne capte le réseau. Encore quelques secondes et une bannière SMS clignota avec le nom d'Amelia. Le soulagement m'envahit. Je cliquai sur le texto.

Pourquoi Shannon connaît ton emploi du temps?

Ce texto avait été envoyé quelques heures après mon dernier message, donc je ne pus que supposer qu'elle ressassait quelque chose. Mais quoi? C'était quoi ce bordel? Il n'y avait *rien*, plus que rien avec Shannon au-delà des conneries qu'elle avait inventées en essayant de monter dans mon lit quand elle savait qu'Amelia nous trouverait. Je jurai et regardai par la fenêtre, le ventre bouillonnant de colère. Quoi que je fasse, je ne pourrais pas retrouver Amelia avant un jour ou deux, au mieux.

Je jetai un coup d'œil à l'écran de mon téléphone et vis qu'elle m'avait envoyé un autre texto quelques heures après le premier.

J'essaie de ne pas paniquer, mais je ne vois pas pourquoi Shannon saurait quoi que ce soit sur où tu te trouves. Je ne pourrais pas le supporter s'il s'avère qu'il y avait plus que ce que tu m'as dit.

Je jurai à nouveau et passai une main dans mes cheveux. Merde, putain de merde. Je n'avais aucune idée de ce que faisait Shannon, mais je ne lui faisais pas confiance. Du tout. C'était une excellente manipulatrice. Je détestais être bloqué dans cet hélicoptère, à la merci de la météo et des horaires des différents pilotes pour quitter le camp de base, retourner à Fairbanks, puis retourner à Anchorage d'où je pourrais enfin rentrer en voiture chez moi.

Je jetai un coup d'œil autour de moi dans l'hélicoptère, tout le monde, sauf Levi, dormait. Levi était assis en face de moi, ses yeux scrutant le paysage. Je secouai la tête et regardai par ma fenêtre pour voir à quoi ressemblait le paysage. Les flammes vacillaient dans diverses zones avec de larges bandes d'arbres et de terre calcinés s'étirant à perte de vue. La rivière à côté de laquelle nous avions travaillé serpentait comme un ruban à travers le paysage noirci. Alors que nous survolions la forêt, d'autres hélicoptères étaient visibles au loin.

Je jetai un coup d'œil à mon téléphone et ravalai la colère et la frustration qui nouaient mes entrailles. Je pris une profonde inspiration puis tapotai mon écran pour répondre. Nous avions déjà tout gâché une fois à cause de notre entêtement et étions tous les deux trop blessés pour passer outre. Je refusais de perdre à nouveau Amelia.

Je ne sais pas ce que Shannon t'a dit ou ce que tu as entendu. Il ne se passe RIEN avec Shannon et il n'y a JAMAIS rien eu. Je n'ai aucune idée de ce qu'elle t'a dit, mais je devine qu'elle a dit quelque chose. S'il te plaît, je t'en prie, ne l'écoute pas. Je devrais être à la maison après-demain. Si tu t'inquiètes, souviens-toi que je t'aime.

J'appuyai sur « envoyer » et gardai mon téléphone dans ma main. J'aurais aimé être à la maison parce qu'essayer d'avoir une conversation par SMS me faisait me sentir totalement impuissant. Je ressentais tellement de choses et je ne pouvais pas les transmettre par message. Je voulais la prendre dans mes bras et tout lui communiquer avec mes mains et mon corps. Je pris une inspiration et penchai la tête en arrière, la relevant brusquement au moment où mon téléphone vibra dans ma main.

Échec de l'envoi.

Bon sang. Je respirais malgré l'étau compressant ma poitrine. Ce texto ferait mieux de s'envoyer. J'appuyai à nouveau sur « envoyer ».

Quelques secondes passèrent.

Échec de l'envoi.

Chapitre Trente-Et-Un

AMELIA

J'enlevai la saleté de mes bottes avant de pousser la porte battante du Firehouse Café. Lucy était juste derrière moi, j'entendis le bruit distinctif de ses bottes frappées contre le bord du seuil. La pluie avait contrarié notre travail de la journée, alors nous venions ici pour un déjeuner tardif.

Une fois que nous avions commandé et que nous nous étions assises avec des cafés chauds pour réchauffer nos mains presque engourdies, je me penchai en arrière sur ma chaise avec un soupir.

« Mince. C'est un été agréable, mais quand il pleut, l'été disparaît.

— L'été en Alaska n'existe que quand le soleil est au rendez-vous. Sinon, ce n'est pas l'été », répondit fermement Lucy avant de prendre une gorgée de café.

Les grands yeux bleus de Lucy se posèrent sur moi alors qu'elle m'évaluait du regard.

« D'accord, qu'est-ce qu'il se passe? demanda-t-elle sèchement.

— Hein? » répondis-je par réflexe.

Je savais que Lucy pouvait sentir que je n'allais pas

bien, mais je me sentais ridicule, donc j'espérais éviter cette conversation.

Les yeux écarquillés de Lucy se rétrécirent et elle se pencha en avant, posant ses coudes sur la table.

« N'essaie même pas. Tu as été grincheuse ces derniers jours et toute calme. Je sais que Cade te manque, mais il se passe autre chose. »

Je pris une gorgée de mon café, savourant la chaleur de la tasse et du café. Le froid qui s'était installé dans mes os en travaillant sous la pluie commençait à s'atténuer. Je pris une inspiration et la laissai sortir avec un long soupir.

« Je panique parce que je suis tombée sur Shannon à l'épicerie l'autre soir et elle savait que Cade était parti et elle m'a dit que je devrais me demander comment elle savait. Je ne peux pas m'effondrer comme la dernière fois. Je sais que je ne devrais pas l'écouter, mais c'est une épine dans mon pied. Je ne peux pas arrêter de m'inquiéter, peut-être que j'ai raté quelque chose. Comment est-ce qu'elle sait quoi que ce soit sur l'emploi du temps de Cade bordel? »

Les lèvres de Lucy s'aplatirent en une ligne serrée. Avec une secousse brusque de la tête et un regard dégoûté, elle répondit :

« Shannon est une salope. Clair et simple. »

Lucy s'arrêta pour prendre une autre gorgée de son café, son regard s'adoucissant alors qu'elle me regardait de l'autre côté de la table.

« Il n'est pas vraiment difficile de savoir que l'une des équipes hotshot est hors de la ville. Je ne sais pas quel est le problème de Shannon, mais j'imagine qu'elle est juste énervée parce que Cade lui a dit d'aller se faire voir deux fois maintenant. Je la connaissais à peine au lycée, mais c'est le genre de fille qui a l'habitude que les gars se jettent à ses pieds. Ça l'a probablement toujours dérangée que Cade ne l'ait jamais remarquée. Il faut être aveugle pour ne pas remarquer qu'il est canon. Pire encore, il a toujours eu cette attitude de "je me fiche de tout" », dit-elle avec des guillemets.

La confusion dut apparaître sur mon visage parce que Lucy soupira lourdement avant de continuer.

« Tu ne le vois pas, parce qu'il te regarde toi. C'est ce que je veux dire. Au lycée, alors que la plupart des mecs sont tellement excités qu'ils peuvent difficilement rester de marbre devant une jolie fille, Cade n'était pas comme ça du tout. Il était distant. Puis, vous vous êtes mis ensemble et tout le monde s'émerveillait devant la perfection de votre couple. Je ne sais pas pourquoi Shannon a fait ce qu'elle a fait la première fois, mais je dirais que c'était de la jalousie, tout simplement. Elle n'était pas habituée à ce qu'un mec ne la remarque pas et cela la dérangeait. Elle venait juste de se faire larguer, alors ça a empiré les choses. Le problème maintenant c'est qu'elle n'a rien à perdre. Elle sait qu'elle ne pourra pas avoir Cade, alors pourquoi ne pas foutre la merde? Elle se sent probablement stupide de ce qu'elle a fait et est revenue en pensant qu'elle réessayerait, mais elle a appris que vous étiez toujours amoureux. C'est hyper romantique – le coup de la deuxième chance. »

Lucy lança un faux regard pétillant.

Je fixai Lucy, sans même rire de ses grimaces, parce que je ne pouvais pas comprendre comment Shannon avait été jalouse. Je veux dire, avec le recul, ça aurait dû être évident. Mais Shannon était tout simplement magnifique et la plupart des gars bavaient à ses pieds à l'époque. Je ne voulais pas m'inquiéter. Vraiment pas. Je détestais juste tout ce que je ressentais, même si c'était une nouvelle manipulation de Shannon, qui tirait une ficelle dont j'ignorais jusque-là l'existence.

Janet arriva à notre table à ce moment-là, m'évitant une réponse compliquée. Elle jeta un coup d'œil entre nous.

« Quoi de neuf?

— Shannon a fait paniquer Amelia en faisant comme si ça voulait dire quelque chose qu'elle sache que Cade n'était pas là. S'il te plaît, aide-moi à lui rappeler que Shannon est une salope et qu'elle ne fait que de la manipuler parce qu'elle n'a rien de mieux à faire », dit catégoriquement Lucy.

Janet posa une main sur sa hanche, les yeux plissés.

« Cette fille essaie juste de t'énerver parce que c'est comme ça qu'elle est. Elle était habituée à ce que tous les mecs lui courent après et tant qu'elle en avait un, elle ignorait les autres. Ça n'a pas duré parce que ça ne dure jamais pour les filles comme elle. Vous êtes restées amies toutes les deux parce que tu la connaissais depuis qu'elle était petite. Elle a déménagé, s'est rendu compte à l'université qu'être un petit poisson dans un grand étang n'était pas très amusant. Quant à savoir comment elle savait que Cade n'est pas en ville? Tu es stupide. C'est pas difficile de savoir que toute l'équipe est partie.

— Je ne suis pas... »

Le regard vif de Janet me cloua le bec.

« Tu *es* stupide. Je vais pas t'engueuler trop parce que Cade n'est pas à la maison depuis longtemps et que vous venez d'arranger les choses, mais pour l'amour de Dieu, ne laisse pas quelque chose d'aussi stupide t'embêter. »

Mes épaules s'affaissèrent et je traçai un cercle autour de ma tasse de café.

« OK. OK. Peut-être que je suis stupide », marmonnai-je.

Intellectuellement, j'étais d'accord avec tout ce que Janet disait. C'était mon cœur qui était stupide et qui avait besoin de plus de réconfort, de réconfort en forme de Cade.

Janet me serra l'épaule quand son nom fut appelé.

« Qu'est-ce que ce sera? » demanda-t-elle rapidement.

On commanda des sandwichs avant que Janet ne se précipite vers la cuisine. Je me penchai en arrière et regardai Lucy avec un sourire triste.

« Je ne sais pas pourquoi Shannon arrive à entrer dans ma tête si facilement. »

Lucy haussa les épaules.

« Parce que tu aimes Cade, et ça t'a fait vraiment mal quand les choses ont mal tourné. Je pense aussi que la rupture avec Earl joue.

— Comment? » demandai-je.

Triste à dire, mais une fois que j'avais parlé à Earl après son retour à Willow Brook, j'avais vraiment cessé de penser à lui. Quand je pensais à lui, je ressentais une tristesse teintée de regret pour le temps que nous avions gâché, mais il ne me manquait pas du tout.

Lucy poursuivit :

« Eh bien, tu as enfin pris conscience de ce qu'était Earl pour toi. Peu importe comment tu le considérais, c'était un gros problème. Je veux dire, tu étais sur le point d'épouser le gars. Que Cade revienne au même moment – par coïncidence, du moins pour vous – eh bien, ça a tout remué. Tu as décidé que tu ne voulais pas accepter quelque chose de fade et la passion redébarque. Tu t'es brûlée une fois avec Cade. Ça n'aurait pas fait si mal si tu ne l'avais pas aimé autant, et autant que tu l'aimes aujourd'hui. Tu es prudente en soi. La plupart des gens le seraient. Tu le surmonteras avec le temps, mais quoi que tu fasses, arrête d'écouter les conneries de Shannon. »

Je réfléchis à ce que Lucy disait et sus immédiatement qu'elle avait entièrement raison. Je n'avais pas réfléchi à la façon dont mon choix de rompre avec Earl avait impacté le reste, mais ça avait du sens. Quand Cade était revenu, j'avais été tellement submergée par l'intensité d'être à nouveau avec lui, que ça avait repoussé mes doutes et mes peurs bien loin au fond de mon esprit et de mon cœur. Maintenant qu'il était parti, il me manquait tellement, ça me rappelait ce que j'avais ressenti la première fois – un trou dans mon cœur où la douleur du vide résonnait. Et pour ajouter à la profondeur du manque, tout était si intense depuis qu'on s'était remis ensemble. Je l'aimais avant, mais la façon dont je me sentais maintenant éclipsait complètement cet amour. Mon cœur était plein à craquer quand il était là, et quand il n'était pas là, il me manquait tellement que ça me rendait à moitié folle. J'avais besoin de trouver une certaine stabilité au milieu du tumulte. Seul Cade pouvait me faire ça – me saisir par le cœur, le corps et l'âme si fort que je me sentais ballottée comme un cerf-volant dans le vent de mes émotions.

Je regardai Lucy et pris une lente inspiration.

« Tu as raison. »

Lucy haussa les sourcils.

« J'ai raison? »

Je soupirai et pris une gorgée de café.

« Oui. C'est ce que j'ai dit. »

Lucy sourit.

« Wow, j'entends pas ça très souvent. »

Je levai les yeux au ciel.

« Je te dis que tu as raison quand tu as raison. »

Lucy gloussa.

« Je t'aime, chérie, mais tu es têtue. Hier encore, tu refusais d'admettre que j'avais raison sur cette fichue fenêtre d'angle. »

Je jetai ma tête en arrière avec un rire.

« D'accord, très bien. Parfois, je peux être têtue. »

Lucy rit au moment où notre nourriture arrivait. Janet arriva et glissa nos assiettes devant nous. En repartant, elle nous demanda par-dessus son épaule :

« Besoin de quelque chose d'autre, les filles? »

On lui fit signe de partir et on attaqua notre nourriture. Je partis un peu plus tard, la pluie tombait toujours. Je rentrai chez moi et passai la porte du chalet alors que l'absence de Cade faisait écho à mon cœur. J'avais réussi à trouver un peu de sens à tout ça, mais ça ne changeait rien au fait que je voulais qu'il rentre.

Chapitre Trente-Deux

CADE

J'accrochai ma main au bord du toit de l'avion et m'enfonçai dans l'avion. J'étais au camp principal avec mon équipe depuis deux jours, retenus par le mauvais temps. Le temps était parfait, la pluie était une aubaine pour atténuer ce feu massif. Les vols avaient été limités au minimum nécessaire, nous étions donc impatients de partir maintenant. Une petite éclaircie nous laissait juste le temps pour quelques vols ce matin. Fred, le même pilote qui m'avait emmené ici, était notre pilote cet après-midi.

Fred attira mon regard et me fit un sourire.

« Entrez vite les gars, appela-t-il. On dirait que notre fenêtre est mince. »

On se précipita dans le petit avion, plus grand tout de même que le biplace que Fred avait piloté pour m'amener ici, avec suffisamment de sièges pour six personnes. Le reste de l'équipe avait décollé dans un autre avion quelques minutes plus tôt. Je me penchai en arrière sur mon siège et regardai le sol rouler sous nous alors que Fred décollait. L'avion prit de la hauteur et rebondit légèrement sur une rafale de vent une fois en vol.

Je regardai en dessous pour voir le paysage noirci et la fumée qui montait ici et là des sections du feu qui vivaient encore sous la pluie. J'espérais que la pluie tomberait encore quelques jours. Ça pourrait suffire à éteindre complètement ce feu. J'entendais Fred parler dans son casque, ses sourcils se fronçant à tout ce qu'il entendait. Une autre rafale de vent heurta le petit avion. C'était comme être dans un sèche-linge. Les petits avions, même plus gros comme celui-ci, étaient si légers qu'ils rebondissaient dans les courants de vent.

Fred continua, les yeux fixés sur l'horizon. Pendant que nous volions, le brouillard qui s'était dissipé plus tôt recommença à s'épaissir. En quelques minutes, je savais que c'était comme si nous volions à l'aveugle. Amelia vint rugir dans mes pensées. Au cours des quelques jours passés au camp principal, j'avais été plus que frustré par la réception réseau irrégulière. Correction : la réception réseau toute pourrie. De temps en temps, je recevais un signal et j'essayais d'envoyer un SMS ou d'appeler mais ça ne marchait jamais. Tout ce que je faisais était de tourner en rond en m'inquiétant de tout ce qui la préoccupait et en me sentant impuissant parce que je ne pouvais pas lui parler.

Elle me manquait tellement que ça me faisait mal. Je voulais juste arriver à Fairbanks. Au moins là-bas, je pourrais rentrer à Willow Brook, peu importe le temps. L'avion se heurta à une autre forte rafale de vent.

Fred parla à nouveau dans son casque, puis me regarda.

« J'ai mes coordonnées pour nous y amener, mais c'est tout. On va croiser les doigts », dit-il sèchement.

Je hochai la tête car il n'y avait pas grand-chose à dire. Je regardai dans l'avion. Sans un mot entre nous, il était évident que chacun de mes hommes savait que c'était une situation de merde. Je me tournai à nouveau vers l'avant et pris une lente inspiration. Je faisais si souvent face au danger quand je combattais des incendies. Mais c'était un travail que je connaissais, je ne ressentais pas d'anxiété ou de peur parce que j'avais mes compétences et mon expérience sur lesquelles m'appuyer pour me sortir de situations risquées. Une vague de terreur me traversa. Nous volions à l'aveugle au-dessus des montagnes et des rivières et pas grand-chose d'autre que la nature même là où le sol était plat. S'il nous arrivait quelque chose, je ne pouvais rien faire pour l'arrêter.

Je continuai à regarder par la fenêtre, comme s'il y avait autre chose à voir que le brouillard épais et la pluie. La petite cabine de l'avion était lourde de tension, chaque homme ici bien conscient de la gravité de la situation. Je jetai un coup d'œil à Fred.

« Une idée de combien de temps il nous reste?

— Un peu moins d'une demi-heure, mais je ne me précipite pas », répondit Fred, sans fioritures.

Je regardai en arrière par la fenêtre, réalisant encore une fois à quel point c'était inutile. Une autre rafale de vent fit basculer l'avion, et il y eut un bruit sourd brusque sur le côté droit de l'appareil. L'avion tourna sur le côté. Fred jura et essaya de corriger notre position. La dernière chose dont je me souviens était un bruit de fracture assourdissant.

———

Une vive douleur me traversa l'épaule. J'ouvris lentement les yeux, réprimant un gémissement de douleur. Après un moment, je me rappelai où j'étais. L'avion s'était écrasé. Je tournai la tête sur le côté et vis Fred essayer de dégager sa jambe sous un angle étrange. D'accord, donc Fred était vivant. Au moins un, Dieu merci. J'ignorai la douleur qui me traversait l'épaule alors que je me tournai sur mon siège. Tout le monde sauf Jesse Franklin avait les yeux ouverts. Je croisai le regard de Levi qui était assis à côté de Jesse.

« Il va bien? » demandai-je.

Levi, l'air à moitié assommé tout comme moi, le regarda fixement pendant un moment, puis se tourna vers Jesse, cherchant à vérifier son pouls. Un filet de sang coulait de son front. Levi me regarda.

« Son pouls est fort. »

Je scannai les dégâts autour de moi. Maintenant que nous étions au sol, il y avait autre chose que du brouillard à voir, même si le brouillard était encore épais et que je ne pouvais voir qu'à quelques centaines de mètres dans n'importe quelle direction. Nous avions atterri dans des épinettes. Par la grâce de Dieu, mère nature ou par chance, nous étions au-delà de la partie brûlée de la forêt, nous avions donc profité de larges branches d'épinettes pour amortir notre crash. Un coup d'œil à ma droite, je vis l'aile de l'avion cassée et me dis que ça devait être le craquement que j'avais entendu.

Je regardai Fred.

« Ça va? »

Fred leva les yeux de son mollet qu'il essayait de libérer d'un coin écrasé du nez de l'avion.

« Ma jambe me fait hyper mal, mais je suis en vie. »

Il marmonna un gros mot quand il sortit enfin sa jambe. Son jean était couvert de sang. Je commençai à bouger et je gémis à une autre vague de douleur dans mon épaule. J'essayai enfin de comprendre quel était le problème et je vis que le toit au-dessus de moi s'était écrasé contre mon épaule. Je ne pouvais pas le voir, mais je pouvais sentir la chaleur du sang s'infiltrer et je supposai que l'aluminium déchiré de la coque de l'avion m'avait entaillé l'épaule.

J'utilisai ma main libre pour atteindre le dessus et pousser contre le toit écrasé. La section d'aluminium cassée céda et je dégageai mon épaule. Après un rapide coup d'œil pour m'assurer que je ne saignais pas abondamment, je passai à l'action. Le reste de l'équipe faisait la même chose – tout le monde s'occupait de ses propres blessures mineures en sortant progressivement de l'avion. La bonne partie était que le moteur lui-même était resté pratiquement intact, donc il n'y avait pas de risque qu'il prenne feu. Jesse semblait être le plus touché et était toujours inconscient. Pas pour la première fois, j'étais plus que soulagé d'avoir toute une équipe de soignants qualifiés en milieu sauvage autour de moi. C'était peut-être mon premier accident d'avion, mais j'avais été confronté à de nombreuses mini-crises médicales sur le terrain et j'étais convaincu que nous pourrions stabiliser Jesse en attendant l'arrivée des secours.

L'autre préoccupation majeure était Fred. Il avait une méchante entaille de sa cheville à son genou. Il était mobile, conscient et avait manifestement très mal. Levi et Thad se concentrèrent sur Jesse, tandis que Jackson m'aidait à installer Fred dans l'un des sièges de l'avion pour nettoyer sa blessure. Le reste de l'équipe a sorti le matériel de l'avion.

Fred était têtu et insistait pour être responsable de la communication radio malgré le fait qu'il serrait les dents à chaque mot. Fairbanks confirma qu'ils enverraient un hélicoptère médical une fois qu'ils seraient autorisés à voler. La météo était donc la seule préoccupation restante. Aussi bonne que la pluie ait été pour l'incendie, ce temps était propice aux hypothermies. Il était facile de s'inquiéter d'une hypothermie en plein hiver, mais statistiquement, beaucoup plus de personnes étaient exposées aux risques dans des conditions météo comme celles-ci, car la pluie n'était pas considérée comme risquée.

Une fois que je fus certain que le saignement de Fred était sous contrôle et que Jesse se réveilla, je rejoignis immédiatement les gars pour sortir l'équipement, espérant pouvoir trouver quelques sacs de couchage secs. J'avais complètement oublié mon épaule jusqu'à ce que Levi m'attrape par le bras et une secousse de douleur me traverse.

« Putain, j'avais oublié, marmonnai-je en regardant Levi.

— Je pensais bien », répondit Levi. Laisse-moi regarder. »

J'hésitai, pensant que je n'avais pas besoin de me déranger. Levi leva les yeux au ciel.

« Ne fais pas l'idiot, mec. Il fait froid et humide, et il faut arrêter ce saignement. C'est pas trop mal, mais ta chemise est mouillée. Dans le meilleur scénario, on a quelques heures. »

Je grognai, mais je n'étais pas stupide, alors je consentis à ce que Levi déchire ma chemise pour nettoyer et panser la blessure sur mon épaule. Ce n'était pas trop grave, mais j'aurais sans doute besoin de quelques points de suture. Pour le moment, les bandages suffiraient. Une fois que Jesse et Fred étaient installés avec des sacs de couchage pour les garder au chaud, on sortit de la nourriture pour patienter.

C'est quelques heures plus tard que la pluie s'arrêta et qu'on entendit le bruit distinct d'un hélicoptère qui s'approchait. Levi et moi avions déclenché des fusées éclairantes dans la lumière brumeuse et on attendit tous que l'hélicoptère se pose au sol au-delà de la lisière des arbres. Amelia était à peu près tout ce à quoi je pouvais penser une fois que je savais que tout le monde allait bien.

Chapitre Trente-Trois

AMELIA

Je marchais tranquillement de mon chalet au champ adjacent, jetant du maïs concassé le long du chemin une fois passé l'allée. Un troupeau de grues du Canada fréquentait le champ chaque été. Plusieurs paires y avaient fait leurs nids. J'adorais le fait qu'elles reviennent année après année et je les accueillais en éparpillant du maïs concassé tous les quelques jours. J'atteignis le bord du petit étang et jetai ce qui restait dans mon petit seau au bord de l'eau. Quelques grues s'attardaient non loin. C'était la fin de soirée et le soleil était bas sur l'horizon au-dessus des arbres. L'air était frais et la pluie tombait encore. Je m'arrêtai près de l'étang et pris une inspiration calme. L'air était empli de pluie. De petites fleurs d'épilobe commençaient à apparaître d'un côté du champ. Dans quelques semaines, chaque parcelle à proximité serait inondée du fuchsia des mauvaises herbes sauvages du centre-sud de l'Alaska.

La paix intérieure que j'avais si longtemps cultivée après la tourmente de ma rupture avec Cade était difficile à retrouver ces jours-ci. Je me sentais ridicule de la facilité avec laquelle Shannon m'avait à nouveau manipulée. Tout ce qu'elle avait fait était de laisser entendre qu'elle avait un lien avec Cade. Je n'aimais pas revoir ce côté de moi-même – le côté qui m'avait poussée à verrouiller mon cœur et mon esprit à tout ce qui pourrait frôler Cade. Je ne savais pas comment équilibrer l'amour que j'avais pour lui, ma vulnérabilité et quand même préserver ma santé mentale.

Ce sera mieux quand il sera à la maison. C'est juste parce qu'il te manque trop. Ouais, mais avec son travail il aura beaucoup de voyages de ce genre. Tu devras apprendre à gérer ces choses-là. Tu ne peux pas continuer à perdre les pédales pour tout.

Je soupirai, les yeux attirés par une paire de grues du Canada qui descendaient pour atterrir à côté des autres. Si seulement les humains pouvaient s'accoupler sans tant d'histoires. Les grues du Canada s'accouplaient pour la vie, et pour autant que je sache, elles réussissaient à le faire sans trop d'histoires. Je ris de moi-même, me rendant compte que je n'en savais rien du tout. Il pourrait y avoir des tonnes d'histoires chez les grues. Mais histoires ou pas, elles venaient fidèlement au champ chaque année et créaient leur nids, prenant bien soin de leurs poussins jusqu'à ce qu'il soit temps de voler vers le sud pour l'hiver.

Pendant ce temps, je me sentais idiote parce que je n'étais pas capable de gérer ma vie. La nature fade et facile à vivre de ma relation avec Earl m'avait peut-être fait regretter ce que je n'avais pas, mais au moins il n'y avait rien de ce que je ressentais maintenant. Je m'étais fait tellement de mal sur la petite remarque de Shannon, basée sur rien de rien. Puis, quand j'avais réussi à réfléchir clairement à nouveau, tout ce que j'avais fait, c'était de penser à quel point Cade me manquait. Je travaillais comme un maniaque depuis qu'il était parti pour ne pas devenir folle. J'avais tellement travaillé que nous étions passés d'un retard sur le dernier chantier à une avance sur le calendrier.

Je jetai un dernier coup d'œil sur le terrain et retournai à la maison. Les grues étaient assez tolérantes à l'idée que je traverse le champ, mais elles restaient sur le côté quand je passais, alors j'aimais leur donner leur espace. Une fois à l'intérieur, j'enlevai mes bottes et commençai à enlever mes vêtements. Malgré la pluie, Lucy et moi avions travaillé toute la journée. Donc mon jean était humide, comme tout le reste. Ma peau était froide et moite. Je jetai mes vêtements dans la machine et sautai dans la douche.

Quand je sortis quelques minutes plus tard, finalement réchauffée après avoir mis l'eau si chaude qu'elle m'avait presque brûlée, mon téléphone sonna. Sans trop y penser, je me séchai et enfilai un pantalon de jogging et un sweat-shirt. J'avais besoin de chaleur et de confort ce soir. Mon téléphone recommença à sonner. Je traversai le salon à grands pas pour l'attraper sur le comptoir de la cuisine alors que je passais une brosse dans mes cheveux humides. Jetant un coup d'œil à l'écran, je ne reconnus pas le numéro, donc je ne pris pas la peine de répondre.

La sonnerie s'arrêta, pour recommencer un instant plus tard.

« Qu'est-ce que..? demandai-je à haute voix, même si personne n'était là pour me répondre. Oui? répondis-je brusquement quand je cédai enfin et répondis.

— Est-ce que je parle avec Amelia Haynes? demanda la voix d'un homme.

— Que diriez-vous de commencer par qui *vous* êtes? répliquai-je, piquante et saoulée.

— C'est la station de pompier de Fairbanks. Nous appelons pour votre fiancé. »

J'eus l'impression de tomber, mon estomac se creusait comme si je dégringolais d'une falaise. Mon cœur se mit à battre la chamade et je me sentis malade. Mes genoux cédèrent et je m'effondrai sur le bord arrière du canapé.

« Madame Haynes? Vous êtes là? » demanda l'homme.

Je déglutis et secouai légèrement la tête, essayant de dissiper le bourdonnement dans mon cerveau. Je me sentais étourdie et malade, et je ne savais même pas ce qui se passait. Une chose que je savais : quelqu'un m'appelait de la station de pompier de Fairbanks, c'était forcément lié à Cade, et ça ne pouvait pas être bon.

« Oui, je suis là. Appelez-moi Amelia, réussis-je à répondre.

— Oh bien, je croyais que je vous avais perdue pendant une minute. J'appelle pour votre fiancé, Cade Masters. Permettez-moi de commencer par vous dire qu'il va bien. J'imagine que ce coup de fil est inquiétant quand je vous dis d'où j'appelle », dit l'homme d'une voix calme, claire et rassurante.

Des larmes chaudes emplirent mes yeux, et mon souffle s'échappa enfin. Je ne pouvais pas former une pensée nette à propos de quoi que ce soit, mais j'étais terrifiée à l'idée que quelque chose de grave soit arrivé, alors savoir que Cade allait bien me permettait au moins de respirer.

« OK, OK. Merci de me le dire, dis-je, mes mots sortant dans une précipitation tremblante.

— Bien sûr. Je suis Ed, au fait. N'hésitez pas à m'interrompre, d'accord? »

Quand il ne continua pas, je réalisai qu'il attendait ma réponse.

« D'accord.

— Monsieur Masters et la moitié de son équipe ont eu un accident d'avion. Tout le monde a survécu, mais pour le moment, ils attendent d'être évacués. »

Mon estomac se retourna d'un coup, tandis que mon cœur continua de battre la chamade.

« Combien de temps doivent-ils attendre? Cade est-il blessé? »

Je réussis à me tenir à deux questions sur les centaines que j'avais. Ce qui ne m'échappa pas c'était qu'Ed semblait croire que j'étais la fiancée de Cade. Ce détail étrange m'avait emplie de chaleur. Je ne savais pas qui lui avait dit ça, mais ça me plaisait.

« Nous avons envoyé un hélicoptère, mais ils ne peuvent pas ramener tout le groupe, une raison de poids et d'espace nécessaires pour stabiliser deux passagers qui ont subi des blessures plus graves. Monsieur Masters attend avec le reste de l'équipe jusqu'à ce que nous puissions revenir. »

Le soulagement m'envahit. Cela signifiait que Cade n'avait pas de blessures graves. Dès que mon esprit absorba cela, je me relevai.

« Combien de temps ça va prendre? »

J'entendais la pointe de panique dans ma voix et je m'en fichais. Il était près de sept heures du soir. S'il ne s'envolait pas bientôt, je savais que cela signifiait qu'il passerait la nuit là-bas. Rationnellement, je savais qu'il dormait tout le temps à l'extérieur. S'il y avait bien un groupe équipé pour faire face à un crash d'avion dans la nature sauvage de l'Alaska et continuer sans avoir besoin de se poser brûle questions, ce seraient des pompiers forestiers. Bon sang, ils pourraient tout aussi facilement marcher jusqu'à la base que d'attendre de l'aide en supposant qu'ils soient en assez bon état pour une randonnée. Ces pensées rationnelles n'ébranlaient pas l'inquiétude qui me traversait.

« Nous espérons y retourner ce soir, mais ce ne sera peut-être que demain. Avec l'incendie, tous nos hélicoptères d'évacuation médicale sont mobilisés. Il y a eu une autre urgence dans un des champs incendiés. Nous sommes également confrontés à des problèmes de visibilité importants dus au brouillard. L'équipe nous a assuré qu'ils étaient équipés pour passer la nuit sur place si nécessaire. Monsieur Masters a transmis votre nom et a insisté pour que nous vous appelions car ils n'ont aucun réseau. »

Je refoulai mes larmes. Peu importe ce que je me disais intellectuellement. J'étais morte de peur en sachant que Cade était au milieu de nulle part – littéralement – et pourrait passer la nuit dans le froid humide.

« Est-il blessé?

— Pour autant que je sache, les membres d'équipage qui sont restés sur place n'ont subi que des blessures mineures. Malheureusement, je n'en sais pas plus. J'appellerai aussi les parents de monsieur Masters. Il nous a demandé de vous appeler en premier et nous a dit de vous dire de ne pas vous inquiéter. »

Un rire aigu m'échappa – un rire blessé et inquiet qui ne pouvait pas croire que Cade penserait que je pouvais réussir à ne pas m'inquiéter.

« Je suis désolée. Je ne voulais pas ...

— Tout va bien, madame. Monsieur Masters peut vous dire de ne pas vous inquiéter, mais je passe souvent des appels comme celui-ci. J'imagine que vous serez inquiète. Notre équipe de sauvetage les a tous examinés, c'est qu'ils l'ont considéré comme suffisamment stable pour rester sur place jusqu'à ce qu'ils puissent revenir si cela vous aide à vous détendre. »

Je pouvais entendre les sonneries et les bips en

arrière-plan de son appel et je réalisai qu'il avait proba-blement beaucoup d'autres choses à faire.

« Je ferai de mon mieux. Je suis sûre que vous avez des choses à faire. Y a-t-il un numéro que je peux appeler pour un suivi si nécessaire? »

Ed récita rapidement un numéro à appeler avant de mettre fin à l'appel. Mon bras tomba lentement. Je restai là où j'étais, mes hanches contre le dossier du canapé. Mon estomac était noué par la tension, et je me sentais engourdie de partout. Je ne pouvais penser à rien d'autre qu'à Cade. Je l'imaginais quelque part dans un désert humide et froid. Je savais qu'il n'était pas seul, mais dans mon esprit, il l'était.

Je ne savais pas combien de temps j'étais restée là jusqu'à ce que mon téléphone se mette à sonner dans ma main. Sans réfléchir, je répondis.

« Amelia! C'est Georgia. Chérie, j'ai appelé ta mère et elle vient te chercher. »

Pendant un moment, j'étais confuse, puis les engre-nages de mon cerveau commencèrent à tourner. La mère de Cade était toujours du genre à se mettre en mouvement tout de suite.

« Georgia, tu n'avais pas besoin de... »

Georgia me coupa.

« Chérie, tu n'as pas besoin d'être seule à la maison à t'inquiéter pour Cade. Je suis inquiète aussi, mais il ira bien. Rex et moi sommes à la maison, et on pense que tu devrais passer la nuit ici. Rex a déjà appelé la station. Je n'arrive pas à croire qu'ils ne nous aient pas appelés plus tôt, mais Rex dit qu'ils n'avaient probable-ment aucune idée que Cade était son fils. »

Je réussis à formuler une réponse presque polie et je raccrochai juste avant l'arrivée de ma mère. Dans des circonstances normales, j'aurais chassé ma mère. Mais j'étais trop inquiète pour résister et avant même que je m'en rende compte, ma mère m'avait embarquée dans la voiture et nous conduisait chez Rex et Georgia.

Je ne pensais clairement à rien, mais à la seconde où j'entrai dans leur cuisine, ça me frappa. J'avais réussi d'une manière ou d'une autre à éviter de venir dans cette maison pendant les sept dernières années. Vu le contexte, c'était un vrai miracle. Georgia était l'une des meilleures amies de ma mère. Elle avait été bouleversée par notre rupture, mais elle m'avait laissé de l'espace. Je n'avais pas consciemment décidé de ne plus jamais venir dans cette maison, mais d'une manière ou d'une autre, j'avais réussi.

Entrer dans la vaste maison en rondins nichée dans les arbres m'amena une vague de nostalgie écrasante. J'avais passé de nombreux après-midi ici au début de mon histoire avec Cade, quand on revenait de l'université à ici en été. Il faisait chaud et lourd chaque fois que nous n'étions pas à Willow Brook, mais lorsque nous étions à la maison en été, on était pratiquement tout le temps chez ses parents. Ce n'était pas que nous ne pouvions pas aller chez ma mère, mais nous avions plus d'intimité ici. Quand tout était si nouveau, tout ce que nous voulions, c'était être seuls.

Mon cœur battait fort dans ma poitrine, j'essayai de ralentir ma respiration, mais c'était une avalanche de souvenirs. Tant d'heures passées ici avec Cade. Mes yeux parcoururent la pièce. La maison de ses parents était une maison moderne en rondins sur un étage. Le plafond de la cuisine et du salon était orné de poutres. Georgia adorait les plantes, il y en avait donc partout. Les fenêtres donnaient au loin vers Denali, mais la montagne était enveloppée dans l'obscurité et le brouillard qui tombaient.

Ma respiration se coupa. Dans la foulée de la vague

de souvenirs, une autre vague d'émotions s'écrasa sur moi. Cade était dans cette obscurité et ce brouillard pluvieux. Une heure entière s'était écoulée depuis que j'avais parlé à Ed de la station de Fairbanks. Cette heure signifiait que Cade et quiconque était avec lui passerait la nuit dehors.

Rex, le père de Cade, remarqua sans doute mon expression car il glissa une chaise derrière moi juste au moment où mes genoux se plièrent.

Je levai les yeux vers son visage et réussis un sourire tremblant.

« Merci. Je, euh... »

Cade avait les yeux verts de sa mère, mais tout le reste venait de son père. Rex partageait les traits ciselés et les cheveux bruns froissés de Cade, bien que son visage fut ridé et ses cheveux striés de gris. Ses yeux bruns se plissèrent, accompagnés d'un sourire inquiet. Il me serra l'épaule et s'assit à côté de moi à la table de la cuisine.

« J'ai eu l'impression que tu avais besoin d'une chaise, dit-il d'un ton neutre. Georgia, tu nous ferais du café ou du thé? »

Il appela Georgia qui tournait déjà autour de la table avec deux tasses de quelque chose dans ses mains.

Ma mère s'assit à côté de moi et posa sa canne contre le bord de la table. Georgia glissa une tasse devant moi et j'y enroulai mes mains. J'avais froid depuis que j'avais pris cet appel. Rex dit quelque chose à ma mère, que je n'entendis même pas. Après quelques minutes, Georgia était assise en face de moi et tendait la main pour serrer la mienne.

« Ma puce, Cade va aller très bien. Rex a pu lui parler par radio plus tôt. Je pensais que tu allais t'inquiéter toute seule, alors je me suis dit que tu serais mieux ici, non? demanda Georgia, sa chaleur et son inquiétude si évidentes qu'il était difficile de ne pas se sentir un peu mieux.

— Tu lui as parlé? demandai-je, mon regard se tournant vers Rex.

— Oui. Juste quelques instants. Maisie m'a transféré. Je ne pouvais pas utiliser le signal trop longtemps puisque c'est le canal de vol, mais Cade a dit que seuls deux gars avaient des blessures graves : le pilote et Jesse Franklin. Les autres ont des coupures et des ecchymoses, mais ça ira. Le brouillard là-haut est plus lourd qu'ici. Tiens le coup, on ira à Fairbanks demain.

— Vraiment? »

Ma mère rit doucement.

« Ma puce, je te l'ai dit en arrivant, mais je pense que beaucoup de chose te passent au-dessus de la tête. »

Je jetai un coup d'œil à ma mère pour trouver son regard fixé sur moi. Ma mère était l'une des femmes les plus fortes que je connaisse. J'aurais voulu pouvoir être aussi forte qu'elle. Physiquement parlant, je l'étais, mais ma mère avait une force interne qui l'avait guidée à travers le départ de mon père, qui l'avait laissée avec deux jeunes enfants alors qu'elle n'avait pas d'argent. Elle ne s'est pas seulement relevée, elle nous a donné une enfance incroyable et nous a soutenus financièrement tous les deux pendant nos années de fac. Elle m'avait appris à saisir la vie à deux mains. Ce qu'elle ne m'avait pas appris, c'était comment aimer quelqu'un aussi fort que ce que j'aimais Cade et ne pas devenir folle.

La tension et l'inquiétude montèrent dans ma poitrine et mon estomac se calma légèrement. Rex ne serait pas en train de me taquiner s'il y avait quelque chose à craindre, je le savais. En tant que chef de police de Willow Brook, pour autant que je me souvienne, il était réaliste quelles que soient les circonstances. S'il croyait que Cade irait bien, alors Cade irait probablement bien.

« Je pensais que nous prendrions l'avion demain. On peut voler d'Anchorage à Fairbanks s'il y a de la place, sinon mon copain a dit qu'il nous emmènerait dans son petit avion si le temps le permet. À mon avis, Cade ne rentrera probablement pas à la maison avant après-demain, donc si tu veux le voir plus tôt, il faut aller au Nord », déclara Rex.

Je hochai la tête et pris une gorgée de ce que Georgia avait mis devant moi, je remarquai juste que c'était du thé. La conversation se poursuivit douce-ment autour de moi, et je commençai progressivement à me détendre même si mon inquiétude ne s'arrêterait pas jusqu'à ce que Cade se tienne juste devant moi, et que je sache qu'il allait bien. Mais ça aidait de ne pas être seule.

Georgia me chassa vers l'une des chambres d'amis peu de temps après, ma mère me promettant de revenir le lendemain matin avec des vêtements de rechange pour moi. Même si la tension enroulée autour chaque fibre de mon être s'était légèrement dissipée, je ne pouvais pas me détendre. Chacune de mes pensées revenait à Cade, mon cœur me faisait mal d'inquiétude et il me manquait. Il était quelque part dans la forêt sombre, froide, humide et bien loin de moi.

Chapitre Trente-Quatre

CADE

J'appuyai ma tête contre le siège avec un soupir. J'étais foutrement épuisé. Même dans les meilleures circonstances, camper dehors pendant une nuit comme la nuit dernière aurait été nul car il faisait froid et humide, et ce n'était vraiment pas les meilleures circonstances. Avec l'avion inutilisable au sol parmi les arbres cassés, nous avions installé un camp à proximité. Malgré la pluie, nous avions décidé d'éviter un feu de camp. La menace persistante de l'incendie massif à peine maîtrisé était trop fraîche. Nous avions eu un coup de chance que la soute de l'avion n'ait pris que des bosses mineures et que tout soit resté sec.

Sur les six membres de l'équipe présents dans ce deuxième vol loin de l'incendie, quatre d'entre nous étaient restés pour la nuit. L'hélicoptère de sauvetage aurait pu prendre trois passagers au total, mais ils avaient besoin d'espace pour garder Jesse sur une civière. J'avais passé la nuit à faire des rotations de garde avec Levi, Thad et Jackson. Pas que l'un de nous ait beaucoup dormi, mais nous devions demander à quelqu'un de surveiller le camp au cas où des animaux sauvages passeraient. Nous étions au fond du territoire des grizzlis, ce qui n'était pas aussi risqué que certains pourraient le penser, mais nous avions déjà assez à gérer. Un ours saccageant le peu de nourriture dont nous disposions ne ferait qu'empirer les choses.

Je roulai la tête sur le côté, attirant l'œil de Levi.

« Comment tu te sens? »

Levi roula des yeux.

« Hyper fatigué. Je suis pressé de prendre une douche et de manger quelque chose de chaud. »

Je ris.

« Ça oui. »

Je sortis mon téléphone de ma poche et jurai. À un moment donné pendant l'accident, mon téléphone s'était fissuré et ne pouvait plus rien faire d'autre à part s'allumer. Je n'avais même pas remarqué au début parce que quand j'avais vu que je n'avais pas de réseau, j'avais pensé que c'était parce que la réception était si inégale dans la forêt. J'avais ensuite essayé de vérifier à nouveau en vain et c'est à ce moment-là que j'avais réalisé que le téléphone s'allumait, mais que rien d'autre ne fonctionnait. J'espérais que quelqu'un avait bien prévenu Amelia. Mon père m'avait assuré qu'il lui dirait aussi ce qui se passait, mais ça ne changeait pas le fait que j'avais peur qu'elle s'inquiète. Je savais ce qu'il lui arrivait quand elle s'inquiétait. Elle détestait ça, alors elle avait tendance à partir dans tous les sens dans sa tête. Ce n'était jamais bon. Je n'avais toujours pas réussi à lui envoyer ce fichu texto, ce qui envenimait aussi mes pensées.

Je regardai le paysage accompagné du bruit constant des pales d'hélicoptère noyant tout autre bruit. Le ciel s'était dégagé ce matin et un hélicoptère de sauvetage avait atterri non loin dans la matinée. Une équipe du Comité National de Sécurité des Transports n'était pas loin derrière pour faire leur truc – une enquête détaillée pour découvrir ce que nous savions tous déjà. L'aile droite de l'avion était entrée en collision avec quelque chose dans le brouillard et l'avion s'était écrasé. Vu le brouillard qui nous avait englouti dans les airs, la visibilité était proche de zéro.

J'étais soulagé de laisser derrière moi les enquêteurs à fouiller la zone et j'étais impatient de me rendre à Fairbanks. Je détestais savoir qu'il faudrait encore attendre d'être autorisé à partir pour Willow Brook. Depuis que nous nous étions écrasés, j'avais déjà reçu des ordres selon lesquels nous devions attendre sur place à Fairbanks pour être interrogés dans le cadre de l'enquête du CNST. Pour moi, c'était un obstacle de plus avant d'arriver à Amelia. Ça m'énervait toujours que Shannon lui ait mis des choses en tête. J'étais si fatigué que malgré les rouages de mon esprit, mes yeux se fermèrent et je m'assoupis.

Je me réveillai en sursaut quand l'hélicoptère descendit pour atterrir, se posant avec un léger rebond. En quelques minutes, je marchais avec le reste de l'équipe vers la station de Fairbanks. On se dirigea tous aveuglément vers les douches, et je n'avais aucune envie de m'arrêter pour discuter avec l'un des gars locaux. Puis, j'entendis Amelia appeler mon nom.

Désorienté, je me retournai, scrutant rapidement la zone. La zone d'attente ici était pleine de gens, cette station traitait des problèmes habituels à portée de main, tout en jonglant avec la présence des enquêteurs du CNST et de quelques équipes hotshot supplémentaires qui passaient par ici pour être envoyées au grand incendie. Il y avait un bourdonnement de voix et de visages inconnus. Je regardai autour de moi et vit Amelia se frayer un chemin à travers la foule vers les portes d'entrée. Ses cheveux ambrés attiraient le soleil qui traversait les fenêtres.

J'oubliai que j'étais fatigué jusqu'aux os et mort de froid. Je laissai tomber mon sac au sol et marchai à sa rencontre. Je n'entendis pas un mot de ce qu'elle disait, alors qu'elle parlait de quelque chose. Je m'approchai d'elle, l'enveloppai dans mes bras et pris une grande inspiration. Elle se tut et enfouit son visage dans mon cou. Elle sentait si bon − comme de l'herbe chaude au soleil.

Les sons autour de nous s'estompèrent et je m'accrochai simplement. Au bout de quelques minutes, quelqu'un me tapa sur l'épaule. Je levai la tête et trouvai mon père.

« Salut papa. Je ne savais pas que vous veniez. »

Mon père me fit un sourire.

« J'ai entendu dire que tu serais surement coincé un jour ou deux et je pensais que tu voudrais peut-être voir ta nana. »

Amelia leva la tête, jetant un coup d'œil entre nous et lança un sourire bancal dans la direction de mon père.

« Merci Rex. »

Mon père hocha la tête, puis me regarda.

« Ça va? » demanda-t-il en désignant mon épaule ensanglantée.

Le coton avait séché et le bandage de fortune que Levi avait mis sur la coupure était visible à travers le tissu déchiré.

Avant que j'aie eu l'occasion de parler, Amelia haleta et recula suffisamment pour voir mon épaule.

Je pris sa main dans la mienne.

« Hé, je vais bien. »

Rex gloussa.

« C'est tout ce que j'avais besoin de savoir. Je vous

laisse tranquilles. Je vais voir un vieux copain ici à la station. Viens me trouver quand tu seras prêt. Je prends l'avion ce soir, mais j'ai réservé une chambre pour vous deux à proximité. »

Je ne l'entendis même pas s'éloigner. Je fixai les yeux ambrés d'Amelia, essayant de transmettre tout ce que je ressentais en un seul regard.

« Tu m'as manqué », dis-je, ma voix rauque de fatigue et de la profondeur de mes sentiments.

Elle attrapa sa lèvre inférieure entre ses dents, la lâchant avec un soupir. Je savais que j'avais d'autres choses à penser, mais mon corps se serra et une secousse d'envie me traversa. Tout cela parce qu'elle s'était mordue la lèvre.

« Tu m'as manqué comme pas possible, mais je ne peux pas penser à ça. Ton épaule est tout ensanglantée et il faut la faire examiner. »

Elle fit un autre pas en arrière, attrapant ma main comme pour me traîner derrière elle. Je ne savais pas où elle m'emmenait, mais je savais qu'Amelia obtenait toujours ce qu'elle voulait. J'enroulai ma main autour de la sienne et la tirai fermement.

« Attends », dis-je.

Elle se retourna et je la tirai contre moi.

« Est-ce que ça va ? demandai-je d'un ton bourru, en plongeant mon front contre le sien.

— Est-ce que je vais bien ? demanda-t-elle, d'un ton incrédule. Bien sûr, je vais bien ! C'est toi qui as eu un accident d'avion. Tu te promènes comme si de rien n'était et... »

Sa respiration se coupa, sa voix se brisa, et elle pressa son front contre ma poitrine, sa respiration se faisant frissonnante.

« Hé, je vais bien. Vraiment. Je dors dehors tout le temps. Habituellement, avec un incendie pas loin, donc la nuit dernière était presque facile! dis-je en passant ma paume le long de son dos.

— Ouais, mais tu n'as jamais été dans un accident d'avion, marmonna-t-elle dans ma poitrine.

— Peut-être, mais tout va bien.

— Pourquoi tu me demandes si je vais bien? » demanda-t-elle, parlant toujours essentiellement à ma poitrine.

Ce n'était peut-être pas le meilleur moment pour en parler, avec tous les gens qui tournaient autour de nous, les téléphones qui sonnaient et l'absence totale d'intimité, mais je n'allais nulle part sans m'assurer que nous étions à nouveau sur la même longueur d'onde.

« Parce que je suis assez stressé par le fait que tu t'inquiètes de tout ce que Shannon a dit. Je ne sais pas pourquoi elle a fait ce qu'elle a fait la première fois, et pourquoi elle fait ce qu'elle fait maintenant. Il faut que tu le saches. Je ne veux pas que tu t'inquiètes de quelque chose d'aussi futile », dis-je, mes mots sortant plus férocement que prévu.

Amelia leva finalement la tête, ses yeux brillants.

« Je sais que c'était des conneries. C'est juste que tu étais parti et que tu me manquais et je ne suis pas encore habituée à nous et tout est si intense que j'ai paniqué. »

Ses mots s'envolèrent en une longue phrase. Elle fit une pause et prit une inspiration tremblante.

« Je suis désolée. Tu n'avais pas besoin que je m'énerve comme ça quand tu étais là-bas. Je ferai mieux la prochaine fois. »

Mon cœur se serra dans ma poitrine et je déglutis malgré ma gorge sèche. Je levai une main et la passai dans ses cheveux soyeux. Après un moment, je réussis à me calmer suffisamment pour parler.

« Tu n'as pas besoin de t'excuser. J'ai juste besoin

de savoir qu'entre nous ça va. Je comprends. Crois-moi, je comprends. Sept ans perdus à cause des mensonges de quelqu'un d'autre. Je suis aussi sensible que toi. Bon sang, j'ai même frappé Earl. Si au mauvais moment, il disait la mauvaise chose, eh bien... »

Je fis une pause et haussai les épaules.

« Ne sois pas désolée. Je ne veux juste pas que tu t'inquiètes pour quoi que ce soit de ce genre. Je suis là et tu es la seule femme à laquelle je pense. Tu pourras pas te débarrasser de moi, alors tu ferais mieux de le dire si tu ne veux pas de moi. »

Ses yeux tenaient les miens, mon cœur battait fort dans ma poitrine, avant de réduire la distance entre nos lèvres. En un éclair, j'oubliai où nous étions et la hissai contre moi, passant ma langue dans sa bouche. J'oubliai que j'avais froid et que j'étais si fatigué que mes jambes tremblaient. Pour un moment, le besoin qui me traversait aurait pu me faire courir un marathon... du moment qu'Amelia était nue à côté de moi à la fin.

« Trouvez vous une chambre! »

La voix de Levi traversa le brouillard de mon esprit, et j'arrachai ma bouche à celle d'Amelia. Ses joues étaient rouges et ses yeux brillants, et tout ce que je voulais, c'était être seul avec elle.

Je tournai la tête pour trouver Levi levant les yeux au ciel.

« Désolé de casser le plaisir, mais on a dix minutes dans leur vestiaire pour les douches. Et le médecin attend pour te recoudre. »

Amelia me poussa presque sur Levi.

« Allez »

Elle regarda Levi.

« Vérifie qu'il voit le médecin », ordonna-t-elle.

Levi fit un clin d'œil.

« Bien sûr. Je vais le ramener tout propre et recousu. »

Je dus bouger quand tout ce que je voulais, c'était rester là avec Amelia. Si elle ne m'avait pas poussé dans la douche elle-même, j'aurais peut-être oublié. Je ressentis une douleur viscérale en m'éloignant d'elle.

Chapitre Trente-Cinq

AMELIA

Je marchais à côté de Cade dans le couloir de l'hôtel. Il était resté silencieux depuis qu'il était revenu de sa douche pour me trouver dans la salle d'attente de la station. Ses cheveux étaient encore humides et il portait des vêtements propres. Levi m'avait crié que Cade était tout recousu, alors nous avions dit au revoir à Rex avant de sauter dans la voiture de location qu'il nous avait trouvée. J'étais soulagée que Cade soit calme parce que j'étais inondée d'émotion. Mon corps vibrait de besoin et j'arrivais à peine à réfléchir.

J'avais la carte-clé dans ma main, mais je n'avais aucun souvenir de notre numéro de chambre. Je m'arrêtai dans le couloir. Il jeta un coup d'œil autour de nous, arquant un sourcil. Bon sang. Avec ses boucles brunes humides, ses yeux verts et son corps rien que de muscle, je voulais m'attaquer à lui juste ici. Ma respiration se coupa et mon pouls bondit.

« Je ne sais plus notre numéro de chambre, tu sais toi ? » demandai-je, ma voix un peu cassée.

La bouche de Cade se recourba en un sourire alors qu'il secouait la tête. Il attrapa la carte-clé et la retourna. Rien. Puis il sortit le reçu de la réception de sa poche, le scannant rapidement.

« Chambre 34 », annonça-t-il.

Nous étions à côté de la 30. En quelques secondes, nous étions à la porte de notre chambre. Cade entra, jetant son sac au sol avec un bruit sourd. La porte se ferma à peine derrière moi avant qu'il ne soit sur moi, sa bouche s'écrasant contre la mienne dans un baiser féroce. Le besoin se répandit dans mes veines comme une traînée de poudre. Je ne pouvais pas me rapprocher assez rapidement. Il moula son corps contre le mien, me pressant contre la porte, ses mains se dessinant grossièrement sur moi alors qu'il tirait sur mes vêtements. J'étais aussi brutale et frénétique que lui, déchirant ses vêtements à deux mains. On trébucha loin de la porte, roulant contre le mur du petit couloir alors que nous laissions une traînée de vêtements derrière nous.

On ne s'arrêta que quand Cade tressaillit, à peine, quand j'enlevais brutalement sa chemise. J'arrachai mes lèvres.

« Oh mon Dieu! Tu...?

— Ça va », lâcha-t-il avant que ses lèvres ne fassent une trace brûlante le long de mon cou.

La chair de poule s'empara de ma peau, suivant son toucher. Je fis glisser son jean, réprimant un gémissement au toucher de son membre alors que j'enroulais ma main entière autour du muscle. Ses lèvres se refermèrent sur un de mes mamelons, ses dents le mordillant juste assez pour envoyer un éclair de chaleur directement dans mon cœur.

Mes cuisses étaient humides, mon corps luisait de besoin. Mais il portait encore trop de vêtements, donc je repoussai brutalement son jean entièrement vers le bas. Il prit un sein dans sa main et joua avec moi, tandis que ses lèvres, ses dents et sa langue me rendaient presque folle. Il dégagea son jean et se retourna, pour me soulever contre lui. J'aimais sa force, peu importait que je ne sois pas petite. Il me souleva facilement, même avec une épaule blessée. J'oubliais tout cela avec la sensation de sa bite contre mes plis. Il fit un pas, ramenant mon dos au mur, et m'ajusta dans ses bras.

Avec mes jambes enroulées autour de ses hanches, il fit une pause, son regard vert foncé se fixant sur le mien. Mon cœur battait fort et ma respiration se faisait par petites rafales alors que je le regardais, prise dans la toile de son regard.

« Juste pour que nous soyons clairs... »

Il arqua ses hanches subtilement contre les miennes. Le plaisir me parcourut et j'eus le souffle coupé.

« C'est toi que je veux. Rien que toi. Toujours toi. »

Malgré les frissons de désir et de besoin, mon cœur était si plein que j'aurais pu éclater. Je ne pouvais rien faire d'autre que de hocher la tête, ma gorge était trop serrée pour des mots. Avec un regard féroce, il ajusta son angle et s'enfonça à l'intérieur de moi d'un seul coup. Son front tomba sur le mien dans une respiration irrégulière, et il resta immobile pendant un moment. Je pouvais sentir son cœur battre contre ma peau. Au bout d'un moment, il commença à bouger, des coups lents et profonds. J'étais tellement humide, son mouvement glissait sans fin et écartait ma féminité. J'étais déjà au bord de l'orgasme, mais j'essayais de me retenir. La pression montait, le plaisir commençait à me traverser.

J'enroulai mes jambes autour de ses hanches et me mordis la lèvre.

« Non, murmura-t-il, sa voix comme une caresse.

— Non quoi? réussis-je à haleter.

— Retiens-toi. »

Avec un ajustement subtil, il recula et s'enfonça jusqu'à la garde. Je lâchai prise, ma libération arrivant en un clin d'œil et me frappant si fort que je criai très brusquement. Il me rejoignit sur le coup suivant. Il se tendit comme un arc et laissa échapper un grognement rugueux, sa tête tombant dans la courbe de mon cou alors qu'il frissonnait et explosait en moi.

Je remerciai les étoiles d'avoir mis un mur derrière moi et que Cade me retienne parce que sinon j'aurais fondu. On resta là pendant plusieurs longues minutes, le souffle court. Tandis que mon pouls ralentissait, je passai une main dans ses boucles humides et froissées et caressai le long de son cou jusqu'à son épaule, en suivant le contour carré bien droit du pansement sur ses points de suture.

Il leva la tête, attirant mes yeux.

« Tu n'as le droit de demander qu'une fois par heure si je vais bien », dit-il, un sourire narquois sur le visage.

Je rigolai.

« Je peux me contenter de ça. »

Je levai la main pour caresser ses sourcils, dégrisant en le regardant.

« Je t'aime, et le manque m'a rendu un peu folle.

— Idem. »

Il fit une pause, un ronronnement échappant à sa gorge et son regard directement planté dans mon cœur.

« Je sais que c'était un long moment sans être ensemble. Concentre-toi simplement sur ce qui compte : nous. Ne laisse rien ni personne t'en distraire. »

Sur ce, il baissa la tête et attrapa mes lèvres dans un

rapide et féroce baiser avant de resserrer sa prise sur moi et de s'éloigner du mur.

« Je pense que nous avons besoin d'une autre douche. »

Pas beaucoup plus tard, nous nous prélassions sur le lit avec une pizza entre nous. Je le regardai calé sur les oreillers, sa poitrine ridiculement musclée luisant dans la douce lumière, et je pensai que je pourrais peut-être trouver un jour comment l'aimer aussi férocement sans perdre la tête.

Je regardai le ciel, bleu sombre et parsemé de nuages, et je regardai un hélicoptère descendre vers l'héliport derrière la station de pompiers de Willow Brook. Le vent créé par ses pales envoyait de la poussière en petites tornades à travers le terrain découvert de l'aire d'atterrissage. L'hélicoptère bascula à son atterrissage, mais se redressa rapidement. C'était une fin de soirée au milieu de l'été à Willow Brook. Cade était parti depuis deux semaines dans le nord à la suite d'un incendie de forêt. Je courus à travers le parking pour lui sauter dessus, mais je savais que je devais rester en retrait jusqu'à ce que le pilote et le reste des passagers débarquent.

Une rafale de vent ébouriffa mes cheveux. Je me dégageai le visage pour voir Cade descendre de l'hélicoptère. Mon cœur se mit à battre dans ma poitrine et j'oubliai de me retenir. En me précipitant à travers le parking, j'entrai en collision avec lui juste au moment où il se retournait et lançait son sac d'équipement sur son épaule. Au milieu des six pompiers de son équipe et du pilote, il trébucha presque quand je jetai mes bras autour de lui.

Il me rattrapa rapidement contre lui, son rire étouffé dans mes cheveux.

« Amelia, combien de fois faut qu'on te rappelle que tu n'es pas censée entrer ici tant que tu n'as pas l'autorisation? » demanda le pilote.

Je reculai juste assez pour lever la tête et regarder Fred. Fred était le pilote blessé dans l'accident de l'année dernière. Il volait toujours et avait maintenant ajouté plusieurs itinéraires à sa rotation pour les équipes hotshot de Willow Brook. Il me fit un clin d'œil et se mit à sourire.

« Techniquement, je dois te réprimander, alors je vais continuer. Peut-être qu'un jour tu m'écouteras. »

La main de Cade glissa le long de mon dos en une caresse passionnée et il me serra les fesses.

« Non, elle n'écoutera jamais. Elle est plus têtue que moi », dit-il avec un petit rire.

Je regardai Cade, croisant son regard vert, et la chaleur glissa dans mes veines. Après deux semaines séparés, être à côté de lui suffisait à déchaîner mon corps. On pouvait dire que l'alchimie entre nous était encore bien présente. La saison des incendies en Alaska, qui s'étendait du printemps à l'automne, signifiait qu'il partait souvent. Ses absences avaient exacerbé mes inquiétudes au début mais ce n'était plus le cas. Maintenant ça faisait simplement de moi une femme sauvage exaspérée par la luxure à son retour.

Mon souffle s'arrêta et j'oubliai presque où nous étions. Jusqu'à ce qu'une serviette en boule atterrisse sur la tête de Cade.

« De quoi? » marmonna-t-il en la rattrapant et en regardant autour de lui.

Beck s'approchait de la troupe et lui fit un sourire.

« Je dis juste de garder les démonstrations d'affection au minimum. Comment ça s'est passé là-bas? » demanda-t-il, frappant Cade sur l'épaule quand il les atteignit et récupérant la serviette qu'il avait jetée.

Cade garda son bras serré autour de ma taille alors que nous entrions dans la station. Je ne prêtais que peu d'attention à la conversation, tandis que Cade racontait à Beck et aux autres gars leur expédition. J'absorbais la sensation de sa chaleur et de sa force pendant quelques minutes jusqu'à ce que je décide que ça suffisait.

« D'accord, les gars. Cade a fini pour le moment », annonçai-je, passant ma main dans la sienne et le tirant vers moi.

Beck arqua un sourcil.

« Tu ne veux pas qu'il se douche d'abord? »

Je jetai un coup d'œil, scrutant ses traits ciselés et ses boucles brunes froissées. À vrai dire, il avait vraiment besoin d'une douche. Il était couvert de saleté, de la suie striait son visage, et il avait probablement dormi dans les vêtements qu'il portait en ce moment. Impatiente de l'avoir pour moi toute seule, je relâchai sa main à contrecœur.

« Très bien. Tu veux peut-être prendre une douche d'abord? » demandai-je en levant les yeux vers Cade.

Il me lança un de ses sourires dévastateurs – mon ventre se serra et la chaleur me parcourut – avant de hocher la tête.

« Ça pourrait être bien. Donne moi cinq minutes. »

Sur ce, il leva ma main et déposa un baiser au centre de ma paume avant de filer avec le reste de l'équipe dans les pièces du fond de la station. Je poussai la porte à l'avant et m'assis sur une chaise près du bureau de Maisie.

Maisie termina un appel et jeta un coup d'œil dans

ma direction. Ses grands yeux bruns ressemblaient tellement aux yeux de sa grand-mère que je ressentais parfois un pincement en me rappelant que Carol n'était plus là.

« Tu attends Cade? demanda Maisie, essayant une sorte de sourire.

— Oui. Je me suis dit qu'il valait mieux le laisser se doucher d'abord. Ce n'est pas comme s'il ne pouvait pas se doucher en rentrant à la maison, mais ça fait des jours, alors... »

Je laissai mes mots disparaître en haussant les épaules.

Ce que je pensais n'était pas poli à dire en bonne compagnie. Même avec Lucy, je ne dirais probablement pas ce que je pensais, c'est-à-dire que j'avais hâte de mettre Cade à poil et de l'avoir rien que pour moi. Je ne connaissais certainement pas Maisie comme je connaissais Lucy, donc je n'allais pas dire quelque chose de la sorte.

Les joues de Maisie rougirent légèrement et elle hocha la tête.

« Ouais, ils courent pratiquement toujours aux vestiaires pour prendre une douche quand ils reviennent. Ils n'ont pas pu faire escale à Fairbanks cette fois-ci, alors...

— Ils sont dégueulasses », finis-je pour elle avec un sourire.

À ce moment, la porte de l'arrière s'ouvrit et Beck entra. Beck gérait l'équipe locale de Willow Brook, qui s'occupait parfois des incendies de forêt pour aider les équipes hotshot, mais qui agissait plutôt comme un remplaçant pour l'équipe de Cade. Les joues de Maisie passèrent du rose au rouge cerise, et elle baissa les yeux, soudainement occupée à taper quelque chose. J'observai la scène avec intérêt.

Beck hocha la tête dans ma direction et appuya son coude sur le comptoir.

« Tu as pu passer les commandes? » demanda-t-il à Maisie.

Les cheveux de Maisie, tirés en arrière en une queue de cheval avec des boucles sauvages s'échappant bon gré mal gré, rebondirent quand elle hocha la tête, mais elle ne dit pas un mot, toujours occupée à taper. Beck tendit la main sur le comptoir et attrapa une de ses boucles, la tirant et la laissant rebondir.

À ce stade, j'étais fascinée. Beck prenait son rôle de tombeur au sérieux. Il était toujours détaché et n'embêtait jamais les filles comme ça. Il n'en avait pas besoin, avec ses boucles noires, ses yeux verts brillants et son corps d'acier. Personne d'autre que Cade me faisait vibrer, mais je n'étais pas aveugle.

Maisie releva la tête au moment où Cade passa la porte. Quoi qu'elle ait voulu dire, elle se mordit la lèvre et s'arrêta, ses joues enflammées et ses yeux fondant sur Beck. Cade les regarda à peine.

« À demain, Maisie », dit-il.

À son hochement de tête, Beck parla.

« Tu nous retrouves plus tard à Wildlands? »

Cade me regarda alors que je me levais, agitant les papillons dans mon ventre, avant de se retourner vers Beck.

« Nan. À demain », répondit-il avec un clin d'œil alors qu'il marchait vers moi, prit ma main dans la sienne et continua de marcher.

Le rire de Beck s'estompa derrière nous alors que la porte se referma.

Sur le chemin du retour avec la main de Cade posée sur ma cuisse, je demandai :

« Alors, depuis quand Beck drague Maisie?

— Ah. Tu as remarqué? Ouais, il l'aime bien et il ne le sait même pas encore. »

Je détournai les yeux de la route vers lui.

« Beck a un faible pour Maisie? »

Cade eut un petit rire.

« Ouaip. »

J'oubliai ce que j'allais dire ensuite quand il glissa sa main entre mes cuisses.

« Arrête-toi », dit-il, sa voix graveleuse envoyant un frisson chaud sur ma peau.

Les fleurs s'agitaient face à la brise, une vague ondulée de fuchsias bordant l'autoroute. Le soleil se couchait derrière nous, sa lumière scintillait dans le rétroviseur, des stries de rouge et d'or projetées dans le ciel. Denali se tenait au loin, immense et majestueuse. Je savais précisément où il voulait que je m'arrête. Un chemin de terre étroit qui sillonnait les arbres vers un lac caché dans les bois. Ce tronçon d'autoroute à Willow Brook était désert, aucune maison, l'étendue de forêt faisant partie d'une zone préservée. Nous avions revisité presque tous nos anciens repaires au cours de l'année depuis notre réconciliation, mais nous n'étions pas venus ici. C'était un endroit que nous connaissions bien, où nous allions il y a longtemps quand nous avions besoin d'un endroit où aller.

Avec la chaleur glissant dans mes veines et toute mon attention posée sur Cade, je m'engageai sur la route, presque cachée parmi les hautes herbes et l'épilobe. En quelques secondes, nous étions cachés parmi les branches d'épinettes. Je pouvais à peine réfléchir alors qu'il me tripotait en déboutonnant mon jean et en glissant sa main à l'intérieur. Je réussis à garer la voiture dans un petit parking au bord du lac et à me tourner pour l'embrasser.

Dans une boule de membres et de baisers, on

réussit à enlever mon jean. À cheval sur lui, je m'effondrai, savourant la délicieuse longueur de sa queue en
moi. Je le pris en entier et je m'arrêtai quand il
prononça mon nom.

Il fit glisser le dos de ses doigts sur ma joue.

« Tu m'as manqué », dit-il doucement.

L'émotion jaillit en moi et je dus reprendre mon
souffle avant de pouvoir parler.

« Toi aussi.

— J'ai une idée. »

Son doigt parcourut mes lèvres, et je le pris dans
ma bouche pendant un instant avant qu'il ne le dégage,
traînant un chemin humide le long de mon cou et le
long de ma clavicule.

« Quoi? » m'étouffai-je.

Parce que vraiment, si je ne pouvais pas bouger
bientôt, j'exploserais.

« Marions-nous bientôt. »

Mon cœur vola vers le ciel.

« Vraiment?

— Je ne sais pas pourquoi on ne l'a pas encore fait.
J'y pensais pendant mon absence. Je me dis que si tu
me manques autant, je ferais mieux d'officialiser la
chose. Je me disais qu'il n'y avait pas vraiment besoin
d'organiser un gros mariage, mais si tu veux... »

Je tenais son visage dans mes mains et parsemais
ses joues et ses lèvres de baisers.

« Pas de gros mariage. Ce n'est pas mon truc. Je
déteste l'organisation et tout ce qui va avec — c'est
juste idiot. Allons à la mairie et finissons-en. On peut
organiser une grande fête après.

— Parfait », murmura-t-il contre mes lèvres.

Il se pencha en arrière pendant un moment, ses
yeux disant bien plus que les mots ne le pourraient
jamais. Après un souffle, il agrippa mes hanches et me

souleva, seulement pour me faire redescendre brutalement.

Deux semaines sans lui avaient épuisé mon corps, mon orgasme fut presque instantané. Ma tête heurta le plafond de la voiture. Tenue fermement contre lui, je le remarquai à peine.

CADE

Je m'assis au comptoir de la cuisine, regardant le champ à l'extérieur. Cette terre que j'avais imaginé posséder avec Amelia. Ce n'était pas la même histoire, mais la terre était nôtre, la maison était nôtre, elle était à moi et j'étais à elle. Elle me tournait le dos alors qu'elle réglait la minuterie du four. Après avoir craqué sur la route du retour pour un petit coup rapide car je ne pouvais pas attendre d'entrer en elle plus long-temps, mes yeux parcouraient l'éclat de ses hanches et la courbe luxuriante de ses fesses. Ses cheveux ambrés étaient humides après sa douche, et ses pieds nus. J'étais fatigué, mais heureux comme un fou.

La vie d'un pompier forestier n'était pas glamour. C'était un boulot sacrément difficile et dangereux. Je m'y étais habitué bien avant de retourner à Willow Brook. Je n'avais pas réalisé à quel point j'étais seul entre deux missions. Rentrer à la maison pour retrouver Amelia était si bon et si logique que penser à une vie sans elle était sombre. C'est ce qui m'avait enfin fait comprendre que je devais l'épouser. Ce n'était pas que je doutais de notre futur, juste que je n'avais pas beaucoup pensé à l'officialiser. Le soulage-ment que j'avais ressenti quand elle avait dit « oui » sans hésiter était si profond que ça m'avait rappelé tous les obstacles que nous avions dépassés pour nous retrouver.

Je glissai du tabouret et contournai le comptoir pour passer mes bras autour d'elle. Je sentis son sursaut momentané, mais elle se détendit instantanément contre moi et reposa sa tête sur mon épaule, se retournant pour attirer mon regard.

« Oui?

— Rien. Juste ça. »

Je baissai la tête et attrapai ses lèvres dans un baiser.

Pour plus de romances canons avec des pompiers, l'histoire de Maisie & Beck est votre prochain arrêt : *Douce Brûlure*. Beck est un dragueur irascible, et il rend Maisie complètement folle, dans le très bon sens du terme. « Une histoire sensationnelle, drôle, frustrante et si chaude qu'elle brûle. » Ne ratez pas l'histoire de Beck !

À venir dans la saga Au Cœur des Flammes: Douce Brûlure.

Pré-commande en 1-click: Douce Brûlure